Tina Sp

totrel

Das Buch:

In ihrem neuen Romantik-Krimi entführt uns Tina Sprenzel diesmal an den traumhaft schönen Spitzingsee!

Auf der Suche nach Inspiration für ihren neuen Liebesroman reist die Autorin A.C. Bumblebee mit ihrer Freundin Burgi und den Hunden Blümchen und Brutus an den Spitzingsee. Dort treffen sie auf Empfangsdame Sarah, die perfekte Besetzung für die Rolle der Hauptprotagonistin, Kommissar Meier, der wider Willen mit seiner Frau Claudia im selben Hotel Urlaub macht und eine Leiche, die sie unverhofft in einen abenteuerlichen Kriminalfall stolpern lässt. Der junge Polizist Lukas Leitner übernimmt die Ermittlungen und wird von Meier nach Kräften unterstützt. Ehe sich alle versehen, sind sie in ein Verwirrspiel um Liebe, Geld und Leidenschaft verwickelt.

Romantik, Spannung und Humor machen auch das neue Werk von Tina Sprenzel zu einem Leseschmankerl!

totrelaxed

von

Tina Sprenzel

Alle Rechte, insbesondere das Recht der Vervielfältigung und Verbreitung sowie der Übersetzung, vorbehalten. Kein Teil des Werkes darf in irgendeiner Form (durch Fotokopie, Mikrofilm oder ein anderes Verfahren) ohne schriftliche Genehmigung der Autorin reproduziert oder unter Verwendung elektronischer Systeme gespeichert, verarbeitet, vervielfältigt oder verbreitet werden.

Sämtliche Figuren, Firmen und Ereignisse dieses Romans sind frei erfunden. Jede Ähnlichkeit mit echten Personen, lebend oder tot, ist rein zufällig und von der Autorin nicht beabsichtigt.

2. Edition, 2021
© 2020 All rights reserved.
Bettina Sprenzel
c/o Emma Sonnenscheins-Impressumsservice
Auenstr. 37
85649 Brunnthal

www.tina-sprenzel.de

Illustration:
Carolin Dendorfer www.carona-design.de
Lektorat und Korrektorat:
Ars Litura | www.arslitura.de

ISBN: 9798574361191

Imprint: Independently published

Kapitel 1

Mit einem ärgerlichen Schnaufen wischte sich Walburga »Burgi« Wagner den Schweiß von der Stirn. Ein Seitenblick zu ihrer besten Freundin zeigte ihr, dass diese nicht im Geringsten transpirierte. Agatha-Christine Hummel, von Freunden liebevoll einfach Hummelchen gerufen, trommelte den Takt zur Radiomusik auf dem Lenkrad mit und summte dabei fröhlich vor sich hin.

»Welcher Teufel hat mich nur geritten, dass ich mich zu dir in dieses Vehikel gesetzt habe?« Walburga versuchte, sich auf dem unbequemen Sitz des Autos zu strecken, doch aufgrund ihrer Körperfülle war dies gar nicht so einfach. Angewidert starrte sie auf das Armaturenbrett. Dort, wo ihr Mercedes ein großes Handschuhfach hatte, gab es hier nur ein offenes Fach, in dem ein heilloses Durcheinander zu herrschen schien. In diesem Fahrzeug war alles auf das Nötigste beschränkt. Walburga konnte der hier zur Schau getragenen Nostalgie Nullkommanichts abgewinnen.

Mensch, Burgi, reiß dich am Riemen. Sich wegen der kurzen Strecke von München bis zum Spitzingsee so aufzuführen, ist nicht in Ordnung, schämte Walburga sich insgeheim und warf Hummelchen bei diesen Gedanken einen entschuldigenden Seitenblick zu. Dieser blieb zu ihrer Erleichterung unbemerkt. Auf die vor ihnen liegende Straße starrend, machte sich Walburga klar, dass die Fahrt gerade mal etwas mehr als eine Stunde, dauerte. Obgleich es eine schweißtreibende Angelegenheit war, handelte es sich um einen Freundschaftsdienst. Wenigstens etwas necken und ärgern konnte sie die beste Freundin allerdings weiterhin, beschloss Burgi. So etwas gehörte zu einer Freundschaft nun mal dazu. Zumindest zu ihrer.

Nachdem sie bei Weyarn von der eintönig dahinfließenden Autobahn abfuhren, war auch die Landschaft mehr als ansprechend. Ihr Weg führte am Schliersee vorbei. Glitzernd lag das Gewässer in der Sonne. Die Insel Wörth in der Mitte des Sees gab ein idyllisches Bild ab. Trotz all dieser Schönheit verfluchte Burgi die Wärme, die ihr ungeachtet des offenen Dachs zusetzte.

»Schau Ducky nicht so böse an. Er ist nicht schuld an der Hitze.« Hummelchen zwinkerte der Freundin frech zu und sah dabei, mehr denn je, wie ein kleiner Frechdachs aus. Die derzeit leuchtend rot gefärbten Haare, lockten sich in einem modischen, kurz geschnittenen Bob und gaben dem zarten Elfengesicht einen romantischen Rahmen. Eine smaragdgrüne Brille saß auf der zierlichen, mit Sommersprossen gesprenkelten Stupsnase. Die riesigen, blauen Augen huschten hinter der Sehhilfe unentwegt hin und her. Sie schienen die Umgebung regelrecht zu scannen. So schnell entging Agatha-Christine offenbar nichts.

»Ducky!« Walburga verdrehte genervt die Augen. »Warum, um Himmels Willen, gibst du deinem Auto einen Namen?«

»Weil Ducky extrem schnuckelig ist. Im Gegensatz zu all den überall rumkurvenden Fahrzeugen hat er eine Persönlichkeit. Und zu einer Ente passt der Name doch hervorragend.« Agatha-Christine warf einen Blick in den Rückspiegel und grinste zufrieden. »Schau, unsere beiden Schätzchen fühlen sich pudelwohl hier drinnen.«

»Dein überaus zierliches Schätzchen schnauft mir permanent ihren Mundgeruch in den Nacken und Brutus kann Pudel auf den Tod nicht leiden, also sag so etwas besser nicht zu laut.« Walburga richtete sich ein wenig auf und stieß sich dabei das Knie an. Fluchend rieb sie sich die schmerzende Stelle. »Es ist so etwas von würdelos, in so einer vergammelten alten Kiste herumzukutschieren!«

»Blümchen hat keinen Mundgeruch. Hunde riechen halt einfach wie Hunde und nicht nach Chanel N° 5.« Hummelchen schüttelte leicht verärgert den Kopf. Sie richtete ihre Aufmerksamkeit wieder auf die Straße vor sich, bevor sie nachschob: »Außerdem möchte ich anmerken, dass Ducky weder vergammelt, noch sonst irgendwie würdelos ist. Er hat Charakter!«

»A.C.« Extrem langgezogen betonte Burgi die Abkürzung, so dass es sich wie ääissiiie anhörte. »Sei nicht gleich sauer. Ich fühle mich einfach mies in dieser Karre, egal wie schnuckelig du sie nennst. Ehrlich gesagt wünschte ich, wir hätten meinen Benz genommen. Allein der Gedanke an eine funktionierende Klimaanlage lässt mein Herz vor Freude hüpfen. Ich schwitze mir hier die Seele aus dem Leib.« Noch bevor ihre Freundin etwas erwidern konnte, hob Burgi energisch die Hand. »Und nein!!! Es liegt mit absoluter Sicherheit nicht an meinen Hormonen!«

Es war einfach unfair, dachte Walburga bei sich, Hummelchen hatte mit dem beginnenden Wechsel offenbar keine Probleme. Sie fing weder an unkontrolliert zu schwitzen, noch hatte sie irgendwelche Launen. Im Gegenteil, ihre Freundin war eine fast schon unanständige Frohnatur. Lediglich ihre fehlende Erleuchtung für ein neues Buch drückte ihr offenbar ab und an aufs Gemüt.

»Sag Hummelchen oder von mir aus auch Hummel zu mir. A.C. Bumblebee ist mein Pseudonym und steht nur auf meinen Büchern.« Der Rotschopf warf Walburga einen beleidigten Seitenblick zu. »Außerdem wollte ich kein Wort über deine Hormone verlieren. Versteh doch bitte, dass es wichtig für mich ist, diese Reise komplett authentisch zu machen. Ich möchte endlich die Schreibblockade überwinden. Dieser Urlaub soll sowohl Inspiration, als auch Recherche für das neue Buch werden.«

Burgi schnaufte und verkniff sich das Grinsen. Ihre Freundin ein wenig zu ärgern, musste aber sein. »Sagtest du eben, auf deinen Büchern? Sorry,

Hummelchen, ich weiß nur von einer Veröffentlichung. Hast du mir etwas verschwiegen?«

Hummelchen presste die Lippen zu einem schmalen Strich zusammen. Burgi konnte es einfach nicht lassen. In letzter Zeit zog die Freundin sie permanent damit auf, dass sie erst ein Buchprojekt verwirklicht hatte. Meist kam dann noch der gemeine Nachschlag, dass man sich so doch eher nicht als Autorin bezeichnen sollte. Wegen der leider sehr überschaubaren Verkaufszahlen konnte man noch nicht einmal von Erfolg reden. Im Gegenteil, Agatha-Christine zahlte bei dieser Geschichte ordentlich drauf. Hätte sie nur früher gewusst, was ein Druckkostenzuschussverlag ist.

Walburga lachte laut auf. »Tja, Frau Autorin, mit nur einem Buch wird man halt noch lange keine Berühmtheit.« Voller Schadenfreude betrachtete sie dabei das Profil ihrer Freundin, die in stillem Protest die Lippen noch immer aufeinanderpresste. Doch ihre Freundin so zu sehen, brachte Burgis schlechtes Gewissen auf den Plan. Sie wusste, wie sehr diese Schreibblockade Hummelchen zusetzte, besonders, da sie bei dieser Geschichte auch noch draufzahlte. Es wurde Zeit, etwas Positives nachzuschieben. »Dafür läuft aber deine Kolumne in der Zeitung umso besser. Erst gestern hat mich meine Nachbarin wieder darauf angesprochen. Sie kauft die Zeitung angeblich nur wegen deiner Artikel.«

Agatha-Christine richtete sich ein wenig auf, während sie einen Blick in den Rückspiegel warf. So ein Lob ging runter wie Öl. Natürlich machte es ihr einen

Heidenspaß, für das Boulevardblatt immer wieder Schauplätze in und um München herum zu erkunden und darüber zu berichten. Die Sehnsucht tief in ihr, Geschichten zu schreiben, blieb trotzdem. Es war ihr größter Wunsch, eine Liebesgeschichte zu Papier zu bringen, welche die Herzen ihrer Leserinnen im Sturm eroberte.

Ein leises Jaulen riss Hummelchen aus ihren Gedanken. Burgi drehte sich etwas schwerfällig um. Ihr Hund, Brutus, stand schwanzwedelnd auf der Rückbank und sah sie flehend mit seinen großen braunen Augen an, während er lautstark hechelte.

Besorgt wandte sie sich Agatha-Christine zu. »Wir sollten einen Stopp einlegen. Brutus braucht Wasser.«

»Die halbe Stunde hält er doch mit Sicherheit noch aus.« A.C. ließ sich nicht aus der Ruhe bringen.

»Hummelchen!« Empört setzte sich Burgi senkrecht hin. »Du bist einfach nur herzlos!«

Resigniert seufzte Hummelchen. »Na gut, da vorne ist ein großer Parkplatz. Da können die Hunde etwas saufen.«

Sie lenkte den Wagen auf die Parkfläche, auf der sich schon einige Busse und Autos befanden. Zielstrebig gingen einige Leute auf ein Gebäude im Hintergrund zu.

»Hier herrscht ja ein reges Treiben«, staunte Hummelchen. »Wo wollen die denn alle hin?«

»Ich glaube, das ist dieses Bauernhofmuseum, von dem ich dir letztens erzählt habe. Das könnten wir doch mal anschauen, während unseres Aufenthalts in der

Gegend.« Burgi, deutete auf den Schriftzug über dem Eingang des Areals.

»Gute Idee«, stimmte Hummelchen sofort zu. »Aber jetzt lass uns den Hunden Wasser geben. Ich möchte mich gleich wieder auf den Weg machen.«

Gesagt, getan! Burgi nutzte die kurze Pause, um sich mit dem lauwarmen Nass zumindest etwas abzufrischen. Keine zehn Minuten später tuckerten die vier gemütlich weiter.

»Schau an, Whiskey aus Bayern!« Verwundert schüttelte Burgi den Kopf, während sie auf ein großes Haus am Straßenrand deutete. Da stand doch tatsächlich eine Whiskey-Brennerei im tiefsten Bayern. Normalerweise kam doch der aus Schottland.

Brutus wurde, kaum fünf Minuten im Wagen, schon wieder unruhig. Es gab einfach Dinge, die der Schwerenöter nicht leiden konnte und dazu gehörte eben auch das Autofahren.

Hummelchen schaute nur kurz in den Rückspiegel. »Sorry, Brutus, ich kann hier nicht schon wieder stehenbleiben. Wenn ich jetzt mitten auf der Straße einen Stopp hinlege, bringen mich die Fahrer hinter uns ohne jede Hemmung einfach um. Die beißen wahrscheinlich schon lange vor Ungeduld in ihr Lenkrad.«

Mittlerweile waren sie in Richtung Spitzingsee abgebogen. Ducky kämpfte sich mühsam mit seinen Insassen die steile Straße hoch.

Ungläubig starrte Burgi aus dem Heckfenster. »Du meine Güte! Warum überholen die uns nicht einfach? Es ist ja nicht so, dass du eine rasende Geschwindigkeit vorlegen würdest.«

»Bei Gegenverkehr ist Überholen mehr als ungesund.« Hummelchen drückte demonstrativ ein wenig stärker aufs Gaspedal. Die Tachonadel kratzte jetzt fast an der sechzig Stundenkilometer-Marke.

Vorwurfsvoll schaute Walburga ihre Freundin an. »Wären wir jetzt mit meinem Benz unterwegs, wäre das überhaupt kein Problem.«

»Das glaube ich dir gerne.« Hummelchen ignorierte die eindeutig unfreundlichen Handzeichen eines überholenden Fahrers und fuhr unbeirrt weiter. »Sind wir aber nicht! Wir sitzen in meiner nostalgischen Ente. Deshalb müssen die Herrschaften hinter uns sich etwas gedulden. Glaub mir, die schaffen das.«

»Du bist schon wieder sarkastisch. Eine äußerst unangenehme Eigenschaft von dir.« Walburga straffte empört die Schultern.

»Und du neigst wieder mal zur Hysterie.« Agatha-Christine grinste bei diesen Worten. Auch sie wusste, wie man die Freundin triezte.

Ein kurzes Fiepsen von der Rückbank ließ Burgi zusammenzucken. Wieder einmal wurde deutlich, dass ihr Fellbündel sehr genau wusste, wie es seinen Willen am besten durchsetzen konnte.

Hummelchen ermahnte ihre Freundin: »Ignorier ihn einfach. Er wird diese Fahrt bestens überstehen und nicht den geringsten Schaden davontragen, wenn er mal nicht im Mittelpunkt deines Daseins steht.«

»Wenn du meinst!« Eingeschnappt drehte sich Walburga nach vorne und richtete sich dabei die Haare. »Ich hätte einfach zu Hause bleiben und dich deinem Schicksal überlassen sollen.«

Beschwichtigend legte Hummelchen ihr die Hand auf den Oberschenkel. »Ach Burgi, das hättest du nicht übers Herz gebracht. Du weißt, dass ich dich brauche. Immerhin bist du meine Muse.«

Mit einem Seufzer atmete Burgi aus. »Ja, ich weiß. Nicht umsonst bin ich die Hauptprotagonistin in deinem einzigen Buch.« Ein zögerliches Lächeln umspielte ihre vollen Lippen. »Obwohl ich darin zu einem schlanken Hungerhaken mutiert bin.«

»Eine Hauptdarstellerin mit den gesellschaftlich vorgegebenen Idealmaßen verkauft sich halt besser. Da muss man nüchtern denken.«

»Eine Schreiberin und geschäftsmäßig denken, dass ich nicht lache! Noch dazu, wenn du diese Autorin bist.«

»Na ja, es waren auch nicht meine Worte, sondern die der Lektorin.«

»Der angeblichen Lektorin, wolltest du sagen.«

Ein tiefes Brummen lenkte Hummelchens Aufmerksamkeit nach hinten. »Blümchen, mein Schatz, es dauert nicht mehr lange.« Sie lachte leise, als eine feuchte Hundenase ihre Wange berührte und tätschelte mit einer Hand den großen Hundekopf, der sich ihr entgegenstreckte. »Ich bin ja schon so gespannt auf unsere Unterkunft. In einem richtigen Hundehotel sind wir zum ersten Mal.«

»In ihrem Internetauftritt versprechen sie ja einiges. Ich hoffe sehr, dass der Komfort auch tatsächlich so hoch ist, wie in all diesen Prospekten, die ich uns schicken ließ, versprochen wurde«, meldete sich Walburga zu Wort, um aber dann gleich wieder das Thema zu wechseln. »Hast du denn mittlerweile schon den Hauch einer Idee, um was es in deinem neuen Werk gehen soll?«

Deprimiert schüttelte Agatha-Christine den Kopf. »Ehrlich gesagt, weiß ich nur, dass es ein Liebesroman werden soll. Die Gefühle müssen quasi aus dem Buch fließen.« Sie warf Burgi einen kurzen Blick zu. »Und er soll halt in den Bergen spielen. Die verleihen der Geschichte mit Sicherheit den optimalen romantischen Rahmen.«

»Also eine richtige Schnulze?« In Walburgas Stimme schwang ein skeptischer Unterton mit. »Bist du dir da ganz sicher?«

»Ja, absolut! Ich möchte eine Liebesgeschichte schreiben, die hier in dieser malerischen Bergidylle spielt. Regional-Krimis sind ja grad total in Mode. Wer weiß, vielleicht werde ich eine Trendsetterin in der Autorenszene, die auch Regional-Schnulzen populär macht.« Hummelchen zeigte nach vorne. »Schau, wenn mich nicht alles täuscht, dann geht es dort vorne runter nach Spitzing.«

Walburga tupfte sich mit einem Tempotaschentuch zum wiederholten Male den Schweiß von der Stirn. »Es grenzt an ein Wunder, dass wir hier hoch gekommen sind. Für dein Vehikel war das eine ganz schöne Steigung.«

»Papperlapapp! So etwas packt mein Ducky locker. Enten sind für Extremsituationen gebaut.«

»Dein Wort in Gottes Ohr, denn wenn du geglaubt hast, dass ich diese hässliche Kiste schiebe, dann wärst du sowieso auf dem Holzweg gewesen«, lästerte Burgi.

»Ich hatte diese Befürchtung durchaus, auf dem Weg hier hoch.«

Genervt schwenkte Ralf Meier wieder in die lange Schlange der Autos ein. »Immer diese dämlichen Sonntagsfahrer! Mit Sicherheit ist das wieder ein alter Tattergreis mit Hut, der hier den ganzen Verkehr aufhält.«

Überrascht schaute Claudia von ihrem Buch auf. »Ach herrje! Ein Stau? Hier auf der Landstraße?«

»Falls du es noch nicht bemerkt hast, wir fahren seit fast einer viertel Stunde hinter irgendeinem lahmarschigen Idioten her. Der Typ hält den kompletten Verkehr auf.«

Beschwichtigend legte Claudia Meier ihre Hand auf den Oberschenkel ihres Mannes. »Ach Schatz, das ist doch nicht so schlimm. Wir haben Urlaub, also alle Zeit der Welt.«

Meier klopfte nervös mit den Fingerspitzen auf das Lenkrad. »Du weißt ganz genau, dass es mich nervt, wenn ich nicht vorankomme.«

Claudia seufzte tief und klappte entschlossen ihr Buch zu. Sie hätte zu gerne weitergelesen, doch das musste jetzt eben bis später warten. »Das ist natürlich ganz übel.«

Misstrauisch schaute Ralf sie von der Seite an. Er war sich nie ganz sicher, ob ihm seine Frau tatsächlich zustimmte oder ob sie ihn nur klammheimlich verarschte.

Sie atmete indes tief ein und sah sich die Landschaft an. »Ist es hier nicht wunderschön? Eine traumhafte Gegend.«

Ihr Mann zuckte lediglich kurz mit den Schultern, bevor er lapidar erwiderte: »Grünzeug links und Wald rechts. Was besonders Ansprechendes sehe ich hier nicht.«

»Oh, die Bäume sehe ich schon auch, aber auch den moosbedeckten Boden und das tiefe Grün des Waldes, ebenso wie die blühenden Blumen am Straßenrand. Und sieh doch nur, der wundervolle Blick ins Tal.« Claudia Meier hatte schon vor Langem gelernt, dass man auf die nüchternen Ansichten ihres Mannes besser gar nicht einging.

»Mit Sicherheit ein absoluter Traum.« Meier erlaubte seinen Augen einen kurzen Seitenblick zu seiner Frau. »Ich konzentriere mich aber doch lieber auf die Fahrbahn.«

»Mach das, mein Schatz.« Wieder tätschelte Claudia sein Bein. »Wir müssen unbedingt ein paar schöne Wanderungen machen. Das wird uns bestimmt sehr guttun.«

Ralf Meier machte sich zuerst nicht die Mühe, seiner Frau zu antworten. Sie wusste sehr wohl, dass lange

Spaziergänge nicht gerade seine Leidenschaft waren. Ihm war allerdings klar, dass er sich in diesem Urlaub nicht davor drücken können würde, mit ihr durch die Gegend zu latschen.

»Egal, ob du es hören möchtest, oder auch nicht, meine Begeisterung über diese Reise hält sich in engen Grenzen.« Meier musste nun doch noch etwas loswerden. »Ohne Hund in ein Hundehotel. Das ist doch purer Unsinn!«

»Ich wollte Bronson ja mitnehmen.« Claudia konzentrierte sich wieder auf die langsam vorbeiziehende Landschaft. Es beruhigte ihre Nerven.

»Ich übernehme doch nicht die Verantwortung für einen fremden Hund!«

Seine Frau schüttelte den Kopf. »Als ob uns dieser Hund fremd wäre.«

Ungeduldig klopfte Meier schon wieder auf dem Lenkrad herum. Sie krochen immer noch hinter der scheinbar endlosen Autoschlange her. »Klar, er ist uns nicht fremd. Aber genau deswegen wissen wir auch, dass er permanent ausbüxt. Stell dir vor, er haut uns hier ab! Charlie und Angi würden sich weigern, je wieder ein Wort mit uns zu sprechen.«

Als seine Frau daraufhin nur zustimmend nickte, hatte er endlich das Gefühl, Oberwasser zu haben. »Und Maxi wäre darüber todunglücklich.«

Maxi, der kleine Sohn ihrer Nichte, war der Sonnenschein der Familie.

Entnervt hob Claudia die Hände. »Lass es gut sein, Ralf. Du hast ja Recht! Außerdem ist es eigentlich ein ganz normales Hotel, in dem man auch Urlaub mit Hund machen kann. Du brauchst dich also nicht so anzustellen.« Sie machte eine kurze Pause, holte tief Luft und strich ihm zart über den Oberarm. »Nichtsdestotrotz werden wir diese zwei Wochen in einer schönen Unterkunft genießen. Ich freue mich schon auf die Anwendungen und Massagen.«

»Das hättest du in München auch haben können«, wandte ihr Mann ein.

»Tja, das mag schon sein. Aber mit Sicherheit hätte sich wieder irgendein Knallkopf umbringen lassen. Du wärst sofort mit wehenden Fahnen ins Präsidium eingelaufen, um den Fall höchstpersönlich zum Abschluss zu bringen.«

Meier wusste, wann es besser war, ein Thema fallen zu lassen und deutete nach vorne. »Laut Navi müssen wir in fünfhundert Metern abbiegen. Dann sind wir endlich hinter diesem Bummler weg.«

»Das ist ja wunderbar!« Claudia griff nach ihrem Buch und schlug die Seite auf, die sie mit ihrem Lesezeichen markiert hatte. Endlich konnte sie weiterlesen, auch wenn es nur für ein paar Minuten war.

Meier straffte die Schultern und hielt Ausschau nach der rettenden Ausfahrt, als die Fahrzeuge vor ihnen unvermittelt beschleunigten. Er ahnte schon, was ihm bevorstand, und fluchte leise, während er den Blinker betätigte. »Na Klasse! Jetzt haben wir den Sonntagsfahrer direkt vor der Nase!«

Irritiert schaute Claudia auf, um dann zu strahlen. »Was für ein schnuckeliges Auto!«

Eine knallrote Ente fuhr direkt vor ihnen in die Ortschaft ein. Der gelbe Aufkleber in Form eben dieses Tieres machte das nostalgische Bild komplett.

»Ist das nicht reizend?«, wandte sie sich an ihren Mann.

»Klar doch! Es reizt mich sehr, weiterhin hinter dieser alten Kiste herzuzuckeln.«

Claudia schüttelte den Kopf. »Laut Navi sind wir sowieso gleich da. Die paar Minuten wirst du es bestimmt noch aushalten.«

Dieser Urlaub kam gerade recht. Ihr Mann brauchte dringend Erholung. Er war in letzter Zeit reizbar wie ein alter Bär. Sie sah den gemeinsamen Ferien mit großer Freude entgegen. Es wurde einfach Zeit, dass ihr Mann ein wenig Abstand von der Arbeit hatte, um wieder umgänglicher zu werden. Sein Beruf als Hauptkommissar der Münchner Polizei spannte ihn massiv ein und Claudia freute sich auf die gemeinsame Zeit, die nun vor ihnen lag. Den Heimweg würde Ralf bestimmt wesentlich entspannter angehen.

Kapitel 2

Meier lenkte seinen Wagen auf den großen Parkplatz vor dem beeindruckenden und weitläufigen Hotelkomplex, der sich direkt am Ufer des wunderschönen Spitzingsees befand. Sie waren an ihrem Urlaubsziel angekommen.

Der See glitzerte im Sonnenlicht und reflektierte die umliegenden Berge und Wälder. Einladend säumten farbenprächtige Geranien die langen Balkone und verliehen dem Gebäude einen freundlichen Charakter. Die atemberaubende Bergkulisse dahinter rundete den imposanten Eindruck perfekt ab. Zahlreiche Gäste genossen die entspannende Atmosphäre und tummelten sich auf der Sonnenterrasse.

»Wow!« Claudia blieb staunend sitzen. »Es sah ja schon im Internet beeindruckend aus, aber in Natura ist das Hotel der Hammer!«

In Gedanken stimmte ihr Meier da vorbehaltlos zu. Er machte sich aber nicht die Mühe, es zu kommentieren. Er drückte lediglich kurz ihre Hand und forderte sie dann auf: »Na komm, dann wollen wir mal einchecken.«

Die lange Fahrt steckte ihnen noch in den Knochen. Bevor sie anfingen, das Gepäck auszuladen, streckten sie sich erst einmal ordentlich. Dabei deutete Claudia auf einen Punkt rechts vor ihnen.

»Schau mal, da ist ja die niedliche Ente!«

Meier schnaubte kurz verächtlich. »Da kann die Karre auch gerne stehen. Hauptsache, sie kriecht nicht mehr vor mir her.«

Meier trat um den Wagen herum zu seiner Frau. Gemeinsam beobachteten sie, wie zwei Frauen aus dem Auto ausstiegen, die unterschiedlicher nicht sein konnten. Während die äußerst dralle Beifahrerin in weiten Stoffhosen und einer edlen Bluse daherkam, schien die deutlich kleinere Fahrerin nur aus Haut und Knochen zu bestehen. In ihrer Leggins mit einem geblümten Hängerchen darüber, wirkte sie eher verspielt.

Die Zierliche öffnete die hintere Türe des Wagens und sowohl Meier, als auch seine Gattin sogen tief die Luft ein. Ein riesiger Hund sprang aus der Ente. Unwillkürlich stellte sich die Frage, wie das Tier gefaltet worden war, um in dieses kleine Auto zu passen. Mit großen Augen und offenem Mund sah Claudia die gewaltige Dogge auf sich zustürmen. Sie schluckte schwer und krallte sich ängstlich am Arm ihres Mannes fest. Das Testosteron wallte in ihm auf. Ganz Polizist und Held schob er sich schützend vor seine Frau.

Claudia spürte deutlich den Luftzug, als der große Hund an ihr vorbeirauschte. Im letzten Augenblick gelang es ihr, einem anderen kleinen Wirbelwind auszuweichen, der direkt auf sie zuhielt, um Schritt mit der riesigen Dogge zu halten.

»Brutus! Verdammt, hierher!«, brüllte die proppere, elegante Frau recht undamenhaft und wedelte dabei hektisch mit einer schmalen Hundeleine.

»Du meine Güte! Dieser Brutus ist ja ein Gigant!« Claudia griff sich bei diesen Worten ans Herz, während ihr Mann nur grimmig nickte. Die Rasse des zweiten, viel kleineren Hundes hatten sie kaum erkennen können, so blitzschnell war er an ihnen vorbeigedüst.

»Blümchen, beeil dich mit dem Pieseln. Du musst hier an die Leine.« Die zierliche Dame im Blümchenlook schaute sich zögernd um. »Glaube ich zumindest.«

»Wenn Ihre Hunde nicht gehorchen, gehören sie auf jeden Fall an die Leine!« Eine Ader auf Meiers Stirn schwoll gefährlich dick an. Claudia bemerkte das Schlechte-Laune-Alarm-Signal und reagierte sofort. Sie wollte nicht bereits bei der Ankunft Streit mit den anderen Gästen haben. Mit ausgestreckter Hand ging sie auf die dünne Frau zu.

»Grüß Gott!« Sie ergriff die schlapp herabhängende Hand der verblüfft dreinschauenden Dame und schüttelte sie energisch. »Claudia Meier und das da ist mein Mann, Ralf. Wir machen hier ein paar Tage Urlaub und so, wie das hier aussieht, wird es traumhaft werden. Ich habe schon Ihr reizendes Auto bewundert und dabei entdeckt, dass Sie auch ein Münchner Kennzeichen haben.«

Das Schnauben ihres Mannes überhörte Claudia bewusst. Mit einem breiten Lächeln wartete sie auf eine Reaktion ihres weiblichen Gegenübers. Die kam zögerlich, doch dann umso herzlicher.

»Agatha-Christine Hummel!«, strahlte die Frau. »Meine Freundin Walburga und ich machen auch ein wenig Urlaub. Unsere Hunde haben sie ja schon kennengelernt. Das sind Blümchen und Brutus.«

Sie beugte sich ein wenig vor und flüsterte. »Brutus ist ein echter Dickschädel, der meistens macht, was er will. Burgi, also Walburga, will das nur nicht so wahrhaben.«

Da Ralf Meier keinerlei Anstalten machte, sie auch zu begrüßen, marschierte Hummelchen kurzerhand einfach auf ihn zu. Seinen automatischen Fluchtreflex unterdrückend, blieb er eisern stehen.

Den überraschend kräftigen Händedruck der zierlichen Frau erwiderte er kurz und knapp und um einiges zurückhaltender als seine Frau. Claudia verdrehte genervt ihre Augen. Ihr war das unhöfliche Benehmen ihres Mannes sichtlich peinlich. Meier, der dies sehr wohl bemerkte, fing einfach an, das Gepäck auszuladen. Agatha-Christine spähte währenddessen neugierig ins Wageninnere.

»Wo haben Sie denn Ihr Hündchen gelassen?«, fragend schaute sie den Kommissar an, der ächzend einen schweren Koffer aus dem Kofferraum hievte.

»Tragisch verstorben«, war sein knapper Kommentar.

»Ach du meine Güte! Wie schrecklich!« Tröstend legte Agatha-Christine ihre Hand auf Claudias Schulter. »Ein geliebtes Wesen zu verlieren, ist immer so herzzerreißend.«

Claudia Meiers Blick hingegen war alles andere als liebevoll. Er vermittelte ihrem Mann eine nur allzu deutliche Warnung. Sie zwang ein Lächeln auf ihre Lippen und wandte sich der neuen Bekannten zu. »Es ist schon eine Weile her.«

»Hummelchen, jetzt komm endlich her und hilf mir beim Gepäck.«

Walburgas ungeduldiger Zwischenruf tönte quer über die zwischen ihnen parkenden Fahrzeuge und kam Claudia äußerst gelegen. Sie konnte ihrem Mann wohl schlecht vor Zeugen den Kopf waschen.

»Na, dann wünsche ich Ihnen einen wunderbaren Aufenthalt.« Mit einem breiten Lächeln wandte sich die Polizistengattin um und hielt abrupt in der Bewegung inne. Direkt vor ihr stand der gigantische, weiß-schwarze Hund. Sein friedliches Schwanzwedeln bemerkte sie im ersten Moment nicht, denn ihr Blick klebte regelrecht an seinem großen Maul, aus dem die riesige Zunge wie ein überlanger Waschlappen heraushing.

Agatha-Christine trat neben das Tier und strich ihm sanft über den Kopf, der ihr bis zur Brust reichte.

»Das ist mein Blümchen«, stellte sie ihre Hündin vor.

Das Geräusch, das Meier von sich gab, erinnerte schwer an ein Prusten. Da sein Kopf aber gerade im Wageninneren steckte, konnte man es allerdings nicht zweifelsfrei feststellen.

»Blümchen?«, stammelte Claudia. Sie war selten sprachlos, doch mehr als dieses eine Wort kam ihr im Moment nicht über die Lippen. Krampfhaft versuchte sie sich an die Verhaltensregeln gegenüber fremden Hunden zu erinnern, doch nur Bruchstücke fielen ihr ein. Einem fremden Hund nie direkt in die Augen schauen. Anlächeln sollte man ihn besser auch nicht. Ob das Ungetüm wohl ihre zitternden Knie bemerkte?

Agatha-Christine fuhr ohne Umschweife fort. »Blümchen ist eine Deutsche Dogge und sehr sensibel.«

Wer, zum Teufel, nannte eine Dogge bitte Blümchen? Ralf Meier betrachtete das Tier etwas genauer. Die Hündin stand völlig entspannt da und genoss die Streicheleinheit ihres Frauchens. Dieser Hund war ungefähr genauso gefährlich wie Bronson. Die Continental-Bulldogge wurde von der gesamten Familie heiß und innig geliebt, auch wenn ihn viele Leute sofort für einen Kampfhund hielten.

»Agatha-Christine Hummel, wenn du schon nicht beim Ausladen hilfst, könntest du wenigstens so freundlich sein und mir die Herrschaften vorstellen.«

Claudia, noch immer völlig auf die Dogge konzentriert, hätte fast einen Satz in die Luft gemacht, als Walburga urplötzlich neben ihr stand. Ralf bemerkte ihr erschrockenes Zusammenzucken sofort und zwinkerte seiner Frau frech zu. Die Situation begann ihn zu amüsieren. Claudia entdeckte das belustigte Aufblitzen seiner Augen sofort. Ihre grundlose Panik erheiterte ihn. Allerdings war sie heilfroh, dass er die Begrüßung in die Hand nahm, da ihr noch immer vor Schreck das Herz bis zum Hals klopfte.

»Ralf Meier«, grinsend, da er dies nun nicht mehr unterdrücken konnte, deutete er auf seine Gattin, »und Claudia, meine Frau. Da unser Hund nicht mehr unter uns weilt, mussten wir leider alleine in den Urlaub fahren.«

»Walburga Wagner. Der kleine Giftzwerg hier ist Brutus.« Burgi deutete bei diesen Worten nach unten auf einen Rauhaardackel, der am anderen Ende der Leine hing, bevor sie Claudia die Hand reichte. »Er ist ein kleiner Rabauke.«

Als Claudia Anstalten machte, sich zu dem Dackel hinter zu beugen, meinte Burgi warnend: »Sie sollten ihn besser nicht anfassen. Brutus kann es nicht leiden von Fremden gestreichelt zu werden. Was für einen Hund hatten Sie denn?«

»Ähm, einen Mischling«, stotterte die Frau des Kommissars, während sie den neugierig an ihrem Bein schnüffelnden Hund misstrauisch beobachtete.

Der Rauhaardackel sah im Gegensatz zu der riesigen Dogge völlig ungefährlich aus. Offenbar war mit ihm aber nicht gut Kirschen essen. Zumindest legte Claudia so die Worte Walburgas aus.

»Wir hatten sogar einen reinrassigen Mischling. Die Ursprungskreuzung war äußerst speziell. Daher hatte er etliche optische Alleinstellungsmerkmale«, versuchte Meier, witzig zu sein.

Burgi blinzelte Meier bei diesen Worten verwirrt an, doch Agatha-Christine lachte lauthals los. »Der war gut! Da können wir mit unseren Rassehunden natürlich nicht mithalten.«

»Wohl kaum!«, bestätigte Meier und deutete auf das unschuldig dastehende Fahrzeug der beiden Damen. »Sie sind ganz schön mutig, mit so einer alten Klapperkiste von München bis hierher zu schaukeln.«

»Schaukeln trifft es haargenau«, stimmte ihm Burgi blitzschnell zu.

A.C. gab der Freundin einen Rempler mit dem Ellenbogen. »Werte Ducky nicht immer so ab. Mal schauen, ob dein hochgelobter Benz noch fährt, wenn er mal in die Jahre gekommen ist.« Zu Meier gewandt fuhr sie fort. »Meine Ente hat schon so viele Reisen hinter sich, da war der Sprung zum Spitzingsee ein Kinderspiel. Dieser Wagen leistete schon meinem Vater gute Dienste. Ich habe sie auf Vordermann bringen lassen und meine alte Klapperkiste ist besser in Schuss, als so mancher neue Hybrid-Schmarrn.«

Als ihr Mann den Mund zu einer Erwiderung öffnen wollte, kam ihm Claudia schnell zuvor. Sie hatte keine Lust auf eine Diskussion über Autos, Verkehrssicherheit oder ähnlichen Unsinn, wenn es doch galt, Urlaub zu machen.

»Ich für meinen Teil, möchte jetzt dort hinein und endlich einchecken.« Sie deutete auf das Hotel. »Und danach möchte ich eine schöne Tasse Kaffee und ein leckeres Stück Kuchen.«

Meier hob erstaunt die Augenbrauen. »Kuchen? Ist das nicht dieses süße Zeug, dass tödlich für die Figur und die Gesundheit ist?«

Seine Frau strahlte ihn an. »Keine Sorge, mein Schatz. Wir werden jede Kalorie ruck zuck wieder abgelaufen haben.«

Sie schnappte sich einen der Koffer, verabschiedete sich von den beiden Frauen und eilte auf das Hotel zu. Ihr Mann folgte ihr kopfschüttelnd. Er befürchtete Schlimmes!

Als er sie einholte, hörte er sie leise murmeln: »Ich dachte logischerweise, Brutus wäre die Dogge. Blümchen! Welche Dogge heißt schon so?«

Sarah legte genervt den Hörer auf. Der Gast von Zimmer 212 benahm sich unmöglich. Ständig hatte er Sonderwünsche und hielt damit schon am ersten Tag das gesamte Personal auf Trab. Der Hund dieses Herrn konnte einem fast leid tun, aber eben auch nur fast. Sie versuchte, sich immer wieder klar zu machen, dass dieses Tier ein Produkt seiner Erziehung war, doch half ihr das auch nicht dabei, eine persönliche Sympathie zu entwickeln.

Die große Eingangstür öffnete sich schwungvoll. Oh, neue Gäste, dachte Sarah und blickte den Neuankömmlingen neugierig entgegen. Ihr Lächeln war, wie immer, professionell freundlich. Unauffällig musterte sie die Reisenden.

Ein unauffälliges Paar mit dezent schwarzen, aber großen Koffern, trat zuerst in die Einganghalle. Nach einem kurzen, musternden Rundblick marschierten die beiden schnurstracks auf sie zu. Der etwas übergewichtige, aber scheinbar nicht unbewegliche Herr mit dem lichter werdenden, akkurat geschnittenen grauem Haar, wirkte selbstsicher und entschlossen. Über die Brille hinweg observierte er mit einem abschätzenden Blick die Umgebung ringsherum, als wolle er alles aufnehmen und abspeichern. Die sportlich, aber dennoch elegant wirkende Frau an seiner Seite, bestach sofort mit ihrem sympathischen und einnehmenden Lächeln. Das halblange, kastanienbraune Haar umrahmte ein bemerkenswert hübsches Gesicht.

»Grüß Gott, die Herrschaften!«, hieß Sarah die Gäste willkommen. »Meier trat an den Empfang heran und erwiderte den Gruß. »Ralf und Claudia Meier aus München. Wir sind anstatt des verhinderten Ehepaars Brenditt gekommen. Angela Brenditt hat dies telefonisch vorab geklärt. Wir kommen allerdings ohne Hund. Das ist hoffentlich kein Problem?«

»Nein, überhaupt nicht!« Sarah schaute in das Reservierungsprogramm des Computers. »Die Umbuchung habe ich hier. Ich hoffe, Sie haben nichts dagegen, wenn ich Ihnen ein anderes Zimmer anbiete. Heute ist eines frei geworden, das nicht auf Hundebesuch ausgelegt ist.«

»Absolut nicht! So ein Hundebett ohne Hund macht ja auch keinen Sinn«, stimmte Meier ihr vorbehaltlos zu.

»Das nenne ich mal einen Arbeitsplatz mit Ausblick!« Mit einer schwungvollen Geste ihrer Hand deutete Claudia auf die Weite der Eingangshalle.

Das Foyer hatte eine komplette Glasfront, durch die man einen spektakulären Blick auf das beeindruckende Alpenpanorama und den Spitzingsee hatte. In den bequemen Sitzgruppen, die locker im Raum verteilt waren, verweilten etliche Gäste. Einige lasen in den dargebotenen Zeitungen und Zeitschriften. Die meisten der Anwesenden konnten jedoch scheinbar die Augen nicht von der Naturpracht abwenden. Auch auf der Sonnenterrasse, die sich über die komplette Front des Hauses erstreckte, hatten es sich zahlreiche Urlauber bequem gemacht.

Sarah strahlte. »Ja, hier kann man es aushalten.« Sie kontrollierte den Anmeldebogen, den Meier in der Zwischenzeit ausgefüllt hatte und reichte Claudia die Schlüsselkarte. »Sie haben die Zimmernummer 215. Mit dem Aufzug dort hinten geht es direkt in den zweiten Stock. Ab achtzehn Uhr gibt es Abendessen und von sieben bis zehn Uhr steht das reichhaltige Frühstücksbuffet bereit. Im angeschlossenen Café können Sie jederzeit einen kleinen Snack, ein Mittagsmahl oder Kaffee und Kuchen genießen. Diese Leistungen sind allerdings nicht im Preis inbegriffen.«

Claudia steckte die Schlüsselkarte in ihre Jackentasche und griff nach ihrem Koffer. »Auf einen schönen Nachmittagskaffee und etwas Süßes freue ich mich schon seit einer Stunde.«

»Dieses Hundebett ist komplett durchgelegen! Es ist doch wohl nicht Ihr Ernst, dass meine Püppi in so etwas schlafen soll!«

Ehe Claudia auch nur Anstalten machen konnte, sich zu der unnatürlich hohen Männerstimme umzudrehen, wurde sie auch schon rüde beiseite gedrängt. Erschrocken schnappte sie nach Luft, doch noch bevor sie zu einem empörten Kommentar ansetzen konnte, hatte ihr Gatte sie mit einem Arm etwas zur Seite geschoben und nahm jetzt den Platz neben dem renitenten Herrn ein. Dabei musterte er das seltsam anmutende Wesen auf dessen Arm. Er war sich nicht ganz sicher, ob es sich hier wirklich um einen Hund handelte. Es schien aber tatsächlich einer zu sein, zumindest erinnerte sich Meier vage, so etwas schon einmal irgendwo gesehen zu haben.

»Ich würde mal vorschlagen, dass Sie warten, bis Sie an der Reihe sind.« Meiers Stimme war ruhig, aber bestimmend und duldete eigentlich keinen Widerspruch.

Doch scheinbar interessierte das den Fremden überhaupt nicht. Anders als sein behäbig wirkender Körper vermuten ließe, schnellte er herum. »Ich habe hier eine dringende Reklamation und werde mit Sicherheit nicht warten.«

Die seltsam hervortretenden Glupschaugen des Herrn passten hervorragend zu seinem Doppelkinn und der Knollennase. Er reichte Meier, der selbst auch nicht übermäßig groß war, gerade mal bis zur Nasenspitze. Sein Körperumfang war dafür umso beachtlicher. Wäre nicht die unsympathische Ausstrahlung gewesen, hätte man bei seiner Statur fast an Danny DeVito denken können, selbst die Frisur passte perfekt. So konnte Meier jetzt auch das Wesen auf dem Arm des Mannes deutlicher erkennen. Das musste so ein chinesischer Nackthund sein. Irgendwo hatte er mal etwas über diese Rasse gelesen. Den Kopf zierte eine weiße Mähne, an den Pfoten und an der Schwanzspitze trug er ebenfalls solche witzigen weißen Schöpfe, während der Rest des hellgrauen Körpers komplett nackt war. Der Hund zog die Lefzen über den winzigen Zähnchen zurück. Offenbar war dieses Tier ebenso unfreundlich wie sein kratzbürstiges Herrchen.

»Schau an, der Reinhold Götzhofner, wie er leibt und lebt. Der Herr glaubt wohl, immer und überall die Nummer Eins zu sein, obwohl er eigentlich nur ein kleiner Giftzwerg ist«, dröhnte Burgis Stimme spöttisch durch das gesamte Foyer. In all der Aufregung war die Ankunft der beiden Damen mit ihren Begleithunden völlig untergegangen. Doch nun richteten sich alle Augen auf sie.

Götzhofner drehte sich erstaunlich behände um und schnappte aufgeregt nach Luft. »Walburga Wagner, die hässliche Alte vom Ex-Chef! Manche Weiber verfolgen einen regelrecht bis ins Grab.«

»Aber, aber! Wir wollen hier doch nicht unhöflich werden.« Meier lenkte die Aufmerksamkeit gerade wieder auf sich, als unter ihm ein drohendes Knurren ertönte. Alle Blicke richteten sich nun auf Brutus, der Reinhold Götzhofner gerade sein gebleckte Gebiss zeigte. Vielleicht galt die Drohgebärde aber auch dem Nackthund auf dem Arm des Mannes. Nur mit Mühe bewahrte Meier die Ruhe und blieb stocksteif stehen. Nicht, dass der Knirps noch auf die Idee kam, die Zähnchen in seiner Wade zu versenken. Die war ihm immerhin am nächsten.

»Brutus, sei still. Der Depp lohnt die Mühe nicht.« Burgi zog kurz an der Leine, was ihren Dackel zwar wieder an ihre Seite zwang, sein Knurren tönte trotzdem noch ein wenig nach. »Und jetzt stellen Sie sich mal ganz flott hinten an, Götzhofner. Wir waren zuerst hier und werden daher auch in Ruhe als Erste einchecken.

Alle bedachten die energisch auftretende Walburga, mit erstaunten Blicken. Götzhofner blieb dennoch trotzig stehen, behielt aber Burgi misstrauisch im Auge. Die quittierte seinen Blick mit einem spöttischen Lächeln und strich ihr langes, gewelltes Haar, das in einem satten Schokobraun schimmerte, triumphierend zurück.

Claudia konnte nicht umhin, ihre Ausstrahlung und Eleganz zu bewundern. Diese Walburga Wagner trug etliche Pfunde zu viel mit sich herum, doch es passte einfach hervorragend zu ihr. Ihre makellose Haut ließ mit Sicherheit jede Frau vor Neid erblassen, dachte die Polizistengattin. Die grünen, leicht schräg gestellten Augen und die vollen Lippen wirkten ungemein attraktiv.

Mit einer kurzen Handbewegung deutete Burgi an, dass Götzhofner sich zur Seite bewegen sollte, doch der reagierte nicht, sondern drehte sich einfach wieder zum Tresen um. Walburga lockerte daraufhin mit einem sanften Lächeln die Leine ihres Dackels. Die Chance nutzend, schoss Brutus mit seinen kurzen Beinchen direkt auf den Querulanten zu. Er knurrte nicht. Er bellte auch nicht. Der Dackel schnüffelte nur kurz und dezent an dem verblüfften Mann. Ehe auch nur einer der Umstehenden reagieren konnte, hob Brutus schon sein Bein. Götzhofner war zwar in Erwartung eines Angriffs geistesgegenwärtig zurückgesprungen, doch der feine Strahl traf ihn zielgenau.

»Ups!« Burgi verzog keine Miene. Sie deutete auf Götzhofners Hosenbein. »Ich glaube, Sie haben da etwas.«

In diesem Augenblick fing der Nackthund an, wild zu kläffen. An Götzhofners Stirn schwoll schier die Zornesader, doch Walburga Wagner hatte ihm schon ihre Aufmerksamkeit entzogen. Freundlich lächelte sie Sarah und den Meiers zu.

Hummelchen versuchte krampfhaft das Lachen zu unterdrücken, welches ihr regelrecht in der Kehle brannte. Ein kurzes Glucksen entfuhr ihr trotz aller Anstrengung.

Wider Erwarten zog sich Götzhofner hinter die beiden Damen zurück. Seine Augen schossen zwar regelrechte

Zornesblitze in Richtung Burgi ab, doch die beachtete den Typen überhaupt nicht mehr.

Die Meiers bewegten sich zügig in Richtung des Aufzuges fort. Ein herbeigeeilter Hotelpage zog ihre Koffer hinter sich her.

Sarah war heilfroh und erstaunt zugleich, dass sich der unmögliche Gast an die Weisung der resoluten Dame hielt. Er blieb hinter den beiden Ladies stehen und schüttelte dort immer wieder angewidert sein bepieseltes Hosenbein. Alle Anwesenden ignorierten sein leises Fluchen, lediglich ein paar andere Gäste im Foyer lachten schadenfroh.

Sarah richtete ihre komplette Aufmerksamkeit auf die beiden Damen vor sich.

»Wagner und Hummel. Wir haben ein Appartement mit zwei Schlafräumen reserviert.«

Schnell tippte Sarah die Namen in ihr Programm und überreichte ihnen wenige Augenblicke später die ausgedruckten Anmeldeblätter. Während Burgi und Hummelchen sich in die Formalitäten vertieften, hatte Sarah genug Zeit, sich die beiden genauer anzuschauen.

Die sehr zierliche Frau mit den kurzen, roten Locken schien unter dem riesigen, breitkrempigen Sonnenhut, den sie aufgesetzt hatte, beinahe zu verschwinden. Neben ihr stand eine große Dogge, die brav und völlig unbeteiligt ihr Frauchen mit einem seligen Blick anschaute, der sich durch nichts ablenken ließ. Das Besondere an dieser zarten Person waren jedoch ihre großen, blauen Augen, die Sarah wie magisch anzogen. Solch ausdrucksstarke Augen hatte sie noch nie zuvor gesehen.

Die Begleiterin der zierlichen Elfe schien das komplette Gegenteil zu sein. Größer, mit sehr üppigen Kurven und eher elegant gekleidet, führte sie den kleinen Kampfdackel an der Leine. Ihre Haltung ließ Selbstbewusstsein und eine gewisse Arroganz erkennen.

Verwundert über die frappierenden Gegensätze, die hier allzu offensichtlich waren, schaute Sarah zweimal ungläubig zwischen Burgi und Hummelchen hin und her, doch sie fasste sich schnell wieder und gewann prompt ihre gewohnte Professionalität wieder. »Sie haben das Appartement mit der Nummer 220. Für Ihre Vierbeiner wurde bereits alles vorbereitet.«

Automatisch wollte sie Burgi die Schlüsselkarte reichen, doch ehe sie sich versah, griff A.C. danach. Mit einem breiten Lächeln, das den wohlgeformten Mund betonte, bedankte sich die Münchnerin herzlich.

Schwungvoll drehte A.C. sich um. Blümchen sprang sofort einen Schritt zur Seite, denn vor lauter Elan erwischte ihr Frauchen den Koffer nicht richtig und schupste ihn dabei um. Mit einem dumpfen Knall landete das Gepäckstück auf den Fliesen. Hektisch bückte sich Hummelchen und ließ die Schlüsselkarte dabei direkt vor Brutus Pfötchen fallen. Mit einem, für seine kurzen Beinchen riesigen Satz, sprang er aufgeregt in die Luft und bellte augenblicklich lautstark los. Um nicht noch mehr Aufsehen zu erregen, legte A.C. beschwörend den Zeigefinger auf ihre Lippen und schnappte sich eiligst Schlüsselkarte und Koffer. Mit einem letzten, verlegenen Grinsen nickte sie der Empfangsdame zu und pfiff ihren Hund hinter sich her.

Mit Bedauern sah die Hotelangestellte den Damen hinterher. Widerwillig wandte sie ihre Aufmerksamkeit nun Reinhold Götzhofner zu. Es war etwas mühsam, freundlich und nicht spöttisch zu lächeln nach der Show eben. Ihre Verblüffung über sein schlagartiges Verstummen hielt immer noch an. Es war zu köstlich gewesen, wie die Walküre und ihr Dackel ihn in seine Schranken verwiesen hatten. Doch jetzt hieß es, ihre persönlichen Gefühle zu vergessen und wieder professionell und vor allem zuvorkommend zu reagieren.

»Herr Götzhofner, wie kann ich Ihnen denn helfen?«

Kapitel 3

Burgi hatte kaum einen Fuß in den Raum gesetzt, als sie auch schon unsanft von A.C. am Ärmel zurückgezogen wurde.

»Das ist sie!« Hummelchens Gesicht war vor Aufregung gerötet und ihre Augen strahlten pure Begeisterung aus.

»Herrschaftszeiten, von wem redest du?«, genervt entzog Walburga A.C. ihren Arm und schritt mit ihrem Koffer zügig in das geräumige Zimmer. Manchmal konnte sie den konfusen Gedankengängen ihrer Freundin beim besten Willen nicht folgen. Nach dem Ärger gerade eben im Foyer verspürte sie auch nicht die geringste Lust dazu. Brutus, den sie inzwischen von seiner Leine befreit hatte, folgte ihr und fing sofort an, das Zimmer zu inspizieren.

Agatha-Christine breitete euphorisch ihre Arme aus. Ihr Koffer kippte mit einem dumpfen Poltern auf das glänzende Parkett. Die Handtasche plumpste nur wenig leiser direkt daneben. Blümchen hopste erschrocken zur Seite, um sich vor dem fallenden Gepäck zu retten. Brutus schnüffelte unbeirrt weiter an den bereitliegenden Hundekissen, während Walburga nur kurz irritiert die Augenbrauen hob. In den langen Jahren ihrer Freundschaft hatte sie gelernt, Hummelchens sprunghafte Launen zu ignorieren. Sie widmete sich lieber weiter ihrer Zimmerinspektion und öffnete eine der drei Türen, die von dem Hauptraum abgingen.

»Ich rede von meiner neuen Hauptprotagonistin!« Während dieser Worte griff Agatha-Christine nach Blümchens Halsband, um auch bei ihr die Hundeleine zu lösen. Als sie sich Burgi wieder zuwandte, trat diese gerade in den nächsten Raum ein. »Burgi, jetzt halt mal die Füße still und hör endlich zu!«

Die Autorin folgte ihrer Freundin und blieb überrascht im Türrahmen stehen. »Wow! Das nenne ich mal ein Badezimmer!«

Hummelchen sah sich schon in der großzügigen Dusche stehen. Konnte es sein, dass sie bereits den Duft ihres neuen Duschgels roch? Der riesige Spiegel über dem Doppelwaschbecken hatte eine integrierte Beleuchtung. Perfekt zum Schminken, dachte sie sofort. Helle Wandfliesen rundeten das Bild ab. In einer Schale auf der Ablage lagen fliederfarbene, kleine Seifen. A.C. konnte nicht widerstehen, griff nach einer der Seifen und schnupperte verzückt daran.

Burgi strich inzwischen begeistert über die weichen Handtücher, die tatsächlich den Farbton der Seifen aufgriffen. Nach einem Blick auf den flauschigen Badteppich, striff sie die Schuhe von den Füßen. Mit einem Seufzer machte sie den ersten Schritt auf die flauschige Unterlage. Wohlig bewegte sie die Zehen und tapste dabei von einem Bein auf das andere.

Hummelchen nahm in der Zwischenzeit ihren Sonnenhut ab und prüfte den Sitz ihrer Frisur. Sie hatte ein

Faible für Hüte jeglicher Art. Dabei beobachtete sie grinsend ihre Freundin im Spiegelbild.

»Ich sag`s dir, Burgi! Jetzt bin ich mir todsicher, dass dieser Urlaub die beste Idee überhaupt war.« Die Autorin strahlte von einem Ohr zum anderen und folgte ihrer Freundin, die längst dabei war, barfuß den Rest des Appartements zu erkunden.

»Also, wenn ich mir unsere Unterkunft so anschaue, kann ich dir nur zustimmen«, stieß Burgi begeistert aus, während sie inmitten des hellen Schlafraumes stand.

Ungeduldig baute sich Hummelchen im Türrahmen auf, stemmte ihre Hände in die Hüften und tappte mit der Fußspitze erwartungsvoll auf den Fußboden: »Mensch, Burgi, könntest du mir jetzt endlich mal zuhören? Das ist wichtig: Die Protagonistin!«

Etwas irritiert über Hummelchens plötzlichen Stimmungswechsel setzte sich Burgi auf den Rand des großen Bettes und klopfte einladend auf den Platz daneben.

»Entschuldige, aber ich bin von diesen Zimmern völlig entzückt. Wer soll denn nun deine neue Hauptdarstellerin werden?«

»Protagonistin«, berichtigte A.C. mit gerümpfter Nase.

Burgi atmete tief ein. »Was auch immer. Redest du von Frau Meier?«

A.C. machte eine wegwerfende Handbewegung. »Ach Unsinn! Die ist offenbar sehr nett, aber nicht das, was ich suche. Ich rede von dieser netten, jungen Frau an der Rezeption. Sie ist mir sofort aufgefallen und mit jedem

Schritt hier hoch in unser Appartement, wurde ich mir sicherer, dass sie die Richtige ist.«

Burgi schaute ihre Freundin gedankenverloren an und nickte dann bedächtig. »Zart, hübsch, jung - das könnte gut passen.«

»Oh ja!« Euphorisch klatschte A.C. in die Hände. »Junge Empfangsdame eines hervorragenden Hotels verliebt sich in den Sohn des Hoteliers.«

Burgi lachte laut auf. »Da bedienst du die abgedroschenen Klischees aber aufs Feinste.«

Hummelchen faltete ihre Hände im Schoß zusammen und starrte geistesabwesend aus dem großen Fenster, ohne den wunderschönen Ausblick auch nur ansatzweise wahrzunehmen. »Meinst du?«

»Na ja, das klingt doch sehr nach einer modernen Version von Aschenputtel.«

»Aber die Leserinnen mögen so etwas«, konterte A.C., ohne jedoch selbst wirklich überzeugt davon zu sein.

Nachdenklich runzelte Burgi die Stirn. »Ich weiß nicht so recht. Irgendwie erscheint es mir zu vorhersehbar.«

A.C. ließ den Kopf hängen. »Ich meinte ...«

Sie ließ den Satz unvollendet und begann verzweifelt den Saum ihres Hängekleidchens zu verknittern.

»Wie wäre das«, Burgi schnippte aufgeregt mit den Fingern und zog damit nicht nur die Aufmerksamkeit von A.C., sondern auch die der Hunde auf sich, »sie ist die Tochter des Hoteliers und verliebt sich in den Sohn des Eigentümers des konkurrierenden Nachbarhotels.«

Hummelchen spann den Faden sofort weiter. »Die Familien sind verfeindet und ein Happy End ist fast aussichtslos.«

Burgi erhob sich frech grinsend. »Na also, dann fang mal an! Ich für meinen Teil werde jetzt erst einmal auspacken und dann den Wellnessbereich ausgiebig in Augenschein nehmen.«

Doch noch bevor sie aus dem Raum entwischen konnte, hielt Hummelchens Stimme sie zurück.

»Woher kennst du eigentlich diesen unangenehmen Typen von der Rezeption?«

Ohne sich umzublicken, antwortete Burgi fast tonlos. »Er war in der Firma meines Mannes einer der Abteilungsleiter. Jetzt ist er der Geschäftsführer.«

»Er ist offenbar ein mehr als unangenehmer Zeitgenosse«, stellte die Autorin fest.

Burgi schüttelte entschieden den Kopf. »Oh nein ...«

»Nun ja«, wandte Hummelchen schnell ein, »einen Freundlichkeitspreis gewinnt der aber bestimmt nicht.«

»Er ist nicht unangenehm, sondern einfach nur ein riesiges Arschloch!«

Energisch öffnete Reinhold Götzhofner die Türe zu seinem Zimmer. Ein Angestellter des Hotels folgte ihm mit einem neuen, ausladenden Hundebett. Götzhofner deutete auf die Sitzecke des großzügigen Raumes.

»Legen Sie es dort drüben neben dem Sessel, hin und nehmen Sie das durchgelegene, minderwertige Gelumpe, das Sie meinem Hund zumuten wollten, gleich mit.«

Eilig kam der junge Mann der barschen Aufforderung nach. Da er hier mit Sicherheit kein Trinkgeld erwarten konnte, verließ er das Zimmer postwendend wieder. Manche Gäste waren einfach mehr als schrecklich.

Wütend stellte Götzhofner seinen Hund auf dem Boden ab und auch der Vierbeiner schien die schlechte Laune seines Herrchens nicht länger zu ertragen und trollte sich schnell in Richtung seines neuen Schlafplatzes.

»Natalia?!« Hoch und schrill hallte Reinholds Stimme durch den Raum.

Während sein Blick noch suchend durch das Zimmer glitt, öffnete sich das Badezimmer und eine atemberaubend schöne Frau lehnte sich aufreizend an den Türrahmen. Eindringlich betrachtete sie ihre frisch lackierten Fingernägel und blies immer wieder vorsichtig auf den noch feuchten Lack. Die ruhigen Bewegungen machten deutlich, dass sie sich ihrer Wirkung auf die Männerwelt sehr wohl bewusst war und genau wusste, wie sie Götzhofner den Wind aus den Segeln nehmen konnte. Mit einem provokanten Schwung warf sie ihre blonde Mähne zurück.

»Schatzilein, was schaust du denn so genervt?«, schnurrte Natalia sanft. Das leicht rauchige Timbre ihrer Stimme und der russische Akzent rundeten den lasziven Auftritt perfekt ab.

Wütend trat Reinhold gegen einen Korbsessel, der ihm im Weg stand, und fluchte, als dieser gegen den kleinen Tisch der Sitzgruppe knallte. Die darauf stehende Vase kippelte leicht hin und her, und blieb aber allen Gesetzen der Erdanziehung zum Trotz, stehen. Natalia schüttelte fast unmerklich den Kopf und konzentrierte sich dann sofort wieder auf ihre manikürten Nägel.

»Hast du für unser Püppi ein neues Bettchen bekommen?«, fragte die junge Frau und zog arrogant ihre Augenbraue etwas nach oben. Den nassen Fleck an seinem Hosenbein ignorierend, bemerkte sie: »Oder bist du sauer, weil diese Banausen so etwas nicht haben?«

Das Doppelkinn des Mannes schwabbelte, als er mit seinem Kopf in Richtung der neuen Schlafunterlage des Vierbeiners deutete. Natalia rümpfte kurz angewidert das spitze Näschen, widmete sich aber sofort wieder intensiv ihren Fingernägeln. Erst jetzt fiel Reinhold Götzhofners Blick auf das erotische Äußere seiner Geliebten und er musterte ihren heißen, nur knapp verhüllten Körper, von der blonden, mit Extensions verlängerten Haarpracht, bis hin zu den mörderischen High Heels, die jede Stripperin vor Neid hätte erblassen lassen. Sofort wurden seine Gedanken in ganz andere Bahnen gelenkt.

Sein Lächeln wurde breiter und seine Stimme fast noch eine Nuance höher als zuvor. »Wir beide könnten«, sein Blick wies eindeutig in Richtung des gemeinsamen Schlafzimmers, »... uns noch ein wenig ... ähm ... ausruhen.«

Natalia ignorierte sein lüsternes Grinsen. Die erotischen Anwandlungen Götzhofners langweilten sie. »Schatzilein, jetzt nicht. Ich habe mich zu einer Massage angemeldet. Mein Termin ist in zehn Minuten. So schnell sind wir dann doch nicht.«

Die junge Frau tätschelte dem Dicken zärtlich, aber dennoch ein wenig mitleidig die Wange, als sie an ihm vorbei zur Türe schritt.

Mit einem zufriedenen Seufzer verließ Burgi die Dusche und hüllte sich in ihren flauschigen, voluminösen Bademantel. Der eiskalte Wasserguss nach einem hitzigen Saunagang war jedes Mal eine Wohltat. Im Ruhebereich hatte sie gemütliche Wasserbetten entdeckt, die sie nun zielsicher ansteuerte. Sie wollte es sich einfach nur bequem machen und dabei einem Hörbuch ihrer Lieblingsautorin lauschen.

Der riesige Wellnessbereich mit Sauna, Dampfbad und weiteren Entspannungsmöglichkeiten hatte sie mehr als positiv überrascht. Sie fand es schade, dass ihre Freundin nicht mit ihr diese Wohltaten genoss.

Das abenteuerlustige Hummelchen wollte lieber zuerst ein wenig die Umgebung erkunden. Mit Blümchen im Schlepptau war sie losgedüst. Dabei hatte sie etwas von ihrem ominösen Inspirations-Fluss gefaselt, bevor sie von dannen zog.

Sie selbst hatte Brutus nach einer kurzen Gassirunde in den hauseigenen Hundesitter-Bereich gebracht. Der Rauhaardackel saß nun mit einem gigantischen Kauknochen in einer gemütlichen Hundebox. Um ihn musste sie sich ausnahmsweise nicht sorgen. Er war schwer beschäftigt. Wenn sein Kiefer etwas zum Beißen hatte, war Brutus wunschlos glücklich.

Burgi steuerte am Schwimmbecken vorbei, direkt auf die Ruheliegen zu. Aus dem Augenwinkel heraus bemerkte sie eine Bewegung bei den Whirlpools. Fast hätte sie laut aufgestöhnt vor Abscheu, als sie den dicken Wanst von Reinhold Götzhofner aus dem Wasser ragen sah. Sie war ja selbst nicht gerade als schlank zu bezeichnen, doch eine solche zur Zurschaustellung eines Speckbauches ließ sie erschauern. Sie vertrat die Meinung, der eigene Körper ginge nur einen selbst etwas an, doch man sollte ihn optisch möglichst ansprechend verpacken.

Reinhold Götzhofner lag mit ausgebreiteten Armen und Beinen im warmen Sprudelbecken. Das aus zahlreichen Düsen strömende Wasser massierte seinen Rücken, während er vor sich hin döste.

Bevor Burgi sich einen ausgiebigen Besuch im Wellnessbereich gönnte, hatte sie ihre immer noch bestehenden Kontakte in die ehemalige Firma ihres Mannes spielen lassen und Informationen über diesen unangenehmen Zeitgenossen eingeholt. Wenn sie schon Gefahr lief, hier ständig auf diesen Möchtegern-Macho zu treffen, musste sie wenigstens vorab gerüstet sein. Eine der Mitarbeiterinnen, mit der sie während ihrer Gassirunde telefoniert hatte, war äußerst auskunftsfreudig gewesen. Es war doch nie verkehrt, alte Verbindungen zu erhalten.

Götzhofner machte sich als Geschäftsführer scheinbar ein schönes Leben. Von ihrer Informantin wusste sie, dass er Aufgaben munter weiterdelegierte und er selbst auf sogenannten Geschäftsreisen durch die Lande fuhr.

Im Prinzip sollte es ihr egal sein, was mittlerweile im ehemaligen Geschäft ihres verstorbenen Mannes so ablief, aber dennoch tat es ihr in der Seele weh, diesen Proleten an der Spitze des Unternehmens zu wissen. Die Firma war immerhin das Lebenswerk ihres geliebten Georgs gewesen.

Burgi seufzte kurz auf und schüttelte die traurigen Gedanken mit einem kurzen Zucken ihrer Schultern ab, ehe sie es sich auf einem dieser Wasserbetten bequem machte. Sie hörte noch, wie sich Götzhofner aus dem Becken erhob. So in etwa musste es klingen, wenn sich ein Walross aus dem Meer wälzte, dachte sie kurz bei sich, bevor sie ihre Kopfhörer einstöpselte und in der magischen Welt voller Hexen und Zauberer versank.

Hummelchen schlüpfte aus ihren Schuhen und schob sie mit einer knappen Bewegung in die Ecke.

»Betreten mit Straßenschuhen nicht erlaubt!«

Zum Glück hatte sie im letzten Moment das Hinweisschild entdeckt. Um ein Haar wäre sie mit ihren schmutzigen Wanderschuhen in den Wellnessbereich getrampelt. Jetzt rutschte sie vorsichtig auf ihren Socken über die glatten Fliesen.

Bei dem Traumwetter war es kein Wunder, dass sich das Entspannungsareal gespenstisch leer vor ihr erstreckte. Im Vorbeigehen streifte ihr Blick eine einsame, beinahe verloren wirkende Gestalt, die auf einer der Liegen vor der großen Fensterfläche relaxte.

Ein breites Grinsen huschte über Hummelchens Gesicht, als sie ihre beste Freundin schon hörte, bevor sie sie wirklich erkennen konnte. Ein Sägewerk arbeitete bestimmt nicht wesentlich leiser. Ihrer Erfahrung nach schlief Burgi im Ruhebereich der Sauna immer den Schlaf der Gerechten. Zumindest kannte sie dies von gemeinsamen Saunabesuchen im benachbarten Schwimmbad. Spätestens nach dem zweiten Schwitzgang war Burgi nicht mehr richtig ansprechbar.

Der Ruheraum um die Ecke erschien durch die zugezogenen Vorhänge in ein leichtes Dämmerlicht getaucht. Das Rauschen der Whirlpools vermischt mit einer stimmungsvollen Instrumentalmusik, die ein wenig an indianische Rhythmen erinnerte, ließ sofort ein Gefühl der Ruhe in Hummelchen aufsteigen. Hier konnte man es gut aushalten, dachte sie so bei sich.

Burgis kräftiger Grunzer riss A.C. aus ihrer meditativen Stimmung und zauberte ein leicht spöttisches Lächeln auf ihre Lippen.

Burgi lag ausgestreckt auf dem Rücken und ihre Arme waren weit ausgebreitet. Offenbar hatte sie vor dem Einschlafen wieder einem ihrer geliebten Hörbücher gelauscht. Ihr Mund stand offen, während der Kopf leicht nach hinten geneigt über das kleine Kopfkissen hinausing und jeder Atemzug mit einem rasselnden Schnarchton einherging.

A.C. überlegte kurz, ob sie ihre Freundin einfach weiterschlafen lassen sollte, entschied sich aber dagegen und griff nach deren Schulter, um sie so wachzurütteln.

Reflexartig wehrte Burgi die lästige Störung mit einer unkoordinierten Handbewegung ab. Agatha-Christine grinste, als Burgi erneut genervt grunzte. Sie knuffte die Schlafende noch einmal. Endlich schlug die gepeinigte Freundin ihre Augen auf. Verständnislos starrte sie Hummelchen an, die zum Schein ihre Lippen bewegte und dabei schamlos feixte.

Mit einem Ruck riss Burgi ihre Ohrstöpsel heraus und brüllte gleichzeitig los. »Was ist denn los, zum Teufel nochmal?«

Ihre Worte hallten in dem ruhigen Raum unangenehm wider und beide Frauen zuckten erschrocken zusammen.

»Gut, dass bis auf einen anderen Gast beim Pool, niemand im Wellnessbereich ist. Du würdest mit deinem Geplärre alle zu Tode erschrecken«, konterte Hummelchen trocken.

Burgi kniff verärgert ihre Augen zusammen. »Bei dem da draußen ist mir das aber sowas von scheißegal! Zumindest, wenn immer noch der Götzhofner dort rumturnt.«

Neugierig warf A.C. einen Blick über ihre Schulter. »Der Volldepp vom Empfang? Der Typ, den Brutus so wunderbar nass gemacht hat?«

Burgi nickte nur, bevor sie mühsam versuchte, sich in dem Wasserbett aufzusetzen. »Also, so ein Plansch-Bett ist zwar saubequem, aber du kommst nie wieder raus.«

Hummelchen reichte ihr eine Hand zur Hilfe und stemmte sich gleichzeitig mit einem Fuß am harten Rand des Bettes ab. Sie zog ächzend am dargebotenen Arm, während Burgi sich lachend soweit hochhelfen ließ, bis sie kichernd am Bettrand kniete und weder weiter vor noch zurück kam.

»Gut, dass uns keiner beobachtet!«, quietschte Hummelchen belustig und wischte sich die Lachtränen aus den Augen.

»Ich komme mir vor wie ein gestrandeter Wal«, schnaubte Burgi und versuchte gleichzeitig, das Kabel der

Ohrhörer von ihrem Unterarm zu entfernen. »In solchen Situationen wünsche ich mir fast, so ein Krischperl wie du zu sein.«

»Vergiss es! Mit meinen spitzen Knien bohre ich höchstens ein Loch in das schöne Wasserbett!«

»Okay, ein Krischperl mit Knieschonern.« Burgi zwinkerte ihrer Freundin frech zu und rollte sich dann kurzerhand von der Liege. »Geschafft! Und jetzt habe ich Hunger. Wann ist denn Essenszeit?«

»Deswegen bin ich ja da. Wenn wir uns gleich duschen und umziehen gehen, kommen wir gerade rechtzeitig, um uns die schönsten Plätze aussuchen zu können.«

Burgi rappelte sich vom Boden auf. »Ja, dann auf, Mädel!«, brummte sie und folgte Hummelchen, die ihr auf den Socken fröhlich voran rutschte. Sie machte sich direkt auf den Weg zur Umkleidekabine. »Ich dusche mich gleich hier und komme nur noch hoch, um mich fertigzumachen.«

»Du hast hoffentlich Badeschlappen dabei.«, bemerkte Burgi, die amüsiert ihrer Freundin zusah, wie sie auf ihren Socken über den Fliesenboden schlitterte. Es hätte sie nicht gewundert, wenn die Autorin vor lauter Laptop und Notizblock so etwas zu Hause vergessen hätte.

A.C. verdrehte die Augen und wandte sich grinsend zu Burgi um. »Logisch! Was du nur wieder von mir denkst. Ich wollte dich lediglich zum Essen abholen. Blümchen und Brutus habe ich übrigens schon ins Zimmer hochgebracht und gefüttert.« Dabei kam sie leicht ins Rutschen und konnte sich gerade noch so am Arm ihrer Freundin festhalten. »Der Spaziergang war im Übrigen ganz wunderbar. Wenn ich in dieser traumhaften Umgebung nicht den Kopf freibekomme, dann weiß ich auch nicht mehr weiter.«

Burgi schüttelte verblüfft ihren Kopf. »Ich habe hier gepennt und meinen Hund komplett vergessen! Das hat was zu heißen!«

Mit gespielter Empörung musterte Hummelchen die größere Frau von Kopf bis Fuß. »Du böses Rabenfrauchen!«

Etwas wacklig auf den Beinen, drehte sie sich um und wollte gerade den Weg zur Umkleide fortsetzen, als sie zur ausgedehnten Fensterfront hinübersah. »Du solltest ...« A.C. unterbrach mitten im Satz und kniff die Augen konzentriert zusammen. Keine Sekunde später riss sie dieselben wieder entsetzt auf. Panisch deutete sie auf die Liege neben dem Pool.

Burgi drehte sich um und fasste sich erschrocken an die Kehle. Gleichzeitig versuchte sie, mit der anderen Hand nach Agatha-Christine zu greifen, doch ihr Griff ging ins Leere, denn die Freundin schlitterte bereits in beachtlichem Tempo auf die andere Seite des Schwimmbeckens. Sie selbst fühlte sich zu keiner Bewegung fähig, selbst ihre Stimme versagte den Dienst. Wie eine Eisstatue verharrte sie in dieser Stellung.

Angsterfüllt ging A.C. im Geiste ihre schmalen Erste Hilfe-Kenntnisse durch. Wie behandelt man offene Wunden? Am besten wegsehen, wenn man den Anblick von Blut nicht ertragen konnte, schoss es ihr durch den Kopf. Auf ihren Socken rutschte sie immer noch unbeholfen und viel zu schnell über die glatten Fliesen, bevor der Beckenrand ihre Rutschpartie schlagartig stoppte.

Mit den Armen wild rudernd versuchte die Autorin, ihr Gleichgewicht wiederzuerlangen. In einem Augenblick schwankte sie bedenklich, im nächsten flog sie in hohem Bogen durch die Luft, um dann mit einem lauten Aufschrei im erfrischenden Nass zu versinken. Panisch bewegte sie sich in Richtung der Wasseroberfläche, durchbrach diese und schnappte hysterisch nach Luft.

Japsend bekam sie den Beckenrand zu fassen und zog sich mühsam daran hoch. Auf allen vieren verharrte sie keuchend und spuckte dabei das verschluckte Wasser in einem Strahl wieder aus. Schwerfällig rappelte sie sich auf, um nun endlich dem armen Menschen dort zu Hilfe zu kommen.

Klatschnass blieb Hummelchen schließlich vor der Liege stehen. Der Mann wirkte beinahe, als würde er friedlich das Panorama bewundern, wenn man von dem Blut absah, das seinen weißen Bademantel ebenso tränkte, wie die Fliesen ringsherum. Sie musterte den regungslosen Körper genauer, dabei zogen seine leblosen Augen ihre Aufmerksamkeit auf sich. Starr blickten sie in die gewaltige Berglandschaft. Noch wirkten sie nicht wie die Augen eines Toten und doch spürte man deutlich, dass kein Leben mehr dahinter steckte.

Erst jetzt wagte sie es, seinen Hals anzuschauen. Beim Anblick der klaffenden Wunde schluckte A.C. schwer. Erste Hilfe kam hier definitiv zu spät. Ihre Hände begannen unkontrolliert zu zittern. Ihr Mund öffnete sich zu einem stummen Schrei, der sich nach einem krampfhaften Atemzug dann doch, in gellender Lautstärke, seinen Weg bahnte.

Kapitel 4

»Wir könnten heute Abend eine Runde schwimmen gehen.« Lachend hakte sich Claudia bei ihrem Mann unter. Die gemeinsame Erkundungstour durch das Hotel hatte ihr Spaß gemacht. Doch schon im nächsten Augenblick zuckte sie erschrocken zusammen und umklammerte krampfhaft den Arm ihres Mannes. »Oh, mein Gott! Hast du das gehört?«

Was für eine Frage! Der schrille Aufschrei versetzte Meier sofort in höchste Alarmbereitschaft. Noch bevor Claudia auch nur ansatzweise reagieren konnte, hatte ihr Mann schon die Türe zum Schwimmbad halb aufgerissen und seine Frau mit der anderen Hand zurückgedrängt.

Halb hinter der Türe verborgen sondierte der erfahrene Polizist mit geschultem Blick die Lage. Zuerst bemerkte er Burgi, die scheinbar völlig verstört am Beckenrand stand und die Hände auf den Mund gepresst hatte.

Er drückte die Türe vorsichtig noch etwas mehr auf und entdeckte Hummelchen. Patschnass und wie Espenlaub zitternd stand sie mit schockgeweiteten Augen da und fixierte etwas, offenbar Entsetzliches, vor sich. Mit einem Ruck öffnete Meier die Türe komplett und erblickte eine leblose Gestalt im Liegestuhl und Blut, sehr viel Blut. Es bahnte sich wie ein unheilverkündender tiefroter Lavastrom unaufhaltsam seinen Weg in Richtung des Schwimmbeckens, dessen Wasser sich an dieser Stelle bereits durch das rote Lebenselexier rosa zu verfärben begann.

Der routinierte Griff zur Hosentasche ließ Meier genervt aufstöhnen, denn seiner Frau zuliebe hatte er das Handy im Zimmer gelassen.

»Claudia! Schnell! Lauf zur Rezeption! Wir brauchen einen Notarzt und die Polizei!« Mit zusammengekniffenen Augen konzentrierte er sich erneut auf den still daliegenden Körper. »Verdammt! Warum habe ich auf dich gehört?«

Noch im Gehen wandte er sich zu seiner Frau um, die noch immer starr vor Schreck hinter ihm stand. »Na los! Beeil dich!«, verschärfte er seinen Ton.

Wider Erwarten kam Claudia jetzt sofort seinem Befehl nach und rannte schnurstracks zum Foyer. Diesen Ton sollte er womöglich öfter mal anschlagen, dachte er noch kurz, bevor er sich wieder dem Tatort zuwandte.

Im Eilschritt ging er an Burgi vorbei und steuerte direkt deren Freundin und den verwundeten Mann auf der Liege an. Bei näherer Betrachtung musste er aber feststellen, dass der Notarzt hier umsonst kommen würde. Sein professioneller Blick inspizierte den Toten, nahm die Wunde an seinem Hals zur Kenntnis und folgte der Blutspur, die langsam in den Pool sickerte.

Ein leises Wimmern von A.C. unterbrach seine konzentrierte Bestandsaufnahme. Langsam ging er auf sie zu, nahm ihre eiskalten Hände in die seinen und drehte sie so vorsichtig von dem Toten weg, damit sie ihn nicht mehr sehen musste.

»Kommen Sie mit«, forderte er sie mit ungewohnt sanfter Stimme auf. »Lassen Sie uns zu Ihrer Freundin rübergehen.«

Sachte, aber dennoch nachdrücklich, schob er sie den Poolrand entlang weg von dem grausamen Schauplatz. Er wunderte sich kurz über ihre tropfnasse Kleidung und hoffte inständig, dass es keinen Angriff auf sie gegeben hatte. Starr wie ein Eisblock im tiefsten Winter, stand Burgi da und stierte mit schockgeweiteten Augen auf die Leiche. Ohne große Worte zu verlieren, nahm Meier auch ihren Arm und führte beide aus der Halle heraus.

Kaum, dass die Tür ins Schloss gefallen war, vernahm der Hauptkommissar auch schon sich eilig nähernde Schritte, die dumpf vom glänzenden Steinboden widerhallten. Mehrere Gäste standen bereits tuschelnd an der Ecke zum Foyer, als ein untersetzter Mann hektisch um die Kurve preschte und direkt auf Meier und die beiden, noch immer schweigenden Frauen, zustürmte.

»Was ist hier los? Was soll der ganze Aufruhr?«, schnappte der Neuankömmling merklich nach Luft ringend, denn offenbar schien es mit seiner Kondition nicht weit her zu sein.

Ohne überhaupt eine Antwort abzuwarten, versuchte er sich an Meier vorbeizudrängen und in den Wellnessbereich zu stürmen. Doch er hatte die Rechnung ohne den pflichtbewussten Polizisten gemacht. Dieser stellte sich ihm geschickt in den Weg und hob in einer herrischen Geste die Hand.

»Stopp!« Meiers Auftreten war, entsprechend seiner langjährigen Berufserfahrung, äußerst souverän.

Der Mann hielt tatsächlich für einen Augenblick inne und schnaubte dabei missfallend. »Was bilden Sie sich ein? Ich bin der Eigentümer dieser Hotelanlage. Sie haben kein Recht, mir den Weg zu versperren.«

»Polizei!« Dieses eine Wort genügte, um dem Herrn den Wind endgültig aus den Segeln zu nehmen. Der nächste Satz ließ den Hotelier erschrocken die Augen aufreißen. »Dies ist ein Tatort und hier geht vorerst niemand mehr rein.«

»Ein .... Tatort?«, stammelte der verdutzte Hotelchef.

Der Schrecken stand dem Mann ebenso deutlich ins Gesicht geschrieben wie den beiden Frauen zuvor. Sich langsam aus ihrer Schockstarre lösend, begannen die beiden Freundinnen leise zu schluchzen und nahmen sich gegenseitig in die Arme. Burgi presste ihre aufgelöste Freundin fest an sich und rang sichtlich um Fassung. Diese Hilflosigkeit hielt jedoch nur ein paar Minuten an, bis sie sich die Tränen resolut aus den Augen wischte und loszeterte: »Ich wusste doch, dass mir dieses Arschloch den Urlaub versauen würde!«

Alle Umstehenden rangen empört nach Luft, als sie wütend ihre Arme nach oben warf. »Da braucht ihr mich gar nicht so anzugaffen. Manche Menschen machen einem bis zum bitteren Ende nur Ärger.« Aufgeregt fuchtelte sie mit dem Finger in Richtung Schwimmbadtüre. »Der da drin war genau so ein Kandidat.«

Mit einem Ruck drehte sie sich um und packte dabei Hummelchen grob am Arm. »Komm, wir gehen jetzt essen.«

»Essen?« A.C. krächzte mehr, als das sie sprach. Walburgas pietätlose Aufforderung traf nicht nur bei Hummelchen auf absolutes Unverständnis, sondern brachte ihr zudem einige böse Blicke und Kommentare der neugierigen Schaulustigen ein.

Burgi nickte bekräftigend. »Ja, essen! Auf den Schrecken, brauche ich erst mal was in den Magen.« Erbost deutete sie wieder auf den Eingang zum Schwimmbad. »Mit diesem Kerl da drinnen hatte ich bereits früher genug zu tun. Er war ein unmöglicher Kotzbrocken, dem ich mit Sicherheit keine Sekunde nachtrauern werde.«

A.C. musterte ihre Freundin etwas genauer. Außer ihr und Herrn Meier bemerkte keiner der anderen Zaungäste Burgis zitternde Hände. Hummelchen kannte sie gut genug, um zu wissen, dass die aggressive Fassade nichts anderes als ein Schutzwall war. Innerlich schauderte Walburga mit Sicherheit noch genauso wie sie selbst. Ihre Freundin hatte sich lediglich äußerlich schneller wieder im Griff.

Die Autorin schaute sich zaghaft um. Insgeheim suchte sie ein Loch, in dem sie sich einfach nur verkriechen konnte. Vielleicht gelänge es ihr auf diese Weise, die schrecklichen Bilder aus ihrem Kopf zu verbannen. Burgi wollte keine Auszeit, sondern flüchtete sich direkt wieder in die schützende Normalität, um das grauenvolle Erlebnis zu verarbeiten. Jeder geht mit diesen Dingen eben anders um.

Auch wenn Burgi auf Außenstehende wie ein gefühlloses Monster wirken musste, so wusste Hummelchen es doch besser. A.C. hätte sich selbst ohrfeigen können. Warum hatte sie Burgis Wut und den offensichtlichen Konflikt mit diesem Mann nicht ernster genommen und mit ihr darüber gesprochen, als sie noch im Zimmer waren? Nein, sie war wieder egoistisch gewesen und hatte nur an den neuen Roman gedacht.

»Kommst du jetzt mit, Agatha-Christine?«

Oh weh! So nannte ihre Freundin sie nur kurz vor dem Ausflippen. Um die Situation zu entschärfen, nickte A.C. sofort bejahend und hakte sich bei Burgi unter. Normalerweise würden sie jetzt quietschvergnügt gemeinsam zum Abendessen marschieren, überlegte Hummelchen niedergeschlagen. Wahrscheinlich würde sie sogar fröhlich pfeifen, um sich anschließend von Burgi necken zu lassen, weil es gar so falsch klang. Meiers Räuspern ließ sie in der Bewegung innehalten.

Burgi reagierte prompt. Sie ließ weder den armen Mann noch sonst irgendwen zu Wort kommen und funkelte ihn aus zusammengekniffenen Augen wütend an. »Möchten Sie mir vielleicht sagen, ich solle hier bleiben?« Provozierend musterte sie den Hauptkommissar. »Wir sind hier lediglich Urlauber und soweit ich das beurteilen kann, Sie auch. Ich wüsste ehrlich gesagt auch nicht, was ein Münchner Polizist hier zu melden hätte.«

Während alle ringsum empört aufkeuchten, musste sich Meier ein Grinsen verkneifen. Die Frau hatte Mumm, das gefiel ihm. Dennoch schüttelte er nur langsam den Kopf.

»Das ist nicht ganz korrekt. Sie sind leider für diesen Fall auch die einzigen Zeugen. Gehen Sie ruhig etwas essen, aber bleiben Sie bitte für die Beamten greifbar. Ich übergebe den Fall in der Zwischenzeit an meine Kollegen aus Miesbach und werde dann dasselbe tun«, sagte er, an beide gewandt und lächelte A.C. aufmunternd zu. »Machen Sie sich darauf gefasst, dass Sie später noch aussagen und einige Fragen beantworten müssen. Sie sollten sich zuvor noch etwas trockenes anziehen, Frau Hummel.«

Burgi nickte majestätisch und schritt dann einer Königin gleich durch die Menge der Gaffer, die etwas eingeschüchtert vor ihr zurückwichen, um den Weg freizumachen.

Meier wies den Hotelier an, keinen in den Wellnessbereich zu lassen. Bevor er zum Tatort zurückkehrte, wollte er sich erst noch um seine Frau kümmern.

Doch die winkte direkt ab, als er sich ihr zuwenden wollte. »Mach hier, was auch immer du zu tun hast. Ich gehe auf unser Zimmer, denn an Essen kann ich jetzt gerade nicht denken. Mach dir bitte keine Sorgen um mich, es geht mir soweit gut. Ich bin zum Glück lange genug mit dir verheiratet, um wegen so einer Geschichte nicht gleich aus den Latschen zu kippen.«

Er verabschiedete sie mit einem Kuss auf die Wange und wandte sich wieder dem Hotelbesitzer zu. Stoisch wie ein englischer Wachsoldat stand dieser vor der Schwimmhalle. Er verwehrte jedem den Zutritt, der womöglich vorhandene Spuren vernichten könnte.

Meier nickte dem Mann dankend zu. Jetzt war es an ihm, dort hineinzugehen und sich einen genaueren Überblick über die Sachlage zu verschaffen. Auch wenn er hier nicht zuständig war, konnte seine professionelle Einschätzung eine erste Hilfestellung für die ermittelnden Beamten sein.

Lukas Leitner war unwohl in seiner Haut. An den Anblick von Leichen würde er sich wohl nie gewöhnen. Auf der anderen Seite des Schwimmbeckens war der Gerichtsmediziner dabei, den Leichnam zu untersuchen. Die Spusi, wie die Spurensicherung kurz genannt wurde, untersuchte alle Ecken des Wellnessbereiches.

Untypischerweise verspürte er eine eigenartige Unsicherheit. Es lag mit Sicherheit daran, dass sich sein Kollege und Vorgesetzter, Bernd Forster, einfach mit dem Hotelbesitzer in dessen Büro, zurückgezogen hatte. Normalerweise gingen sie einen Fall gemeinsam an.

Der Hotelier Josef Gruber war, nachdem er sich von seinem ersten Schock erholt hatte, stocksauer. Die Hilfsbereitschaft, mit der er vorher noch den Zugang versperrt hatte, war verflogen, denn einige der Gäste hatten wegen des Vorfalls bereits ihre Abreise angekündigt. In einem Mordhotel wollten sie nicht ihren wohlverdienten Urlaub verbringen, so ihre Stornierungsbegründung. Lukas konnte die Beweggründe der Urlauber durchaus nachvollziehen.

Gruber hingegen sah nur die schwindenden Einnahmen, ohne Rücksicht auf die Empfindungen seiner Gäste zu nehmen. Hinter seiner hohen Stirn hatte er bereits begonnen, eifrig mitzurechnen. Vor wenigen Wochen erst feierte er die Einweihung des neuen Hotelkomplexes und jetzt war einer der wichtigsten und prestigeträchtigsten Bereiche seines Imperiums wegen der Beweisaufnahme vorübergehend geschlossen worden. Das kostete ihn ein kleines Vermögen.

Der junge Polizist beneidete seinen Kollegen nicht, der sich nun mit Sicherheit dem Hotelier gegenüber behaupten musste. Soweit es Lukas wusste, hatte Gruber wohl sehr viele Kontakte im gesamten Umkreis und bei etlichen Dingen seine Finger im Spiel. An einflussreichen Beziehungen mangelte es ihm daher mit Sicherheit nicht und so konnte es eine unangenehme Erfahrung werden, ihm in die Quere zu kommen. Besonders dann, wenn sich die Lokalpolitiker einmischten und für ihn Partei ergriffen. Ihr Verständnis für Polizeiarbeit hielt sich meist in sehr engen Grenzen.

Lukas versuchte die Gedanken an seine Vergangenheit, die ihn mit diesem grausamen Hotelier verband, zu verdrängen. Zu sehr schmerzte ihn der bittere Verlust bis heute. Und doch ließ es sich nicht vermeiden, dass er ganz kurz an sie dachte: Sarah! Energisch schob er den Gedanken beiseite und konzentrierte sich wieder auf das Wesentliche: den hier zu lösenden Mordfall.

»Gesetz ist Gesetz und Vorschriften sind Vorschriften!«, murmelte er vor sich hin. »Liebe war Liebe.« Der

Gerichtsmediziner sah etwas irritiert hoch, konzentrierte sich dann aber sofort wieder auf seine Aufgabe.

Lukas wandte sich mit hochrotem Kopf ab. Er sollte endlich anfangen, die Zeugen zu befragen. Am besten fing er mit dem Münchner Hauptkommissar an.

Meier hatte in der Zwischenzeit Claudia eine Nachricht geschickt, dass sie schon mal ohne ihn zum Essen gehen solle. Er wollte nicht, dass sie die gesamte Zeit einsam im Zimmer saß und grübelte. Die Bitte, sie solle doch dabei gleich nach den beiden Münchner Damen schauen, ließ ihren ersten kurzen Protest sofort verstummen. Die nette junge Dame an der Rezeption, lächelte ihm freundlich zu, nachdem sie ihn hilfsbereit mit seiner Frau verbunden hatte. Er kam sich ohne Handy fast ein wenig nackt vor.

Er selbst wollte seine Beobachtungen und seine vorläufige Aussage unbedingt schnellstmöglich zu Protokoll geben. In Wahrheit wollte er jedoch so nah wie möglich am Geschehen bleiben. Zu seinem Verdruss beachteten ihn jedoch die Kollegen der zuständigen Polizei, aus ihm unerfindlichen Gründen, so gut wie gar nicht. Der ranghöhere Polizist wechselte zwar ein paar Worte mit ihm, bat aber lediglich darum, für die Aussage greifbar zu bleiben. Anschließend verschwand er umgehend mit dem Hotelbesitzer. Der Rest der Mannschaft war sofort in die Schwimmhalle geeilt, um die notwendigen Ermittlungen zu beginnen.

Frustriert überlegte Meier, ob er jetzt einfach das Feld räumen sollte, da auch sein Magen schon lautstark knurrte. Bei seinem Glück, hatten sie den Speisesaal wahrscheinlich schon längst geschlossen. Er sah sich vor seinem inneren Auge bereits in der Küche um einen Krumen Brot betteln, als einer der zivilen Polizisten an ihn herantrat.

»Sie sind der Münchner Kollege?« Die Stimme des jungen Mannes war tief und rau. Meier musste seinen Kopf in den Nacken legen, denn dieser Bursche war bestimmt an die zwei Meter groß und im Schulterbereich gefühlt ebenso breit.

Meier nickte nur zustimmend und fuhr mit seiner Musterung fort. Das blonde Haar des Hünen hing wirr in die Stirn und wurde von ihm sofort energisch wieder zurückgestrichen. Ein Haarschnitt könnte helfen, dachte sich Meier. Der bullige Körper des jungen Polizisten passte irgendwie so gar nicht zu den feinen, fast bubihaften Gesichtszügen, aus dem lediglich die Nase als markanter Mittelpunkt hervorragte. Der Zinken erinnerte an das Riechorgan eines Profiboxers, zumindest deutete die Schiefstellung auf einen früheren Nasenbeinbruch hin. Der Dreitagebart brachte ein wenig Härte in die jungenhaften Züge. Aus hellen, verwaschen grünen Augen, blickte ihn der junge Beamte eindringlich an.

»Lukas Leitner«, stellte er sich vor und reichte Meier die Hand, während er mit dem Daumen der anderen Hand über die Schulter zur Eingangstüre des Wellness-Bereiches zeigte. «Sie waren als erster am Ort des Geschehens?«

Meier erhob sich schwerfällig. Die lange Sitzerei auf diesem Stuhl war Gift für seinen Rücken. Mit ernstem Gesichtsausdruck erwiderte er den Handschlag. »Nein, zwei Münchner Gäste waren vor mir im Schwimmbad. Ich wurde durch einen Schrei auf die Situation aufmerksam.«

Lukas zückte seinen Notizblock und beeilte sich, das Gehörte mitzuschreiben. »Und wo sind diese beiden Gäste nun?«

Mit Entsetzen wurde dem jungen Polizisten plötzlich bewusst, dass noch von keinem der Anwesenden irgendwelche Personalien aufgenommen worden waren. Mittlerweile war jede Menge Zeit vergangen, die der Mörder vielleicht schon zur Heimreise genutzt haben könnte. Eine beschämende Situation und das auch noch vor dem Kollegen aus der Landeshauptstadt. Lukas' Backen erröteten leicht und er dachte kurz an Forster, der als Vorgesetzter hier eigentlich die Regie hätte übernehmen sollen.

Meier schnalzte missbilligend mit der Zunge. »Soweit ich weiß, sind die Damen noch im Speisesaal. Meine Frau sitzt mit ihnen zusammen an einem Tisch. Zumindest ist dies der letzte Stand meiner Information.«

Lukas' Gesichtsfarbe wechselte ins Puterrote. »Konnten Sie noch andere Personen beobachten?«, versuchte er, die peinliche Situation professionell zu überspielen, und machte mit seiner Befragung weiter.

Meier räusperte sich. »Nein, da war sonst niemand zu sehen.« Der Münchner Hauptkommissar streckte seinen Rücken durch. Einen kleinen Dämpfer verpasste er dem wohl noch unerfahrenen Kollegen boshafterweise: »Vielleicht können wir unser Gespräch in einer ruhigen Ecke des Speisesaals weiterführen. Ich stehe nämlich kurz vor dem Hungertod.«

»Da spricht nichts dagegen.« Lukas steckte den Notizblock wieder in die Jackentasche zurück.

Der Speisesaal hatte gewaltige Ausmaße, war jedoch in kleine, private Nischen unterteilt, die es einem ermöglichten, einen Platz zu finden, an dem man sich ungestört unterhalten konnte. Als sie Platz genommen hatten, hielt Meier nach seiner Frau, Burgi und Agatha-Christine Ausschau, konnte sie aber nirgends entdecken.

Ein junger Mann in Lederhosen eilte herbei und reichte den beiden Männern jeweils eine Speisekarte. Meier bestellte sich vorab ein Weißbier und öffnete den ledergebundenen Einband. Edel, edel, schoss es ihm durch den Kopf.

Gezwungenermaßen bestellte sich Lukas eine Cola. Dienst ist Dienst, Schnaps ist Schnaps, war sein etwas gequälter Gedanke dabei. Mit einer Hand fuhr er sich über den Bauch. Er könnte schon auch eine Kleinigkeit vertragen, bemerkte er in diesem Moment.

»Ein Schnitzel mit Kartoffelsalat«, bestellte Meier kurz darauf bei dem mit den Getränken herbeigeeilten Kellner.

Nachdem sein grummelnder Magen sämtliche Bedenken über den Haufen warf, nickte Lukas lediglich noch zustimmend. »Für mich bitte dasselbe.«

Meier prostete dem jungen Mann zu, der eher widerwillig an dem pappig süßen Cola nippte. Ich hätte mir ja auch ein alkoholfreies Bier bestellen können, dachte er und ärgerte sich über sich selbst.

»Ich würde mal sagen, wir kommen direkt auf den Punkt. Bevor ich mein Essen auf dem Tisch habe, möchte ich meine Aussage loswerden.«

Lukas nickte zustimmend und zückte wieder seinen Notizblock. Eifrig brachte er Meiers Schilderung des Geschehens zu Papier. Eine angenehme Sache, mit einem Profi zusammenzuarbeiten. Diesen Gedanken konnte er sich nicht verkneifen, denn Meier fasste alles informativ, aber knackig zusammen. Vor allem war es von ihm bereits in perfektes Amtsdeutsch übersetzt, so dass er im Prinzip nur mitschreiben musste.

»So, nachdem ich Ihnen jetzt alles nach bestem Wissen und Gewissen erzählt habe, werde ich in aller Ruhe essen. Nach den Frauen schauen wir dann anschließend. Ich gehe nicht davon aus, dass sie das Weite gesucht haben.«

Wirklich beruhigen konnten diese Worte Lukas nicht. Mit seinem verlockend duftenden Essen vor sich, schob er allerdings sämtliche Bedenken erst mal hintenan. Im Leben mussten immer wieder Prioritäten gesetzt werden und so ließen es sich die Männer mit gesundem Appetit schmecken.

»Na, das nenne ich eine Arbeitsmoral!«

Lukas verschluckte sich bei diesen harschen Worten. Die Hände in die Hüften gestützt, stand sein Vorgesetzter vor dem Tisch und musterte ihn wütend. Meier, der von dem Neuankömmling komplett ignoriert wurde, dachte bei dessen Anblick unwillkürlich an Louis des Funès. Der Mann war etwa in Meiers Größe und ähnlich korpulent. Das Haupthaar lichtete sich zu einer Halbglatze, der wenige verbliebene Bewuchs war grau. Eine riesige Nase saß wie ein Turm in einem ärgerlich verzogenen Gesicht. Dieser Mann lachte herzlich wenig, zumindest deuteten seine nach unten verzogenen Falten wenig Humor an. Meier schluckte das Lachen mitsamt dem nächsten Bissen herunter und grinste lediglich ein wenig in sich hinein. Dies lenkte die Aufmerksamkeit des wohl etwas cholerisch veranlagten Herrn auf sich.

»Und, wer sind Sie?«, blaffte der Neuankömmling ihn an.

Meier blieb äußerlich ungerührt. »Meier, Kripo München.«

»Sie sind der Polizist, der als Erster am Tatort war?«, kam die für Meier völlig sinnfreie Frage.

Er nickte und antwortete mit einer Gegenfrage. »Und mit wem habe ich die Ehre?«

Lukas zog unwillkürlich den Kopf ein wenig ein, als er sah, wie die Augenlider seines Chefs zu zucken begannen. Das konnte ja heiter werden. Er wollte gerade seinen Teller unauffällig von sich wegschieben, als Meier sich eine Gabel voll mit Kartoffelsalat in den Mund schob. Der Münchner kaute kurz, schluckte die Portion hinunter und starrte dem Choleriker dabei unentwegt in die Augen.

»Ich habe soeben alles zu Protokoll gegeben, was für Sie und Ihre Kollegen wissenswert ist. Die beiden Damen, die noch vor mir am Tatort waren, erholen sich im Moment zusammen mit meiner Frau von dem Geschehen.«

Meier hoffte inständig, dass er sich jetzt nicht um Kopf und Kragen redete. Es könnte ja ebenso möglich sein, dass die Münchnerinnen das Weite gesucht hatten und längst kurz vor der bayerischen Landeshauptstadt oder sonst wo waren. Der wütende Gartenzwerg, der noch immer seine Hände demonstrativ in die Hüften gestemmt hielt, erinnerte ihn sehr an seinen ehemaligen Chef bei der Bereitschaftspolizei.

»Aber es ist schön, dass ich Sie nun auch kennenlerne. Die gewissenhafte Art und Weise, wie ihr junger Kollege den Tatort sondiert hat, war wirklich beeindruckend.«, fuhr Meier unbeirrt fort.

Lukas griff verlegen nach seiner Gabel und fing wieder an zu essen. Ein Psychologe würde dies als Übersprungshandlung deuten, dessen war sich Lukas völlig sicher. Da auch Meier ungeniert weiter aß, fiel es überhaupt nicht auf, insbesondere, da Bernd Forster in diesem Moment seine ganze Aufmerksamkeit auf den Münchner Kollegen richtete.

»Kennen Sie die Frauen?« Forsters Stimme drohte sich zu überschlagen. »Da Sie ja alle aus München sind, meine ich.«

Meier gluckste kurz. »Nun ja, meine Frau kenne ich schon, wobei ich mir da nicht immer so sicher bin. Die beiden anderen Damen sind mir bis zum heutigen Tag noch nicht begegnet. München ist ja nicht unbedingt ein überschaubares Dorf.«

Forster schnappte nach Luft, kam aber nicht zu Wort, denn Meier konnte sich einen Rüffel nicht verkneifen. »Ehrlich gesagt wäre es meiner Meinung nach angebracht, wenn Sie sich endlich vorstellen würden, damit ich weiß, mit wem ich das Vergnügen habe.«

Lukas folgte mit wachsender Begeisterung dem Schauspiel, während er sein Schnitzel verzehrte. Dieser

Münchner Kommissar gefiel ihm, die Reaktion seines Chefs eher weniger. Er ging davon aus, dass er diese peinliche Szene hinterher büßen musste. Irgendeine saudumme Aufgabe fand Forster immer für seine Belegschaft, besonders dann, wenn auch nur eine Winzigkeit schiefgegangen war.

»Forster, Bernd Forster«, stellte sich der Kripobeamte in bester James-Bond-Manier vor. »Leitner, suchen Sie die beiden Zeuginnen. Es kann ja nicht sein, dass diese noch immer nicht befragt sind.«

Lukas stand auf, warf seinem Teller noch einen bedauernden Blick zu und blieb dann aber doch etwas unschlüssig stehen.

»Meine Frau finden Sie auf Zimmer 215, wenn sie nicht hier irgendwo beim Abendessen sitzt oder einen kleinen Spaziergang macht«, half ihm Meier auf die Sprünge.

Lukas Leitner nickte ihm dankbar zu und machte sich auf den Weg. Zu seinem Bedauern folgte ihm Forster, nach einem kurzen Abschiedsgruß an Meier, auf dem Fuß.

Meier lehnte sich gesättigt zurück. Der junge Kollege tat ihm von Herzen leid. So einen Chef wünschte man seinem ärgsten Feind nicht. Er beobachtete, wie Leitner beim Kellner seine Zeche bezahlte und Forster mit verschränkten Armen daneben stand. Mit einer gewissen Vorfreude erhob er sich von seinem Sitzplatz. Auf die Befragung seiner Frau war er schon gespannt, denn er dachte nicht im Traum daran, Claudia mit diesem Forster alleine zu lassen.

Du meine Güte, war das einfach gewesen. Abwarten, beobachten und im richtigen Moment zuschlagen. Eigentlich immer das gleiche Spiel. Gut, diesmal war schon ein wenig Nervenkitzel dabei, denn immerhin hätten jederzeit andere Gäste in den Wellnessbereich kommen können.

Nach getaner Arbeit hier gemütlich zu sitzen, und all die rätselratenden Polizisten und Touristen zu beobachten, war definitiv das Tüpfelchen auf dem i eines äußerst gelungenen Tages.

Das blutige Steak auf dem Teller war für diesen Anlass genau das richtige Essen. Die Beilagen hingegen reine Deko, die auf dem Teller verbleiben konnte.

Dort hinten saß die Dicke mit ihrer zwergenhaften Freundin. Es war der reinste Adrenalinkick gewesen, dem Alten die Kehle durchzuschneiden, während der Brocken nur ein paar Meter entfernt vor sich hin schnarchte.

Ein kurzes Stirnrunzeln überzog die bis dahin glatte Stirn. Jetzt blieb nur zu hoffen, dass die kleine Frau nichts gesehen hatte. Zeugen bei einem Mord waren nicht zu gebrauchen und haben in der Regel nur eine kurze Lebenserwartung.

Claudia Meier befand sich nicht, wie von ihrem Ehemann angenommen, in Zimmer 215, sondern saß keine zehn Tische weiter im Speisesaal. Zusammen mit Walburga Wagner und Agatha-Christine Hummel nahm sie ein spätes Abendessen ein.

Nach dieser leidigen Mordsache war sie dem Rat ihres Mannes gefolgt. Obwohl sie zuerst an alles andere, als an

Essen gedacht hatte, überfiel sie beim Geruch der köstlichen Speisen der Heißhunger wie ein wildes Tier.

Sie hatte die beiden anderen Damen in einer Nische entdeckt und zielsicher darauf zugesteuert. Auf keinen Fall wollte sie jetzt alleine irgendwo sitzen.

Das Tischgespräch drehte sich ganz bewusst nicht um die Geschehnisse im Schwimmbad. Kleiderfragen und Beautytipps boten sich in diesem Fall an und so wurde es richtig angenehm in Gesellschaft der beiden ungleichen Ladies. Vor allem aber lenkte es von all den negativen Gedanken und Bildern ab, die ihnen im Kopf herumschwirrten.

Sie überlegte noch, ob sie Ralf zuwinken sollte, als sie ihn dicht hinter zwei fremden Männern zum Ausgang gehen sah, unterließ es aber. Jetzt bereute sie dies, denn die beiden Herren standen kurz darauf an ihrem Tisch und zückten ihre Dienstausweise.

»Bernd Forster«, stellte sich der untersetzte Mann der heiter plaudernden Gruppe Frauen vor. Während Burgi und A.C. nur kurz nickten, erwiderte Claudia die Begrüßung und überlegte gleichzeitig, an wen er sie erinnerte.

»Ich hätte einige Fragen an die Damen. Mit wem von Ihnen soll ich denn beginnen?«

Alle drei Frauen schoben demonstrativ ihre Teller zurück, als er sie mit diesen wenigen Worten in die Realität zurückholte.

»Dieser aufgeblasene Polizei-Pinscher!« Burgi stapfte mit weitausholenden Schritten voran. »Der hat sich gerade so aufgeführt, als hätten wir diesen Vollidioten von

Götzhofner auf dem Gewissen! In dubio pro reo! In diesem Land gilt noch immer die Unschuldsvermutung!«

Bernd Forster hatte sie, zumindest ihrer Meinung nach, wie Schwerverbrecherinnen behandelt. Detailliert wollte er wissen, wie lange und warum überhaupt sie Götzhofner gekannt hatte. Was hatte dies denn bitte mit dem Mord zu tun?

»Wenigstens war der junge Polizist ein netter Kerl«, versuchte Hummelchen eher erfolglos die Wogen zu glätten. Sie legte den Kopf ein wenig schief und bemühte sich vergebens mit der Freundin Schritt zu halten. »Der Bursche ist ein richtiger Hingucker!«

Burgi wandte sich ungläubig zu A.C. um. »Forster?«

»Schmarrn! Der Andere! Wie hieß er gleich noch?«

»Leitner«, antwortete Burgi knapp und stöhnte schmerzerfüllt auf. »Herrschaft, Brutus, jetzt zieh halt nicht so.«

»Sie haben sogar eine Hundeschule im Hotel.« A.C. bemerkte es eher leise. Als sie die zusammengekniffenen Augen Burgis sah, ergänzte sie, um Schlimmeres zu vermeiden, schnell: «Agility und Hundeschwimmen bieten sie auch an.«

»Schwimmen? Mein Brutus? Der will ja nicht mal im Regen Gassi gehen.«

Hummelchen kicherte los. »Weißt du noch, wie du ihm ein Stöckchen in den Teich geworfen hast. Voller Begeisterung ist er hinterher«, bei dieser Erinnerung lachte Burgi laut auf, »um dann festzustellen, dass er keinen festen Grund mehr unter den Pfoten hat.«

»Seine beleidigte Schnauze, als wir lachend im Gras hockten, war unvergesslich.« Hummelchen streichelte Blümchen, die brav neben ihr her trottete. »Als mein Herzchen hier dann den Stock geholt hat, war sie den restlichen Tag Luft für ihn.«

»Mei, er ist halt ein sturer Dackel.«

Tiere beruhigen die Gemüter und selbst Gespräche über sie, haben diesen netten Effekt. Mit einem leichten Schmunzeln im Gesicht bummelten die beiden Frauen jetzt gemütlich weiter und jede hing still ihren eigenen Gedanken nach. Während Brutus an jeder Ecke schnüffelte und seine Markierung hinterließ, hielt Blümchen die Nase in den Wind und schien, ebenso wie ihr Frauchen, die Ruhe zu genießen.

Die hegte allerdings mittlerweile düstere Gedanken. »Burgi«, fing Hummelchen zögernd an, »ich denke gerade daran, wie friedlich du dort geschlafen hast.«

Burgi bekam automatisch eine Gänsehaut. »Du musst nichts weiter sagen. Ich frage mich schon die ganze Zeit, ob der Mörder mich gesehen hat.«

»Er hätte dich zumindest hören müssen«, wandte Agatha-Christine ein und erntete dafür einen finsteren Blick.

»Wie darf ich das bitte verstehen?«

A.C. schüttelte den Kopf. »Schau nicht so bös! Du hast nun mal geschnarcht wie ein Ochse.«

»Deine Wortwahl gefällt mir nicht«, brummelte Burgi vor sich hin.

»Die Wahrheit ist nicht immer schön.«

Burgi stieß ein schwerdefinierbares Geräusch aus, das wie eine Mischung aus Schnauben und Grunzen klang. »Du meinst also, mich zu überhören, ist ein Ding der Unmöglichkeit?«

»Wenn doch, dann müssen wir nach einem tauben Mörder suchen. Das würde die Ermittlungen natürlich erheblich vereinfachen.«

»Was heißt hier wir?« Burgi schüttelte abwehrend den Kopf. »Wir zwei werden ganz bestimmt keinen Mörder suchen!«

Walburga blieb stehen und musterte Hummelchen mit einem strengen Blick. »Du, meine Liebe, wirst dich ab morgen an deinen Laptop setzen und endlich mit deinem verdammten Liebesroman anfangen und ich werde mir die entspannende Massage gönnen, für die ich mich schon eingetragen habe.«

Hummelchen knuffte ihre Freundin frech in die Seite. »Jetzt sei halt nicht gleich so miesepetrig.«

Brutus kläffte kurz und setzte sich auf sein Hinterteil. Er hatte wohl keine Lust stehenzubleiben. Immerhin gab es hier eine Menge zu entdecken und zudem mussten zahlreiche Markierungen anderer Rüden schnellstens von ihm übertüncht werden. Jeder sollte wissen, wer der neue Chef im Revier war.

Widerwillig marschierte Burgi weiter. »Ich bin todmüde und froh, wenn wir jetzt dann im Hotel sind. Einen so anstrengenden Tag wie heute, hatte ich noch nie im Leben. Und ganz ehrlich, mir hat dieses saublöde Verhör vorhin den absolut letzten Rest gegeben. Der Typ ist ein Pedant erster Güte.«

»Da gebe ich dir vollkommen recht«, stimmte A.C. ihrer Freundin sofort zu, um sie wieder zu besänftigen. Den erstaunten Seitenblick von Burgi ignorierte sie. »Der schien uns allen Ernstes zuzutrauen, dass wir abgebrüht genug sind, einem Mann die Gurgel durchzuschneiden.«

Diese Worte riefen bei beiden Frauen ein schauerliches Gefühl hervor und die Bilder des entsetzlichen Tages kochten sofort wieder hoch.

»Manche fordern halt ihr Schicksal einfach heraus.« Beim Gedanken an diese Befragung, stieg eiskalte Wut in Burgi auf. »Ob ich Götzhofner schon länger kannte und welche Differenzen wir hatten! Klar, ich sehe jemanden zufällig nach einigen Jahren wieder und weil er mir schon immer unsympathisch war, bringe ich ihn halt mal schnell um. Danach lege ich mich wieder gemütlich aufs Wasserbett, von dem es im Übrigen ja schier ein Ding der Unmöglichkeit war, alleine aufzustehen und schnarche weiter vor mich hin.«

»Der hat doch im Leben noch nie mit einem echten Mordfall zu tun gehabt!« Hummelchen trat in ihrer Empörung gegen ein Steinchen, das in hohem Bogen einige Meter weit flog. Während Blümchen dem kleinen Kiesel versonnen nachsah, gab Brutus sofort Gas und renkte seinem Frauchen, in dem Bestreben das Steinchen zu erwischen, fast die Schulter aus.

»Vielleicht wäre Agility doch eine Lösung für das Temperament deines Hundes«, überlegte Hummelchen laut, als sie Brutus hinterherschaute.

»Schaue ich etwa so aus, als sei ich scharf darauf, durch einen Parcours zu rennen?«

Kapitel 5

Versonnen starrte Amelie auf das Hotel. Es lag der kleinen Pension ihres Vaters direkt gegenüber, nur getrennt durch die Weite des dazwischenliegenden Bergsees. Diese Distanz war ein Segen für ihren Vater, jedoch ein Gräuel für sie selbst.

Ihr Vater und sein ehemals bester Freund waren jetzt erbitterte Rivalen und konkurrierten um jeden Gast, der dieses Tal besuchte. Gemeinsame Werbeaktionen lehnten beide kategorisch ab, obwohl es jedem Einzelnen hier zu Gute käme, der im Tourismus arbeitete.

Den Grund für diese gnadenlosen Wettkampf, man konnte es schon fast Feindschaft nennen, fand Amelie nie heraus, doch litt sie zunehmend darunter. Wie sollte sie ihrem Vater nur erklären, dass sie sich verliebt hatte? Irgendwann müsste sie ihm schließlich beichten, dass sie den Sohn seines ärgsten Feindes liebte und dieser ihre Liebe erwiderte.

Alexander hatte erst gestern wieder darüber gesprochen, dass es an der Zeit war, endlich mit ihren Vätern ein Gespräch zu führen. Doch Amelie ängstigte der Gedanke, und die möglichen Konsequenzen.

So trafen sie sich weiterhin heimlich, schauten scheu beiseite, wenn sie sich im Beisein anderer zufällig trafen. Es gab nur wenige Personen, die in diese heimliche Liebschaft eingeweiht waren.

Vor langer Zeit hatte Amelie in der Schule Romeo und Julia gelesen und mittlerweile kam immer öfter die Angst auf, es könne ihnen eines Tages genauso ergehen. Alexander lachte sie dann noch aus, nahm sie zärtlich in den Arm und küsste ihre Bedenken leidenschaftlich fort.

Jetzt stand sie hier, starrte über den still daliegenden See zum Gasthof Schönblick und sehnte sich nach ihrem Liebsten.

Seine Worte von gestern Abend kamen ihr in den Sinn. »Wir könnten unsere Koffer packen und von hier weggehen. Warum sollten wir denn unser Glück nicht in der Ferne suchen?«

Sein Verhalten zeigte deutlich, dass er genug hatte von dem ewigen Kampf um Gäste und dem daraus hoffentlich resultierenden Reichtum. Er wollte mehr vom Leben, als die Wünsche ihrer Väter zu erfüllen.

Beide hatten die Gastronomie von der Pike auf gelernt. Dabei wünschte Alexander sich nichts sehnlicher, als Architektur zu studieren. In seinem Zimmer standen zahlreiche Bücher über die schönsten Gebäude aus aller Herren Länder.

Amelie verstand ihn sehr gut, denn die Sehnsucht, den Grenzen des Daseins hier in der Enge der Berge zu entkommen, schlummerte auch in ihr. Doch noch war sie in ihrem Herzen nicht vollständig erwacht. Während

Amelie die Majestät der Berge bewunderte, wurde Alexander davon eingeengt.

Hummelchen atmete tief durch, löste den Blick von ihrem Bildschirm und ließ ihn auf eben diese Berge schweifen. Die ersten Worte waren geschrieben. Die langersehnte Geschichte um ihre Protagonisten Alexander und Amelie nahm nun endlich ihren Anfang.

»Wunderschönen guten Morgen!«

Überrascht blinzelte Agatha-Christine in die Sonne. Mit einem Haferl Kaffee in der Hand stand Claudia Meier vor ihr.

»Mit dem PC im Urlaub? Können Sie denn so überhaupt mal ausspannen?«

Einladend deutete Hummelchen auf den freien Stuhl neben sich und klappte ihr Netbook zu. »Es ist ja nur ein ganz kleiner PC.«

»Oh, danke! Da setze ich mich doch gern ein bisserl dazu. Mein Mann schlummert noch friedlich. Ich glaube, mich erwischt langsam die senile Bettflucht.«

A.C. lachte hellauf. »Ich bin normalerweise eine Langschläferin. Aber seit ich einen Hund habe, muss ich in der Früh raus aus dem Bett. Aber ehrlich gesagt, genieße ich mittlerweile unsere morgendlichen Spaziergänge. Bei solch einem herrlichen Wetter in dieser traumhaften Kulisse macht es natürlich gleich doppelt so viel Spaß.«

Claudia hatte Blümchen noch gar nicht wahrgenommen, was bei einem Hund dieser Größenordnung schon an ein kleines Wunder grenzte. Die Doggendame lag friedlich auf der Wiese neben der

Terrasse und hatte die Nase in einem Meer von Gänseblümchen vergraben.

»Brauchen Sie für diesen Hund eigentlich einen eigenen Kühlschrank?«, entfuhr es Claudia unbedacht.

Hummelchens Kichern wirkte ansteckend. »Noch nicht, aber ich habe tatsächlich schon darüber nachgedacht. Sie werden mir aber hoffentlich glauben, dass dieses zierliche Hündchen mehr frisst, als ich.«

»Ich bin ganz schön erschrocken, als Ihr Blümchen bei unserer Ankunft auf mich zupreschte. Da hatte ich nicht nur einen Heidenrespekt, sondern fast schon gestrichen die Hosen voll.«

A.C. prustete los. Beinahe hätte sie sich an ihrem Kaffee verschluckt. »Da sind Sie nicht die Einzige. Ehrlich gesagt, finde ich das immer sehr lustig. Denn Blümchen ist ein richtig gutmütiges Seelchen und froh, wenn ihr keiner etwas tut. Bei Brutus schaut das schon ganz anders aus. Er ist ein typischer Dackel und verleiht dem Wort Sturheit eine ganz neue Dimension. Zudem hält er sich offensichtlich für einen Wolf. Genauer gesagt für den größten Wolf in der gesamten Umgebung wohlgemerkt. Nur er und kein anderer hat in seinem Revier etwas zu melden.«

»So einen Kandidaten hatte meine Oma auch. Der Postbote hat unsere Briefe und die Pakete grundsätzlich beim Nachbarn abgegeben. Allerdings war das kein Dackel, sondern ein Schäferhund.«

Die beiden Frauen schmunzelten und schwiegen eine Zeit lang vor sich hin. Jede betrachtete für sich das

Alpenpanorama und hing ihren Gedanken nach. Ringsum herrschte zu dieser frühen Stunde noch idyllische Ruhe.

Claudia brach das Schweigen, indem sie auf Hummelchens Mini-Laptop deutete. »So ein kleines Teil ist echt praktisch. Ich hatte schon überlegt, mir so etwas anzuschaffen. Aber im Urlaub möchte ich es nicht dabei haben.«

»Ich bin eigentlich nicht im Urlaub, sondern auf Inspirationsreise«, antwortete A.C. ein wenig geheimnisvoll.

Claudia zog interessiert die Augenbrauen nach oben. »Sie sind Schriftstellerin?«

»Ich bin Autorin und Journalistin«, entgegnete Hummelchen Stolz und strahlte dabei übers ganze Gesicht.

»Das sind mit Sicherheit ganz wunderbare Berufe. Ich wünschte, ich hätte auch nur einen Funken von Kreativität im Leib«, antwortete die Polizistengattin mit einem Hauch von Bedauern in der Stimme.

»Jeder ist auf seine Art kreativ«, versuchte Hummelchen ihre Sitznachbarin aufzumuntern, während sie an ihrem mittlerweile kalten Kaffee nippte und unweigerlich das Gesicht angewidert verzog. »Nachdem der Beweis für die Behauptung, kalter Kaffee würde schön machen, immer noch aussteht, lasse ich dieses ungenießbare Gebräu lieber stehen.«

»Schönheit liegt immer im Auge des Betrachters«, grinste Claudia. »Ich weiß nicht, von wem der Spruch stammt, aber recht hat er allemal.«

A.C. nickte zustimmend, lenkte aber dann das Gespräch in eine andere Richtung. »Ihr Mann ist doch bei der

Polizei. Wissen Sie schon etwas Neues wegen dieser schrecklichen Mordgeschichte?«

»Die hiesige Polizei ist an der Sache dran, mehr kann ich dazu leider nicht sagen.« Claudia wich der direkten Frage geschickt aus und beschloss, das Thema zu wechseln. Sie wollte gerne über alles Mögliche reden, aber nicht über diesen Todesfall. Ihr trauter Gatte hatte sie zwar gestern Abend umfassend informiert, nachdem sie selbst noch eine Aussage zu Protokoll geben musste, doch ihr stand jetzt nicht der Sinn danach, sich intensiver damit zu befassen. »Jetzt würde mich aber interessieren, welche fantastischen Bücher ihrer Feder entsprungen sind. Sie müssen wissen, dass ich für mein Leben gern lese.«

»Ich schreibe regelmäßig für eine Münchner Zeitung als freiberufliche Journalistin. Leider habe ich bisher erst einen Roman veröffentlicht. Der Titel ist *Sekretärin in Love*.«

»Wahrscheinlich bin ich durch die Arbeit meines Mannes vorbelastet. Ich lese meistens Krimis." Claudia zwinkerte A.C. zu. „Aber wenn ich schon einmal eine waschechte Autorin kennenlerne, sollte ich auf jeden Fall deren Buch lesen. Ich habe für den Urlaub sowieso noch eine gute Lektüre gesucht und mir erscheint, in Anbetracht der Ereignisse, eine Liebesgeschichte als perfekter Urlaubsfüller.«

Natalia verzog genervt das Gesicht. Diese Polizisten strapazierten langsam aber sicher ihre Geduld auf eine fast schon penetrante Art und Weise.

»Frau Orlowa, Sie waren also die Begleiterin des verstorbenen Herrn Götzhofner, sehe ich das richtig?« Bernd Forster musterte die ihm gegenübersitzende Frau kritisch.

Natalia kniff die Augen zusammen. »Mann, reden Sie Klartext mit mir. Wenn Sie wissen wollen, ob ich seine Geliebte war, dann fragen Sie mich am besten direkt«, pampte die schöne Russin den Kommissar unfreundlich an.

Forster schluckte, sah angestrengt auf das vor ihm liegende Blatt Papier und stellte dann endlich die eigentliche Frage: »Waren Sie Reinhold Götzhofners Geliebte?«

»Ja!« Natalia straffte ihre Schultern, lehnte sich zurück und klopfte rhythmisch mit den frisch maniküren Fingernägeln auf die Tischplatte. »Das ist meines Wissens nach nichts Verbotenes«, ergänzte das Rasseweib mit provozierendem Unterton.

»Nein, nein! Das ist es natürlich nicht«, ruderte Forster schnell zurück. Diese Frau brachte ihn mit ihrer sexy, rauchigen Stimme und dem ebenmäßigen Madonnengesicht, das so gar nicht zu ihrem Auftreten passte, ganz aus dem Konzept. Er wagte es kaum, einen Blick auf ihre Figur zu riskieren, da er fürchtete zu erröten, wie ein kleiner Schulbub.

Lukas Leitner räusperte sich und übernahm die weitere Befragung, um die angespannte Situation zu entschärfen und seinem Chef aus einer misslichen Lage zu helfen. Diese Russin war optisch gesehen eine Traumfrau, das musste er zugeben, aber irgendetwas an ihr war ihm suspekt. »Können Sie uns sagen, wo Sie sich zur Tatzeit aufgehalten haben?«

Natalia richtete nun ihre volle Aufmerksamkeit auf den attraktiven, jungen Mann. »Wann genau ist es passiert?«, fragte die blonde Schönheit mit gespielt tränenerstickter Stimme und tupfte sich mit einem Taschentuch eine imaginäre Träne aus dem Augenwinkel, um ihre vermeintliche Trauer zu unterstreichen.

Wie lange sie diese schauspielerische Glanzleistung wohl geübt hatte, fuhr es ihm spontan durch den Kopf. »Gegen sechzehn Uhr«, entgegnete er mit kühler Stimme.

Die trockene und knappe Antwort brachte Natalia ein wenig aus dem Konzept. Damit hatte sie nicht gerechnet und musste kurz nachdenken. »Ich glaube, beim Massieren. Ich habe mich danach im Wellnessbereich geduscht und bin dann auf die Sonnenterrasse gegangen.«

»Gibt es dafür Zeugen?«, hakte Lukas sofort nach.

Bevor sie zu einer Antwort ansetzte, richtete Natalia sich auf, denn bei solchen Männern galt die Devise, Haltung zu bewahren. »Den sehr talentierten Masseur des Hauses, würde ich mal sagen. In der Zeit, in der ich nebenan duschte, müsste er den Raum aufgeräumt und für den nächsten Kunden vorbereitet haben.«

Forster wollte sich von Leitner nicht komplett ins Abseits drängen lassen und ergriff fast schon trotzig das Wort. »Hatte Herr Götzhofner denn irgendwelche Feinde, von denen Sie wissen?«

Natalia schaute gelangweilt zum Fenster. »Jeder Mann mit Geld und Macht hat Feinde. Mit seinen Geschäften und Rivalen hatte ich allerdings nichts zu tun.«

Lukas wollte es genauer wissen. »Herr Götzhofner könnte Streitereien oder Ähnliches erwähnt haben. Erinnern Sie sich an Telefongespräche, die irritierend auf Sie wirkten?«

»Weder noch.« Natalia betrachtete desinteressiert ihre Fingernägel. Der Lack musste schon wieder erneuert werden. Diese stümperhafte Maniküre hatte nichts getaugt.

»Es könnte sein, dass wir Sie noch einmal befragen müssen. Halten Sie sich bitte zu unserer Verfügung«, beendete Forster frustriert die sinnlose Befragung. Diese Frau war ein gefühlloser Eisblock, der mit Sicherheit nicht so mir nichts dir nichts mit allen Details herausrückte. Es wäre also Zeitverschwendung gewesen, an dieser Stelle weiterzumachen.

»Zu Ihrer Verfügung?«, fragte Natalia mit einem anzüglichen Grinsen auf den Lippen, während sie sich besonders langsam erhob und den Oberkörper demonstrativ vor den Augen der Polizisten streckte, sodass ihre vollen Brüste besonders zur Geltung kamen. »Ts, ts«, neckte die angeblich trauernde Geliebte, als sie mit lasziv wiegenden Schritten den Raum verließ und die beiden Beamten verdutzt und ratlos zurückblieben.

»Da ist noch mehr.« Forster hatte es im Gefühl, konnte aber noch nicht nach diesem vagen Konstrukt in seinen Gedanken greifen. »Diese Frau weiß irgendetwas.«

Obwohl Lukas das nicht gerne tat, musste er seinem Chef ausnahmsweise recht geben.

Burgi saß gemütlich auf der großen Sonnenterrasse und schaltete ihren E-Book-Reader ein. Diese neuartige

Technik begeisterte sie zunehmend, denn endlich konnte sie jede Menge Bücher überall mit hinnehmen, ohne schwer schleppen zu müssen.

Sie wollte diesen Krimi endlich fertig lesen, den sie bestimmt schon vor zwei Wochen angefangen hatte. Mit Agatha-Christine einen Urlaub vorzubereiten, war einfach anstrengend und hatte sie zu nichts anderem kommen lassen. Ihrer Freundin fiel ständig etwas Neues ein, mit dem sie Burgi beschäftigen konnte. Das fing bei der Wahl des Fahrzeugs an und hörte bei der Auswahl der Garderobe noch lange nicht auf. Denn dann kam sie noch mit den vielen Vorschlägen, welch grandiose Sehenswürdigkeiten es vor Ort gab, die man sich unbedingt anschauen musste. Jede der spontanen Ideen wurde natürlich ausgiebig besprochen und damit flog die Zeit nur so dahin.

Burgi öffnete die Buchdatei. Der Reader war ein Geschenk ihres verstorbenen Mannes Georg gewesen. Lustigerweise war genau das die Zeit gewesen, in der sie am wenigsten gelesen hatte. Ein kummervolles Lächeln huschte über Burgis Gesicht. Sie hatte sich damals Hals über Kopf unsterblich in Georg verliebt, doch leider waren ihnen nur wenige Jahre zusammen vergönnt gewesen. Das Leben konnte manchmal so ungerecht sein, dachte sie und sah in leiser Wehmut einem jungen Pärchen hinterher. Hand in Hand schlenderten die beiden den Blumen gesäumten Weg zum See hinunter.

Das Glitzern des Wassers in der hellen Sonne ließ sie leicht erschaudern. Unwillkommene und tief vergraben geglaubte Bilder stiegen in ihr auf. Wie in einem geschmacklosen Schnappschuss sah sie ihren Georg vor sich, mit dem Gesicht nach unten in der leichten Brandung des Meeres treibend und rings um ihn herum funkelte das Wasser, wie tausende Juwelen. Ein tragischer Unfall in einem grausamen und zugleich romantisch anmutenden Bild für immer verewigt.

Burgi legte den Reader in den Schoß. Ihre Hände zitterten immer, wenn ihre Erinnerungen an diesen schweren Verlust hoch schwappten. Die Leiche Götzhofners hatte all diese schmerzhaften Eindrücke erneut hochgespült wie die Scheiße in einem verstopften Klo.

Dieser elende Schleimer hatte ihr schon früher das Leben zur Hölle gemacht. Sie war ihm von jeher ein Dorn im Auge gewesen: Die einfache Verwaltungskraft, die doch genug Stil besaß, um den großen Boss zu beeindrucken. Oder, wie Götzhofner es auszudrücken pflegte, die sich hochschlafen wollte.

Ein wütendes Schnauben entfuhr ihr, sodass die Dame am Nebentisch sie etwas befremdet ansah. Burgi erwiderte ihren Blick und lächelte sie freundlich an.

Jetzt hatte Götzhofner die Quittung für sein unmögliches Verhalten bekommen und in Walburga Wagner kam nicht einmal ein Hauch von Mitleid hoch. Die Begegnung mit dem elenden Schweinekerl hatte sie neugierig gemacht und ein kurzer Anruf bei ihrer ehemaligen Kollegin, Paula, bestätigte ihre Vermutungen. Dieser Typ mobbte nach wie vor jeden, der ihm nicht in den Allerwertesten kroch.

Wenn sich dieser Möchtegern-Geschäftsführer auch anderen gegenüber so unmöglich benommen hatte wie bei ihr damals, dann lag ein hartes Stück Arbeit vor der Polizei, denn viele Feinde bedeuteten zahlreiche Verdächtige.

Burgi rieb sich wärmend über die Arme. Der Gedanke an alte Zeiten jagte ihr eine Gänsehaut über den Körper.

Sie war noch nie schlank gewesen, hatte aber auch nie das Bedürfnis gehabt, sich zu ändern. Auch andere hatte ihre Figur nicht gestört oder besser gesagt, sie hatten ihre Rundungen nie zum Thema gemacht. Bis Götzhofner spitz bekam, dass sie und der Chef ein über das Dienstliche hinausgehendes Interesse aneinander hatten. Plötzlich war sie die Fette in der Firma.

Georg verschwieg sie die verbalen Schmähattacken. Bis heute hatte sie keine vernünftige Erklärung für ihr damaliges Verhalten. War es falsche Scham? Wer weiß, heute war es nicht mehr relevant. Insgeheim wusste sie, dass es in vielen Beziehungen ein Diskussionspunkt war. Frauen wie Männer, wurden immer entweder auf das Aussehen oder den Geldbeutel reduziert.

Ein sehnsüchtiges Lächeln erhellte ihr Gesicht. Einmal hatte sie den Grund für das Mobbing ihrem Liebsten gegenüber angedeutet. Doch auf ihre Frage, ob er sie nicht irgendwann lieber gegen eine schlankere Frau austauschen möchte, da sie ja immerhin mit Größe 44 nicht dem gängigen Schönheitsideal entsprach, kam seine Antwort mit einem tiefen Lachen: »Warum sollte ich? Schätzchen, wenn es nach deinem Herzen ginge, müsstest du Größe 60 tragen. Und das ist doch alles, was zählt!«

Eine schönere Liebeserklärung hatte sie nie wieder bekommen.

Ein Mord hier im Hotel! Sarahs Schock über diese grauenvolle Nachricht saß tief. Gerade eben musste sie wieder am Wellnessbereich, dem Ort des Geschehens, vorbei zum Personaltrakt gehen. Ständig war sie in Versuchung über ihre Schulter zu blicken, ob ihr auch niemand folgte. Fast glaubte sie, Schritte huschen zu hören. Hatte da soeben eine Tür geknarzt?

»Unsinn!«, würde ihr Vater sagen. »Hier in diesem Haus quietscht rein gar nichts!«

Ihre angespannten Sinne spielten ihr wohl nur einen Streich. In diesem topmodern eingerichteten Hotel quietschte nicht einmal eine Schranktür. Das ungute Gefühl saß aber wie ein Ungeheuer in Sarahs Bauch. Doch noch etwas anderes grummelte in ihren Eingeweiden herum und beschäftigte ihre konfusen Gefühle. Der Gedanke an ihn!

In Windeseile war er mit seinen Kollegen die Treppen zum Hotel hochgelaufen. Wenn Sarah die Augen schloss, konnte sie das Spiel seiner Muskeln unter der engen Jeans vor ihrem inneren Auge sehen.

Für einen winzigen Moment hatte ihr Herz bei seinem Anblick ausgesetzt, um dann heftiger zu schlagen als je zuvor. Sie konnte einfach nicht aufhören, an ihn zu denken.

Ob Sarah wollte oder nicht, sie erinnerte sich sofort wieder an die Zeit, in der er sie regelmäßig abgeholt und ausgeführt hatte. Er war immer schon attraktiv gewesen, doch jetzt wirkte er zudem hart und gefährlich und dieses Bad Boy Image stand ihm unheimlich gut.

Sarah drehte den Schlüssel nervös zwischen den Fingern. Es war aus und vorbei. Vor mehr als zwei Jahren hatte er die Beziehung zwischen ihnen beendet, das Band um ihrer beider Herzen gnadenlos zerschnitten. Weder für sie noch für ihn gab es ein Zurück.

Es gefiel ihr nicht, ihn jetzt hier im Hotel zu wissen. Natürlich hatte er hier einen Job zu erledigen, schließlich musste er einen Mörder überführen.

Alleine der Gedanke an die hier begangene Gewalttat jagte ihr eine Gänsehaut über den Rücken. Sie warf einen gehetzten Blick über ihre Schulter, aber offensichtlich folgte ihr niemand und dennoch ließ sie das Gefühl nicht los, beobachtet zu werden.

Ein ganzes Heer von Polizisten hatte das Hotel durchforstet, um die Mordwaffe zu finden. Wie lächerlich! Glaubten diese einfältigen Idioten wirklich, dass ich es ihnen so einfach machen würde?

Sogar Taucher waren im Einsatz und durchsuchten den Spitzingsee akribisch. Zu entdecken gab es dort nichts, so ein kleines Automatikmesser maß zusammengeklappt gerade mal mickrige zehn Zentimeter. Kurz in den Swimmingpool gehalten, um die Spuren abzuwaschen, konnte man es sich danach sofort in die Hosentasche stecken und sich vom Acker machen.

Die Tatwaffe lag nun, gut versteckt, im eigenen Zimmer hinter dem Schrank. Fingerabdrücke gab es keine auf ihr zu finden, da habe ich darauf geachtet. Beizeiten galt es dann aber doch, dieses schöne Teil fachmännisch und vor allem endgültig zu entsorgen.

Kapitel 6

Langsam, aber stetig marschierte Agatha-Christine den gewundenen Bergweg entlang, der mit jedem weiteren Schritt ein etwas steiler wurde, um dann wieder ein wenig zum See hin abzufallen. Der Weg um den Spitzingsee herum war ideal für ungeübte Wanderer.

Blümchen, ihre Doggendame, hielt es kaum an ihrer Seite. Normalerweise war sie ein eher schüchternes Pflänzchen, doch heute siegte die Neugierde über jegliche Vorsicht. Die Hündin nahm begeistert die Witterung der unterschiedlichsten Gerüche, die sich ihr darboten, auf und sprang vergnügt in das dichte Unterholz entlang des Weges.

An einer Stelle konnte sie noch den scharfen Geruch eines Rehbocks wahrnehmen, während ein paar Schritte weiter bereits der wesentlich feinere und ihr wohlbekannte Duft eines Eichhörnchens aus der Umgebung hervorstach, das sich wahrscheinlich in einer der mächtigen Baumkronen versteckt hatte und die Spaziergänger aus sicherer Entfernung beobachtete.

Mit einem zufriedenen Lächeln betrachtete A.C. ihr aufgeweckt umherspringendes Blümchen, als sie eine frische Brise streifte, die sie fröstelnd ihre Jacke enger um sich ziehen ließ. Es war ganz schön kühl hier oben in den Bergen und bestimmt waren die Temperaturen auf den Gipfeln, die sie in der Ferne erkennen konnte, noch eine Spur kälter.

Ein paar Schritte weiter lichteten sich die dicht stehenden Bäume und Agatha-Christine blieb abrupt stehen. Der Anblick, der sich ihr bot, war majestätisch und erdrückend zugleich.

Die scharf gezackten Spitzen der Berge schienen greifbar nah und doch so weit entfernt. Von dem Eindruck überwältigt erschauderte sie, schloss für einen kurzen Augenblick bedächtig die Lider und atmete tief ein.

Eine scheinbar unendliche Stille breitete sich um sie herum aus und wurde lediglich vom Hecheln des Hundes sowie dem zaghaften Zwitschern eines Vogels durchbrochen. Die Kraft der Ruhe, die im Schatten des Bergmassivs herrschte, sog die Münchnerin begierig in sich auf. Sie atmete noch einmal die klare Bergluft tief ein, öffnete die Augen und ließ ihren Blick entspannt schweifen.

Vor ihr glitzerte der ruhig daliegende See, als hätte jemand ein blaues Tuch mit zahlreichen Diamanten bestückt. Das Hotel thronte wie ein Palast am anderen Ufer des glasklaren Sees. Der Pool im Außenbereich der Anlage war von einem noch intensiveren Blau als das Naturgewässer selbst und stach dadurch besonders ins Auge.

Blümchen hob den Kopf und schaute aufmerksam auf den vor ihr liegenden Weg. Nur Augenblicke später konnte auch A.C. sich nähernde Schritte hören. Wer immer ihr da entgegenkam, war flott unterwegs. Sie setzte sich wieder in Bewegung und schlenderte den gewundenen Seeweg entlang. An der nächsten Biegung linste Hummelchen vorsichtig, aber auch neugierig, um die Ecke.

Was für ein wunderschönes Paar, schoss es ihr spontan durch den Kopf, als sie die beiden auf sie zukommenden Spaziergänger entdeckte. Die goldglänzende, wallende Mähne der Frau unterstrich das ebenmäßige Gesicht, in dem eine fein geschnittene Nase und volle geschwungene Lippen sofort hervorstachen. Beim Anblick der üppigen Oberweite der blonden Schönheit hätte sich Hummelchen fast an ihre eigene, nicht vorhandene, gegriffen und wurde ein wenig neidisch. Eine wohldefinierte Taille, dralle Hüften und Beine, die schier endlos zu sein schienen, komplettierten den atemberaubenden Anblick der Frau.

Es lag in der Natur der Sache, dass A.C. bei dem Mann noch genauer hinschaute, schließlich war sie ja auch nur eine Frau. Vor ihr spazierte ein männliches Prachtexemplar den Weg entlang. Schwarzes, militärisch millimeterkurz geschnittenes Haar und ein Antlitz, dass sie spontan an einen jungen Dolph Lundgren erinnerte. Als ihr Blick vom markanten Gesicht zu seinem Körper hinunter glitt, bekam sie einen kurzen Anfall von Hitzewallungen. Die breiten Schultern mit den starken Oberarmen, die fast so muskulös wie Arnold Schwarzeneggers zu seinen besten Zeiten waren, wurden durch eine schmale Hüfte und einen wohldefinierten Sixpack unterstrichen.

Vielleicht waren die zwei Filmstars, die hier inkognito untergetaucht waren? Ein Liebesurlaub abseits des

Filmsets? Vielleicht sogar eine Liaison zweier Berühmtheiten?

Innerlich musste A.C. bei ihren eigenen Gedanken schmunzeln. Sie räusperte sich kurz, um das Paar auf sich aufmerksam zu machen und grüßte freundlich. Dabei fiel ihr auf, dass die Verliebten die zuvor ineinander verschränkten Hände sofort losgelassen hatten, als ihnen bewusst wurde, dass sie nicht mehr alleine waren. Sie wertete dies als eindeutiges Indiz für eine verbotene Liebelei.

Still lächelte sie erneut in sich hinein. So eine Szene musste unbedingt in ihr Buch. Die Frau erwiderte ihren freundlichen Gruß nur sehr zögerlich, während der Mann sie eiskalt anblickte. Blümchen drückte sich im Vorbeigehen dicht an ihr Frauchen. Eine unwirkliche Situation, welche die Schriftstellerin spontan an einen Thriller denken ließ.

»Arroganter Schönling!«, murmelte A.C. leise vor sich hin. Das spontane Herzklopfen bei seinem Anblick war augenblicklich vergessen. Blümchen stupste sie genau in diesem Moment mit der Schnauze an, als wolle sie ihrem Frauchen zustimmen. Hummelchen musste grinsen und streichelte sanft den Kopf ihres vierbeinigen Lieblings.«Komm Süße, es wird Zeit das Hotelbuffet zu stürmen. Ich stehe kurz vor dem Hungertod. Oh, schau mich nicht so vorwurfsvoll an! Du hast deinen Napf bereits leergefressen!«

Lukas stand am Seiteneingang des Foyers und beobachtete Sarah unbemerkt. Mit einem freundlichen Lächeln reichte sie in diesem Moment einem Gast eine Broschüre und gab offenbar zuvorkommend Auskunft zu den vielen Wellnessangeboten des Hauses.

Er hatte die junge Frau lange nicht gesehen. Wenn er so darüber nachdachte, musste es gewiss zwei Jahre her sein, denn zuletzt hatten sie sich kurz vor ihrer Abreise nach Wien gesehen.

»Dir ist schon klar, dass uns dein Vater lediglich auseinanderbringen will?«, hatte er ihr damals wütend an den Kopf geworfen.

»So ein Unsinn! Es geht nur darum, mich in einem renommierten Hotel auszubilden. Diese Erfahrung ist für den Betrieb unschätzbar wertvoll«, wollte Sarah seine Bedenken schlicht und ergreifend abwiegeln. »Außerdem möchte ich mich tatsächlich beruflich weiterentwickeln.«

Noch heute könnte sich Lukas für seine unbedachten Worte in den Hintern beißen. »Du weißt, dass es für uns keine Zukunft gibt, wenn du für zwei Jahre weggehst.«

Ihr entgeisterter Blick war bis heute in sein Gedächtnis eingebrannt. Er würde ihn nie wieder aus dem Kopf bekommen. Am nächsten Tag war Sarah ohne ein weiteres Wort des Abschieds gefahren. Er hatte darauf verzichtet, ihr am Bahnhof Lebewohl zu sagen, denn es hätte ihm das Herz in Tausend Stücke zerbrochen, sie dort ein letztes Mal zu sehen. Seit diesem Tag war der Kontakt zwischen ihnen abgebrochen.

Lukas wischte die feuchten Hände an seiner Jeans ab. Er hatte lange mit sich gehadert, ob er Sarahs Befragung nicht lieber seinem Chef überlassen sollte. Er hatte sich dagegen entschieden und jetzt stand er selbst hier und wusste nicht im Geringsten, wie er mit der Situation umgehen sollte. Seine dumme Entscheidung von damals konnte er heute nicht mehr nachvollziehen.

Der Gast stapfte lautstark die Treppen hoch und riss Lukas aus seinen Gedanken. Er atmete tief durch und schritt in gemächlichem Tempo auf Sarah zu. Die bemerkte ihn erst, als er direkt vor dem Tresen stand. Verwirrt blinzelnd und mit hämmerndem Herzen sah sie zu ihm auf. In der Hand hielt sie noch einen Kugelschreiber, doch was sie damit notieren wollte, war längst vergessen.

»Hallo, Sarah«, sagte Lukas sehr leise und betrachtete dabei seine Ex-Freundin genau. Sie war immer noch bildhübsch, eigentlich fast noch schöner als früher. Die erstaunt aufgerissenen Augen vermittelten eine Verletzlichkeit, die ihn mitten ins Herz traf.

»Ha ... hallo, Lukas«, hauchte sie und drehte dabei nervös ihren Stift zwischen den Fingern, bis er ihr mit einem leisen Klackern schließlich aus der Hand fiel.

»Kann ich kurz mit dir sprechen?« Ihre abwehrende Miene ließ ihn sofort beschwichtigend die Hand heben und ergänzend sagen: »Dienstlich! Es geht um den Mord.«

Sarah hielt inne, nickte zustimmend und ergriff den Telefonhörer. Keine fünf Minuten später erschien eine ihrer Kolleginnen, um Sarah an der Rezeption abzulösen.

Sie hatten sich, während sie auf die Ablösung warten mussten, konsequent angeschwiegen, selbst jetzt ging Sarah ohne ein Wort zu verlieren vor ihm her in einen der angrenzenden Räume, der wohl ein kleiner Konferenzraum zu sein schien. Äußerlich gefasst und im inneren einen tobenden Sturm der Gefühle niederkämpfend, nahm Sarah

Platz. Mit ablehnend verschränkten Armen auf den Tisch gestützt, starrte Sarah Lukas herausfordernd an.

Der zögerte einen kurzen Augenblick und setzte sich ihr dann gegenüber auf einen der Stühle. Der Tisch schuf eine angenehme und sichere Distanz.

»Was willst du wissen?«, blaffte sie ihn an. Sarah hielt sich nicht lange mit Höflichkeiten auf, denn sie wollte so schnell wie nur irgend möglich aus diesem Raum heraus. Weit weg von Lukas Leitner, bevor ihre mühsam aufgesetzte Fassade weiter zu bröckeln drohte und endgültig in sich zusammenfiel. Ihr Tonfall war deshalb alles andere als freundlich: »Ich kann mir nicht vorstellen, dass ich etwas zur Aufklärung des Mordes beitragen kann.«

Lukas spürte Sarahs Unruhe und ihre für ihn offensichtliche Nervosität beruhigte ihn auf unerklärliche Weise und half ihm die Situation zu meistern. »Das zu beurteilen, musst du schon mir überlassen. Wer weiß, vielleicht hast du etwas beobachtet, dass dir selbst völlig unwichtig erscheint, für uns aber von großem Nutzen ist.«

Sarah versuchte so lässig, wie möglich mit den Schultern zu zucken und erwiderte mit skeptischem Blick. »Na, dann frag mal.«

Lukas zückte etwas umständlich sein Notizbuch, kritzelte ein paar Worte hinein und räusperte sich.

»Wann hat Reinhold Götzhofner eingecheckt?«

Sarah musste nicht lange darüber nachdenken. Nervige Gäste wie Götzhofner blieben lange in Erinnerung. »Am Tag des Mordes. Ich kann mich lebhaft an seine Ankunft erinnern.«

Lukas schaute sie durchdringend an. »Gab es irgendeine Besonderheit, dass du dich so gut an seine Ankunft erinnern kannst?«

»Eine Besonderheit?« Sarah lachte amüsiert auf. »Ein kleiner, dicker und äußerst hässlicher Mann mit einem chinesischen Nackthund ist schon was Außergewöhnliches und sieht man nicht alle Tage.«

Sie konnte nicht anders und schmunzelte sogar ein wenig, als Lukas sich das Grinsen offenbar nicht verbeißen konnte. »Und dann kam diese Frau ins Foyer! Glaub mir, alle drehten sich nach ihr um!«

Lukas kaufte ihr das gerne ab. Immerhin hatte er Natalia Orlowa bereits verhört und wusste, wie sie auf Männer wirkte.

»Ein auffälliges Paar«, bestätigte er unumwunden.

»Er ließ deutlich raushängen, dass er Geld hatte«, schnappte Sarah leicht genervt bei der Erinnerung an diesen Kerl.

»Unfreundlich?«, fragte Lukas mit professioneller Miene.

»Untertreibung des Tages!«, lachte Sarah spöttisch auf. »Ein ungehobelter Klotz, der mit seiner Kohle einen auf großen Macker machte und gleichzeitig ein Geizkragen vom Feinsten war.«

»Er trat also äußerst großspurig auf?«, wollte Lukas es genauer wissen.

Sarah lehnte sich zurück und imitierte Götzhofner. »Hallo, Mädel! Mein Name ist Götzhofner und ich habe das beste Appartement dieser Bettenburg gebucht.«

Sarah ahmte nach, wie der Schnösel mit dem Finger in Richtung des Computers gedeutet hatte. »Dann wollte er den Chef des Hauses sprechen.«

Lukas stoppte seine Mitschrift. »Um gleich eine Beschwerde loszuwerden?«, fragte er irritiert.

Sarah schüttelte vehement den Kopf. »Nein! Warum sollte er auch?«

Sie schaute Lukas erstaunt an, als ihr klar wurde, dass die Polizei eine wichtige Information scheinbar noch nicht hatte. »Dann wisst ihr das noch gar nicht?«

Fragend zog Lukas die Augenbauen hoch. »Von was genau sprichst du?«

»Götzhofner war Geschäftsführer einer Baufirma«, erklärte Sarah, während sie in einer großen Rundumgeste die Arme ausbreitete, »und seine Firma hat dieses Hotel gebaut.«

Lukas witterte wichtige Details und beugte sich gespannt vor. »Kanntest du ihn demnach vorher schon?«

»Überhaupt nicht! Ich bin ja erst seit ungefähr zwei Monaten wieder hier.«

Beide schwiegen etwas betreten. Diese Bemerkung rief Erinnerungen wach, die schmerzhaft waren.

Lukas lenkte ihrer beider Aufmerksamkeit zurück auf die Befragung, um den peinlichen Moment zu überspielen. »Erzähl bitte weiter.«

Sarah schluckte schwer. »Nun gut, als er da so vor mir stand und sich aufführte, wie Graf Koks, schwebte seine ... puh, wie soll ich sie am besten nennen? Gespielin?« Sie suchte den Augenkontakt zu ihrem Ex, um zu sehen, ob er ihr zustimmte. »Ich habe schon einige reiche Männer mit ihren Flitscherln gesehen, aber dieser Kontrast war schon fast pervers.«

Bei dieser Wortwahl musste Lukas unwillkürlich lächeln, doch Sarah fuhr unbeirrt fort.

»Sie stellte sich neben den dicken Gartenzwerg und er schlang seinen wurstigen Arm um ihre Hüfte.« Erklärend schaute sie Lukas an. »Weiter oben ging nicht, wegen des Größenunterschieds. Sie trug zudem noch High Heels, was das Bild noch viel grotesker wirken ließ.«

»Hingucker des Tages?«, fasste es Lukas kurz und prägnant zusammen.

Sarah feixte. »So könnte man das sagen. Allerdings war dieser Mensch äußerst unsympathisch, während die Frau an seiner Seite wirklich nett und freundlich rüberkam.«

Sarah dachte kurz nach. »Man erwartet ja eher Arroganz von besonders attraktiven Menschen, aber hier war es komplett umgekehrt. Götzhofner reagierte unwirsch, als ich ihm mitteilte, dass der Eigentümer heute nicht im Hause sei. Sie hat ihn daraufhin beruhigt und ganz trocken gemeint, dass halt auch er sich voranmelden müsste.«

»Gab es noch etwas Besonderes, an das du dich in Verbindung mit dem Opfer erinnerst?«

Die junge Frau musste nur kurz nachdenken. »Der Hund tat mir leid. Diese Rasse ist normalerweise sehr verträglich. Doch in dem Fall kann ich nur sagen, so wie der Herr, so's G'scher!«

»Verzogener Kläffer?«, schlussfolgerte Lukas aus ihrer Anmerkung.

Sein hübsches Gegenüber schüttelte aber nur den Kopf. »Nein, falsch gehalten und nicht ausgelastet, würde ich sagen.«

»Okay«, nickte Lukas. Er hatte von Hunden keine Ahnung und wollte auch gar nicht näher auf dieses Thema eingehen. »Hattest du sonst noch mit dem Ermordeten zu tun?«

Sarahs Gedanken schweiften zu dem Moment ab, der ihr den gesamten Tag seiner Ankunft versüßt hatte. »Es gab noch einen etwas unangenehmen Zusammenstoß mit dem Herrn.«

Sie erzählte ihm von der unleidigen Hundebett-Geschichte und dem resoluten Auftreten von Walburga Wagner.

»Dann kannten sich diese Frau Wagner und der Tote also vorher schon?«

»Offensichtlich. Sie schien äußerst unangenehm berührt von dieser Begegnung, gewesen zu sein«, interpretierte sie Burgis Reaktion auf das Zusammentreffen.

»Aber sie hat ihn in seine Schranken verwiesen«, folgerte Lukas aus dem bis dahin Gehörten.

»Das könnte man so nennen«, bestätigte Sarah. »Die Peinlichkeit mit dem bepieselten Hosenbein hat ihn ziemlich mundtot gemacht. Er wollte möglichst schnell nach oben in sein Zimmer.«

»Verständlich!« Lukas konnte nicht anders und schmunzelte amüsiert, denn er stellte sich die Situation gerade bildlich vor.

Auch Sarahs Gesichtszüge hellten sich bei dieser Rückblende auf. Lächelnd schauten sich die zwei in die Augen, um dann peinlich berührt sofort aufzustehen.

»Sind wir hier fertig? Ich müsste dann mal wieder«, deutete Sarah in Richtung Rezeption, an der ihre Kollegin schon ungeduldig zu warten schien.

Lukas nickte nur, verabschiedete sich mit einem gemurmelten Gruß und suchte schnell das Weite. Er sah nicht mehr, wie Sarah noch einmal stehen blieb und ihm wehmütig seufzend sehnsüchtig hinterherschaute.

Sie rieb sich verlegen die Arme und erinnerte sich daran, wie seine Lippen schmeckten. Ein beunruhigender Gedanke, denn eigentlich war sie fest der Meinung, über ihn hinweg zu sein. Doch ihr Mund kribbelte, als erwarte er begierig einen Kuss von ihm.

Meier rückte seiner Claudia zuvorkommend den Stuhl zurecht. Sie liebte solche Gesten und er tat ihr den Gefallen gerne. Von hier aus hatte er eine perfekte Sicht über den gesamten Speisesaal, stellte er mit Genugtuung fest, als er sich neben seiner Frau an dem strategisch geschickt ausgewählten Tisch setzte.

Wegen dieses Mordfalles hatte er eine unruhige Nacht verbracht und auch bei seinem Ausflug mit Claudia zum Rotwandhaus kreisten die Gedanken über den Mord permanent durch seinen Kopf. Mit der Taubensteinbahn waren sie den Berg emporgefahren und während Claudia atemlos das Panorama bewunderte, hatte er im Geiste eine Pinnwand erstellt und alle Personen mit Bild und kleinen Karten dort festgesteckt.

Wie auf einem Denkbrett verband er eine Person mit der anderen und suchte fehlende Verknüpfungen. Der Job hatte ihn wieder! Meier war klar, dass er hier nicht ermitteln durfte, denn es war nicht nur eine andere Behörde zuständig, sondern er befand sich zudem auch noch in einem anderen Landkreis.

Ein Seitenblick auf seine Frau erinnerte ihn daran, dass er sich nicht nur aus behördentechnischen Gründen zurückhalten musste. Sie würde ihm schön was erzählen, wenn er sich im Urlaub lieber mit irgendwelchen Ermittlungen befasste, statt die Zeit mit ihr zu genießen.

»Ach, schau mal, Ralf!« Claudia deutete zum Eingangsportal des Speisesaals. »Die beiden Münchnerinnen kommen auch zum Essen.«

Freudig winkte sie Agatha-Christine zu, die soeben ihren Blick nach einem freien Tisch suchend durch den Saal schweifen ließ. Sogleich steuerte die Autorin mitsamt ihrer Hündin auf das Ehepaar zu. Walburga Wagner folgte ihr etwas langsamer mit gerunzelter Stirn und einigem Abstand.

»Das ist ja reizend, Frau Meier, dass wir uns hier schon wieder treffen.« Hummelchen lächelte hocherfreut.

Kein Kunststück, dachte sich Meier, denn das Hotel war zwar groß, aber Spitzing galt jetzt auch nicht unbedingt als Metropole. Hier war es deutlich einfacher sich zu begegnen, als sich aus dem Weg zu gehen. Frau Wagner hegte wohl ähnliche Gedanken, denn sie hatte zwar freundlich gegrüßt, steuerte aber eigentlich auf einen anderen Tisch zu.

Einer Eingebung folgend, deutete Meier einladend auf die freien Stühle vor seinem Tisch. »Bitte, nehmen Sie doch gleich hier Platz.«

Den erstaunten Blick seiner Frau ignorierend, redete er sich selbst ein, dass dies nichts mit irgendwelchen Ermittlungen zu tun hatte.

A.C. strahlte ihn an und setzte sich postwendend hin. Blümchen legte sich einfach neben Hummelchens Stuhl und rollte sich zusammen. So ein Spaziergang durch die Berge machte müde.

Burgi blieb nichts anderes übrig, als ebenfalls Platz zu nehmen. Schließlich wollte sie nicht unhöflich wirken. Ihr Auftritt vor der Schwimmhalle fiel ihr in diesem Augenblick wieder siedend heiß ein, daher beschloss sie, sich auf ihr normalerweise gutes Benehmen zu besinnen.

Stillschweigend bugsierte sie Brutus unter den Tisch, wo dieser sogleich anfing, die fremden Hosenbeine zu beschnüffeln. Wie bei jeder Begegnung mit diesem Hund wartete Meier mit angehaltenem Atem auf den Biss in seine Wade. Er hatte einen Heidenrespekt vor dem Dackel.

»Keine Panik, Herr Kommissar! Brutus wurde heute schon gefüttert.« Burgi lächelte ihn freundlich über die Speisekarte, die sie sich sogleich gegriffen hatte, hinweg an.

»Ein alter Witz, Frau Wagner«, konterte Meier. »Ihr Brutus scheint mir einen, nun, wie soll ich sagen, etwas eigenwilligen Charakter zu haben.«

»Ein typisch bayerischer Sturschädel«, erwiderte Burgi milde lächelnd.

A.C. schüttelte lachend den Kopf. »Brutus ist schon ok. Ihm fehlt halt die nötige Erziehung.« Sie knuffte ihre Freundin in die Seite. »Da brauchst gar nicht so zwider schauen. Ist halt so.«

»Haben Sie sich denn schon etwas zum Essen ausgesucht? Ich bin noch unschlüssig, was ich bestellen soll. Die Auswahl ist einfach zu groß«, versuchte Claudia, die Runde von dem heiklen Hundethema abzulenken.

»Ich bin übrigens Agatha-Christine, aber jeder nennt mich Hummelchen. Ich würde mich sehr freuen, wenn wir uns duzen würden«, sagte A.C. an das Ehepaar gewandt, während sie ihre Speisekarte auf den Tisch legte.

Claudia strahlte sie erfreut an. »Aber gerne doch! Claudia. Der streng dreinblickende Herr neben mir heißt Ralf.«

Hummelchens Vorschlag stieß auf allgemeine Zustimmung, nur Meier reagierte eher zurückhaltend, wollte aber nicht der Miesepeter sein. Er bevorzugte einen professionellen Abstand, der ihm so nicht mehr gegeben schien. Es war der warnende Blick seiner Frau, der ihn, scheinbar erfreut, darauf eingehen ließ. Keine Ermittlungen, schoss es ihm durch den Kopf.

A.C. lächelte in die Runde und flachste noch ein wenig herum. »Nennt sie aber bitte nicht Walburga, da wird sie bissiger als ihr Hund. Burgi reicht vollkommen.«

»Pass bloß auf! Ich schnappe heftig zu, Mädel.« Die feiste Münchnerin grinste wider Willen. »Aber jetzt zurück zu den wichtigen Dingen im Leben und damit zu Claudias Frage. Was bestellt ihr euch?«

Kurz darauf saßen alle zufrieden schmausend vor ihren Tellern. Während Blümchen nur einmal kurz schnupperte und den Kopf daraufhin wieder ablegte, setzte sich der Dackel neben den Stuhl seines Frauchens und beobachtete jeden Bissen, den sie zum Mund führte, mit Argusaugen.

Burgi strafte ihn mit Nichtachtung, dem einzigen Mittel, das hierbei half. Meier wollte gerade über den Tischrand zu ihm hinabschauen, als sie ihm zuzischte: »Nicht anschauen, noch weniger ansprechen und schon gar nichts geben. Wir haben sonst den restlichen Urlaub ein ewiges Gewinsel und Gejammer bei Tisch.«

Meier verzichtete auf eine Antwort, schaute sofort in die andere Richtung und schob sich ein großes Stück seines Schweinebratens in den Mund.

A.C. fühlte sich in Erklärungsnot. »Also, ich war ja vorhin nicht besonders nett, als ich das mit der fehlenden Erziehung gesagt habe. Burgi hat dem Kleinen schon richtig viel beigebracht. Aber bei gebrauchten Hunden gibt es häufig viel nachzuholen.«

Claudia legte interessiert ihr Besteck ab. »Was ist bitte ein gebrauchter Hund? Das habe ich ja noch nie gehört!«

»Brutus ist aus dem Tierheim.« Der kleine Rauhaardackel merkte sofort auf, als Hummelchen seinen Namen aussprach.

»Wie Bronson!«, freute sich Claudia und knuffte ihren Mann in die Seite. Auf die fragenden Blicke der beiden anderen Frauen gab sie nähere Auskunft. »Der Hund eines sehr guten Freundes.«

Sie zögerte ein wenig und Meier kam ihr zu Hilfe. »Eigentlich sollte Bronson mit Charlie und Angi hier sein, doch ihnen kam etwas dazwischen. Wir sind als Ersatz eingesprungen und hatten eigentlich noch nie einen Hund.«

»Der reinrassige Mischling gehört also Freunden«, lachte Hummelchen.

»Eine Continental Bulldogge, kein Mischling«, stellte Meier richtig und wechselte dann abrupt das Thema. »Aus welcher Münchener Ecke kommt ihr denn überhaupt?«

»Wir wohnen beide im schönen Harlaching, unweit des Tierparks«, gab A.C. brav zu Protokoll.

»Ach, das ist ja eine herrliche Ecke!«, lächelte Meier die Autorin begeistert an. »Und du bist Schriftstellerin? Zumindest hat meine Frau so etwas erwähnt.«

A.C. freute sich über sein Interesse und erklärte ihm postwendend, dass sie bisher ja noch nichts Großartiges geleistet hatte in diesem Berufszweig. Doch jetzt wollte sie diesen Teil ihrer Tätigkeit wieder ankurbeln. Immer nur kurze Texte für eine Zeitung zu schreiben, war ihr einfach zu wenig. Über ihr Pseudonym, A.C. Bumblebee schmunzelten alle.

Es erstaunte Meier, dass Burgi sich so gar nicht in das Gespräch einbrachte, sondern stoisch ihr Mahl verzehrte. Wobei ab und an bei der einen oder anderen Bemerkung ihrer lebhaften Freundin ein Lächeln über ihr Gesicht huschte.

Walburga Wagner bemerkte sehr wohl seine forschenden Blicke, als sie zu dem Thema Beruf nichts erwiderte. »Bevor du mich ausquetschst, lieber Ralf, ich bin Privatière. Oder anders gesagt eine reiche Witwe, die ausgesorgt hat.«

Claudia hatte ihren Gatten schon lange durchschaut. Ein Mord lag in der Luft und ihr Mann war Polizist mit Leib und Seele. Fieberhaft überlegte sie, in welche Richtung man das Gespräch lenken könnte.

Doch sie hatte keine Chance, denn Ralf hatte bereits Blut geleckt. »Deinem Mann gehörte die Firma, in der dieser Götzhofner gearbeitet hat, nicht wahr?«

Burgi verspeiste in aller Ruhe ihren letzten Bissen, schob den Teller zurück und musterte den ihr direkt gegenübersitzenden Meier.

»Der Vater meines verstorbenen Mannes fing als kleiner Maurer an und gründete dann dieses Unternehmen. Georg übernahm in jungen Jahren und expandierte recht schnell. Wir haben uns in der Firma kennengelernt. Ich war die Tippse, die sich den Chef geschnappt hat.«

A.C. unterbrach die Freundin. »Du schilderst das nicht gerade vorteilhaft. Warum sagst du nicht, wie es wirklich war?« Sie wandte sich an Meier und seine Frau. »Sie haben sich unsterblich ineinander verliebt. Wenn man Burgi so reden hört, möchte man das zwar nicht glauben, aber sie ist eigentlich eine umgängliche und nette Person, die auch Gefühle hat.«

»Sie schildert es so, weil sie sich von meinem Mann herausgefordert fühlt!« Claudia kochte vor Wut. Warum mussten diese Strohköpfe einen Abend, der so schön sein könnte, zugrunde richten?

Burgi schüttelte den Kopf. »Ich schildere es so, weil Götzhofner es so gesehen hat. Dieser Mann mobbte mich vom Beginn dieser Beziehung an bis hin zu meiner

Hochzeit. Ich kann mir bis heute nicht erklären, warum dies so war.«

Sie nippte an ihrem Weinglas und fuhr fort. »Georg wurde krank. Das wusste allerdings in der Firma niemand. Herzprobleme! Er verkaufte den Laden und setzte sich zur Ruhe. Sein Nachfolger wandelte das Unternehmen in eine GmbH um. Wie und warum dieser Dilettant Götzhofner dort zum Geschäftsführer ernannt wurde, kann ich weder nachvollziehen noch was dazu sagen.«

Sie trank diesmal einen kräftigen Schluck. »Was ich herausgefunden habe, ist aber äußerst interessant. Die Mauerei Wagner GmbH hat dieses Hotel gebaut.« Sie musterte Meier über den Rand ihres Glases hinweg. »Ich gehe einfach mal davon aus, dass du hier ein bisserl ermittelst, zumindest wirkt es auf mich nicht so, als würdest du dich einfach zurücklehnen und deine Kollegen machen lassen. Bin schon sehr gespannt, wie dieser Forster von der hiesigen Polizei auf deine Einmischung reagieren wird«, fügte Burgi amüsiert an, während sie Meier fast ein wenig boshaft zuzwinkerte.

»Das ist ja alles recht und schön, aber nicht Thema eines gemütlichen Abends.« Claudia Meier sah sich genötigt, ein Machtwort zu sprechen. »Du sollst dich im Urlaub erholen und nicht schon wieder arbeiten! Die haben in und um Miesbach ihre eigenen Beamten, die mit Sicherheit fähig sind, einen Mord aufzuklären«, rügte sie ihren Mann und hoffte, das leidige Thema damit zu beenden.

Sie griff nach ihrem Glas, schaute jedem in der Runde auffordernd ins Gesicht und prostete ihnen zu. »Auf unseren Urlaub und einen gemütlichen Abend.«

Nach diesen deutlichen Worten wagte es keiner mehr, ihr zu widersprechen.

Kapitel 7

Alexander kochte innerlich vor Wut. Wieder und wieder überhäufte sein Vater ihn mit Aufträgen. Heute die Buchhaltung des vergangenen Monats, morgen die Rezeption. Der Alte wurde langsam zu einem richtigen Despoten, der alle Fäden wie ein Puppenspieler in der Hand hielt und er selbst tanzte dabei an den langen Schnüren, die seine Freiheit auf den winzigen Bereich der näheren Umgebung beschränkten.

Frustriert starrte er in den atemberaubend schönen Nachthimmel, an dem Tausende von Sternen wie glitzernde Diamanten auf schwarzem Samt funkelten. Ob Amelie in diesem Moment auch gerade zu ihnen hochschaute und an ihn dachte?

Leise schlich er den abschüssigen Schotterweg hinab, der ihn direkt zum See führte und achtete dabei tunlichst darauf, nicht abzurutschen. Er kam ins Stolpern, fing sich gerade noch rechtzeitig ab und warf einen vorsichtigen Blick zurück. Im Prinzip war es völlig unsinnig, doch er wollte vermeiden, dass sein Vater oder irgendjemand anderes mitbekam, dass er das Hotel verließ.

Geschickt zog er das Ruderboot aus dem Schilf hervor und löste die Vertäuung. Mit einem Satz sprang er hinein, griff sich die Ruder und paddelte los. Kleine Nebelschwaden zogen über das Wasser und verliehen der Umgebung eine gespenstische Atmosphäre. Über dem See war die Luft bitterkalt, doch seine kräftigen Ruderschläge wärmten ihn innerlich und die körperliche Ertüchtigung dämmte die Frustgefühle langsam aber sicher ein.

Am anderen Ufer angekommen, band er sein Wasserfahrzeug mit geübten Griffen an dem kleinen Steg fest. Erneut sah er sich vorsichtig um. Er hatte es geschafft, seinem Alten ungesehen zu entkommen und auf keinen Fall wollte er nun Amelies Vater in die Arme laufen. Im Grunde durfte er von niemandem gesehen werden, denn seine Liebste sollte seinetwegen keinen Ärger bekommen.

Der kleine Bachlauf stellte für den sportlichen Alexander kein Hindernis dar. Leichtfüßig sprang er darüber hinweg und näherte sich langsam, um kein Aufsehen zu erregen, der Rückseite des Gasthofes. Dort, links oben, befand sich Amelies Zimmer und zu seinem Glück war es nicht allzu schwer erreichbar. Er kletterte behände den Balkonpfosten hinauf. Oben angekommen, duckte er sich in den Schatten des Gebäudes, um ja unentdeckt zu bleiben. Dann erst klopfte er leise an ihr Fenster.

Amelie zuckte erschrocken zusammen. Sie hatte sich gerade die Zöpfe gebunden, um ins Bett zu gehen. Nach einem harten Arbeitstag wollte sie nur noch tief und fest schlafen. Vorsichtig schlich sie zum Fenster. Mit den

Händen schirmte sie das Licht ab, während sie ihre Nase gegen die Scheibe drückte. Konnte es sein, dass Alexander es wieder einmal wagte hierherzukommen?

Strahlend und mit klopfendem Herzen öffnete sie ihm das Fenster. Verstohlen blickten sich beide um, bevor er zu ihr ins Zimmer kraxelte.

»Pst!« Amelie legte ihren Zeigefinger auf Alexanders Mund und lauschte erschrocken. Hatte sie da jemanden im Flur gehört?

Mit einem tiefen Seufzer ergriff A.C. ihr Glas und leerte es in einem Zug. Kritisch betrachtete sie ihren Text. Zu kitschig? Zu viele handwerkliche Fehler? Wie so oft in letzter Zeit hinterfragte sie sich selbst. Hummelchen hatte wieder einmal einfach blindlings drauflos geschrieben, anstatt geplant und systematisch vorzugehen. Wie sollte sie ihrer Story mit dieser unprofessionellen Arbeitsweise genügend Tiefe und Spannung verleihen?

Nachdenklich blickte die Autorin in die Weite des vor ihr liegenden, sonnengefluteten Talkessels. Nervenkitzel konnte sie als tragendes Element ihres Buches ausschließen. Das suchte man in einem Krimi oder Thriller, aber doch nicht in einer Liebesgeschichte. Sie musste also die Dramatik der zwischenmenschlichen Beziehungen thematisieren und vertiefen, soweit war sie zumindest mit ihrem Grundgedanken. Doch wie genau sollte sie Emotionen, die Herzklopfen anstelle von Gänsehaut auslösten, mit ihren Worten transportieren? Ihr selbstgestecktes Ziel schien nur mit gründlicher Planung erreichbar zu sein, erkannte sie seufzend.

Doch was hatte sie getan? Sie hatte sich mitten in die Geschichte gestürzt und keinen Gedanken an einen Plot verschwendet. Im Gegenteil, es fehlten noch so viele Figuren, die ihr Buch mit Dynamik und Leben füllen könnten. Ein einzelner Geistesblitz machte eben noch kein Buch aus.

»Na ja, es ist ja nicht das erste Mal, dass ich ohne Plan bin«, murmelte sie leise und etwas ärgerlich vor sich hin.

»Hummelchen, du und ein Plan? Das wäre ja ganz was Neues!«, stichelte Burgi, während sie einen Stuhl heranzog und sich neben ihre Freundin setzte. »Du bist die personifizierte Planlosigkeit!«

Burgis trockener Kommentar traf die selbstzweifelnde Autorin. »Woher willst du das denn wissen?«, keifte sie angesäuert.

»Wie lange kennen wir uns jetzt schon?«, fragte die dralle Münchnerin mit einem siegessicheren Lächeln auf den Lippen.

A.C. klappte ihren Laptop zu. »Seit dem Kindergarten«, gab sie etwas kleinlaut zurück.

»Was mir durchaus eine gewisse Kompetenz im Umgang mit dir verleiht. Absolut niemand kann behaupten, ich würde dich nicht durchschauen. Du am allerwenigsten und das weißt du selbst!«

»Daraus könnte auch umgekehrt ein Strick werden.« A.C. sah Burgi forschend an. »Was war da zwischen dir und diesem Götzhofner?«, fragte sie kampflustig.

»Vergiss es! Ich habe null Bock, darüber auch nur ein Wort zu verlieren«, wehrte Burgi sofort ab.

»Jetzt vielleicht nicht, aber morgen gehen wir eine schöne große Runde mit den Hunden. Ich habe im Internet eine tolle Wanderroute gefunden, die auch für uns zwei Anfänger geeignet ist. Danach setzen wir uns gemütlich an den See und du erzählst mir endlich alles«, ließ A.C. mit einem triumphierenden Grinsen verlauten.

»Du bist lästiger als eine Scheißhausfliege«, maulte Burgi resigniert.

»Ich weiß«, zwinkerte Hummelchen. »Jeder hat so sein kleines Hobby und ich ärgere dich halt zu gerne.«

»Servus, Bernd!«, jovial lächelnd erhob sich Josef hinter seinem Schreibtisch, jedoch gefror die freundliche Regung augenblicklich, als er den großen Mann im Hintergrund erkannte.

»Was willst du hier?«, bellte er Lukas regelrecht an.

»Herr Gruber, ich bin hier, um Sie über den toten Reinhold Götzhofner zu befragen«, konterte Lukas, wobei er die Anrede Herr ebenso deutlich betonte wie das Sie.

»Ich rede mit dem Forster!« Grubers Gesicht hatte sich ungesund verfärbt. Wütend deutete er auf die Türe. „Du schleichst dich gefälligst!"

Lukas blieb stehen, lehnte sich entspannt gegen den Türrahmen und schaute von einem der beiden Herrn zum anderen. »Sie! Es heißt Sie!«, ermahnte Lukas den leicht hysterisch wirkenden Hotelier professionell, »Auch, wenn man sich nicht sonderlich grün ist, sollte man doch ein gewisses Maß an Höflichkeit wahren.«

Der junge Polizist erwartete eigentlich von seinem Chef, dass dieser die Initiative ergriff, doch Forster schwieg nur und starrte betreten zu Boden. Lukas merkte, dass er in dieser Situation keine Hilfe seines Vorgesetzten erwarten konnte, also fuhr er unbeirrt an den wütenden Zeugen gewandt fort: »Wenn Sie, Herr Gruber, nicht hier mit mir reden wollen, dann können wir unser Gespräch gerne aufs Revier verlegen. Das stellt für mich keinerlei Problem dar.« Er wiegte den Kopf leicht hin und her. »Na ja, ein bisserl vertane Zeit halt.«

Bernd Forster versuchte nun doch, beschwichtigend einzugreifen, um die Situation nicht eskalieren zu lassen. »Können wir bitte Platz nehmen, Josef?«

Entrüstet blies Gruber seine Backen auf, während Lukas arrogant anmutend die Augenbrauen hochzog. Der Hotelier quittierte diese Geste des jungen Polizisten mit einem wütenden Schnauben, gab dann aber klein bei und deutete auf die Stühle vor seinem riesigen Schreibtisch.

»Setzt euch!« Zornig kehrte der Hoteleigentümer den Polizisten den Rücken zu und starrte aus dem Fenster.

Lukas und Forster nahmen Platz und ein erdrückendes Schweigen, das schier endlos erschien, breitete sich in dem Büro aus. Während Forster nicht so recht wusste, wie er in die Befragung seines Freundes einsteigen sollte und Gruber, der nur mit Mühe und Not die Fassung behielt, noch immer vor Wut vibrierte, beobachtete Lukas die beiden aufmerksam.

Ein ungutes Gefühl schlich sich in seine Magengegend, denn er fühlte sich entfernt an einen Krimi erinnert, den er kürzlich im Fernsehen gesehen hatte. Krampfhaft überlegte Lukas, wie der Titel lautete, doch der wollte ihm beim besten Willen nicht mehr einfallen. In diesem Film wusste der Chefermittler mehr, als er an seine Kollegen weitergab. Das Stichwort hierzu fiel Lukas jedoch auf der Stelle ein: Korruption!

Vielleicht lag es am ausweichenden Blick seines Chefs oder an der aggressiven Körpersprache von Sarahs Vater, denn Lukas beschlich eine Ahnung, die er noch nicht wirklich greifen konnte, welche aber tief in seinem Inneren zu wachsen begann. Er wurde einfach das Gefühl nicht los, dass hier etwas zum Himmel stank.

Als das betretene Schweigen im Raum schier endlos erschien, entschied er sich, die Fäden in die Hand zu nehmen und zu sehen, welche Informationen er mit einem Schuss ins Blaue erhalten konnte. »Götzhofners Firma hat also dieses Gebäude gebaut?«, fragte er direkt und warf damit sein Insider-Wissen von Sarah in den Ring.

Grubers Hände verkrampften sich auf dem Fensterbrett, auf das er sich stützte. Langsam drehte er den Kopf in Lukas' Richtung. »Ja, das ist korrekt. Was tut das zur Sache?«, antwortete der Hotelchef und versuchte dabei betont gleichmütig zu wirken.

»Und dann wird er zufällig in diesem Haus getötet?!« Lukas hob gebieterisch die Hand, als Gruber zu einer wütenden Tirade ansetzen wollte. »Es sollte daher auch in Ihrem Interesse sein, den Mord schnellstens aufzuklären. Gab es irgendwelche Unstimmigkeiten zwischen Ihnen?«

Josef Gruber hatte ein Gespür dafür, wenn ihm jemand gefährlich werden konnte und in dieser Situation wollte er kein Risiko eingehen. Kontrolliert atmete er ein und aus, bevor er sich wieder an seinen Schreibtisch setzte. Damit stimmte das Kräfteverhältnis für ihn wieder: Vor dem Tisch saßen die Bittsteller und dahinter der Boss.

»Es gab weder Unstimmigkeiten noch Streitereien. Das Geschäft wurde zur vollen Zufriedenheit aller Beteiligten abgewickelt«, erwiderte er mit geschäftsmäßiger Miene.

»Was wollte Götzhofner dann hier?« Lukas blieb entspannt zurückgelehnt, während er Gruber weiter auf den Zahn fühlte. »Das Hotel steht und damit hatte er doch wohl sein Soll erfüllt, oder?«

Sarahs Vater verzog das Gesicht zu einem überheblichen Grinsen. Lukas hasste diesen Gesichtsausdruck. Er erinnerte ihn schmerzlich an die Zeit, in der er Sarah verloren hatte. Er war sich sicher, dass er diesen Verlust nicht nur seiner eigenen Dummheit sondern zusätzlich der Antipathie seines Gegenübers zuschreiben musste.

»Der supergescheite Herr Polizist meint also, dass damit jeder Kontakt erledigt sein müsste?« Gruber beugte sich ein Stück nach vorne, bevor er weitersprach. »Der Götzhofner war der Geschäftsführer des Bauträgers. Glauben Sie allen Ernstes, der hätte sich auch nur einmal auf dem Bau sehen lassen?«

Forster, der untypischerweise völlig still auf seinem Stuhl saß, räusperte sich. »Sind die Kosten für die Baumaßnahme bereits vollständig beglichen?«, fragte er mit zurückhaltender Stimme und gesenktem Blick.

Verdutzt starrte Josef Gruber den Spetzl an. »Glaubst du wirklich, ich könnte hier so seelenruhig sitzen, während ich meinen Zahlungsverpflichtungen nicht nachkomme? So ein Schmarrn! Selbstverständlich hat die Baufirma ihre

Zahlungen erhalten. Ich stottere den Betrag jetzt brav bei der Bank ab. Zufrieden?«

»Gab es während der Bauphase Probleme irgendwelcher Art?« Forster hatte wohl seine Souveränität zurückgewonnen und blieb am Ball. Lukas war froh darüber, denn, auch wenn sein Chef nicht immer der angenehmste Vorgesetzte war, schätzte er eigentlich dessen Weitsicht und Bissigkeit. Der junge Mann legte erleichtert sein ungutes Bauchgefühl erst einmal ad acta.

Gruber knurrte seine Antwort mehr, als dass er sie sprach. »Auf jeder Baustelle gibt es mal Ärger, da ist nichts ungewöhnlich dran. Es wurde aber alles geklärt.«

»Baupfusch?«, neugierig klinkte sich Lukas wieder in das Gespräch ein.

Das zornige Gesicht des Hoteliers erinnerte fatal an einen bissigen Hund. »Dieses Gebäude ist nach den neuesten Normen und Vorschriften gebaut worden. Jegliche Spekulationen über Pfusch oder Ähnliches verbiete ich mir!«

Mit jedem Wort wurde der Mann ein klein wenig lauter, sodass er die letzten Silben fast schon schrie. Sein vor Wut rasender Blick suchte unterdessen den Forsters und ließ den Chefermittler regelrecht zusammenzucken. Lukas hingegen erwiderte den anschließenden, kurzen Augenkontakt zu Gruber mit einem ironischen Lächeln.

»Vielleicht sollte sich die Polizei vorzugsweise mal um diese Frau Wagner kümmern!«, fuhr der Hotelier, der nun die beiden Polizisten durch zusammengekniffene Augen anfunkelte, zornig fort und versuchte damit, das sich für ihn unangenehm entwickelnde Gespräch in eine andere

Richtung zu lenken. »So, wie die sich aufgeführt hat, ist sie mehr als verdächtig für mich!«, geiferte Gruber weiter.

Forster rieb sich unruhig die Hände. »Du meinst die Dame, die sich zur Tatzeit im Schwimmbad aufgehalten hat?«

»Genau die! Wohl eine alte Bekannte des Toten und nach meiner Einschätzung waren sich die beiden auch nicht wirklich grün.«

Forster, der seit Grubers Wutausbruch nervös die Hände rang, ergriff den Strohhalm nur zu gerne. »Ihr verstorbener Mann war der ehemalige Besitzer der Firma. Das wissen wir bereits.«

Mit einem sadistischen Grinsen erzählte der Hotelier von Burgis würdelosem Auftritt vor dem Wellnessbereich. Seine Schilderung ließ kein noch so kleines Detail aus.

Lukas fragte sich insgeheim, warum weder Meier noch seine Frau, geschweige denn die beiden anderen Zeuginnen, diese Geschichte erwähnt hatten. Besonders der Münchner Kollege sollte es eigentlich besser wissen. Leitner hatte sich über den Hauptkommissar erkundigt. Ralf Meier hatte in München und Umgebung schon etliche Morde erfolgreich aufgeklärt. Sogar die Entlarvung eines Serienmörders ging auf sein Konto.

Gruber kam zum Ende seines Berichts und Forster schaute ihn erleichtert an. »Wir werden diesen Hinweis von dir auf jeden Fall genauestens verfolgen. Ich verstehe ehrlich gesagt nicht«, dabei warf er Lukas einen entrüsteten Seitenblick zu, »dass meine Mitarbeiter diese wichtigen Informationen noch nicht in Erfahrung gebracht haben.«

Leitner zählte nach diesem Seitenhieb seines Chefs innerlich ganz ruhig bis zehn, bevor er darauf reagierte. »Wir werden der Sache nachgehen, genau so, wie allen anderen Hinweisen auch. Rechnen Sie bitte damit, dass wir mit weiteren Fragen auf Sie zukommen könnten.«

Langsam stand der junge Mann auf, nickte Gruber zum Abschied grüßend zu und drehte sich zur Tür. Nach zwei Schritten wandte er sich noch mal gemächlich um und meinte: »Vielleicht haben Sie noch die Bauunterlagen für uns. Es wäre doch sehr interessant, anhand seines Geschäftsgebarens ein wenig über das Wesen Götzhofners herauszufinden.«

Grubers Gesicht lief vor Wut puterrot an. »Was erlaubst du junger Dackel dir eigentlich? Dies sind vertrauliche Dokumente, und die werde ich auf keinen Fall einfach so aushändigen! Da müsst ihr mir schon mit einem richterlichen Beschluss kommen.«

Lukas winkte gelassen ab. »Kein Problem, wir können uns diese bestimmt auch über die Kollegen in München zukommen lassen. Ich gehe davon aus, dass sowohl das Bauunternehmen als auch die Witwe um eine Aufklärung des Falles bemüht sind.« Er drehte sich wieder in Richtung Tür und krönte seinen Abgang mit den Worten: »Sehr aufschlussreiche Reaktion auf eine einfache und logische Frage übrigens.«

Forster hielt den aufgebrachten Gruber am Arm fest und bedeutete ihm mit einer Geste, er würde sich schon darum kümmern, was Lukas leider nicht mehr mitbekam.

Trotz ihres Gewichts von fast sechzig Kilo und der beeindruckenden Schulterhöhe von fünfundsiebzig Zentimetern, war Blümchen eine edle Erscheinung. Der athletische Körperbau unterstrich die fließenden und elegant wirkenden Bewegungen der Hündin. Der große, gestreckte Kopf mündete in einen langen, kräftigen Hals und wurde von ihr mit Stolz und Würde präsentiert. Ihr kurzes, gepflegtes Fell glänzte prächtig in der Sonne. Die weiße Färbung mit den schwarzen Flecken machte diesen Hund zu einer wahren Schönheit.

Erhaben schritt sie hinter Brutus her, der voran stolzierte und wieder einmal mit erhobenem Beinchen an jeder Ecke sein Revier markierte. Seine Körpersprache sagte eindeutig: »Weg da, hier komme ich!«

Einige Passanten, die den beiden Frauen und ihren Hunden entgegenkamen, wechselten abrupt zum gegenüberliegenden Wegesrand, als ihr Blick auf Blümchen fiel, um einen ordentlichen Sicherheitsabstand zu der kleinen, spazierenden Truppe zu wahren.

»Keiner macht sich auch nur ansatzweise die Mühe, in ihre sanften Augen zu schauen und ihr wahres Wesen zu entdecken«, klagte Hummelchen, der dieses ablehnende Verhalten immer einen Stich versetzte.

Burgi verdrehte die Augen. »Sie beeindruckt die Leute halt durch ihre immense Größe und es ist nicht verwunderlich, dass sich die meisten dann nicht mehr näher an sie herantrauen«, beschwichtigte Burgi ihre Freundin, während sie auf ihren eigenen vierbeinigen Begleiter deutete. »Ich habe dafür das Problem, dass jeder meint, er könne bei dem Zwergerl schon einfach mal so hinlangen.«

Agatha-Christine kicherte. »Kleine Hunde sind aber auch chronisch unterstreichelt.«

»Bei Brutus liegt das auf der Hand.«

»Du meinst, weil ihn keiner ein zweites Mal anfassen will?«

Die Frauen lachten herzlich, als Brutus sich zu ihnen umdrehte und sie mit seinem Blick aufzufordern schien, endlich weniger zu schwatzen, dafür mehr zu laufen. Mit einem drängenden Wedeln des Schwanzes richtete er seine Aufmerksamkeit auf den Weg vor sich und marschierte los.

Hummelchen hatte Burgi am gestrigen Abend noch eine ganze Weile mit dem Argument bearbeitet, dass ihnen eine kleine Wanderung nach den Aufregungen der Vortage sicherlich gut täte. Letztendlich konnte Agatha-Christine ihre Freundin zu diesem Vorhaben nur überreden, indem sie ihr zum einen versprach, dass es lediglich sehr geringe Höhenunterschiede zu bewältigen gäbe und es damit nicht allzu anstrengend würde. Zudem war A.C. davon überzeugt, dass ein Urlaub ohne Wanderung in diesem traumhaften Almgebiet eine Schande wäre.

Zum anderen überzeugte Burgi die Aussicht auf leckere regionale Küche in den beiden Alpenvereinshütten, die auf ihrem Wanderweg zum Verschnaufen einluden. Mit was sonst, wenn nicht mit Essen, konnte man diese Frau in die freie Natur locken?

Vom Hotel aus gingen sie zuerst an einem historischen Wirtshaus vorbei. Von der sogenannten Wurzhütte aus, an der stolz die Jahreszahl 1720 prangte, hielten sie sich, dem Hinweisschild folgend, in Richtung Valepp.

»Puh, mir ist das bergauf und bergab laufen schon zu anstrengend. Ich weiß nicht, ob ich diese Leute für verrückt erklären oder bewundern soll«, sagte Burgi schweratmend, als sie mit großen Augen einer ganzen Radgruppe hinterher starrte.

»Valepp bezeichnet sowohl ein Gebirgstal, einen Bach, wie auch eine Ansiedlung südlich des Spitzingsees in den bayerischen Alpen«, las Hummelchen, die Aussage ihrer Freundin ignorierend, aus dem Reiseführer vor, während sie gemütlich weiter die Straße hinunter wanderten.

»Gut, dass ich das nun auch weiß«, kommentierte Burgi leicht eingeschnappt Hummelchens Wissenserguss.

»Ein bisschen Bildung schadet doch nie«, verteidigte A.C. ihr Abschweifen vom eigentlichen Thema.

Schon nach zehn Minuten kamen die beiden Frauen mit ihren Hunden am ersten Etappenziel, der Albert-Link-Hütte, an. Da eine kleine Brotzeit nie schaden konnte, setzten sie sich zu Burgis Erleichterung in den Biergarten und genossen die wohlverdiente Pause.

In Hummelchens Wanderführer wurde von dem selbstgebackenen Holzofenbrot und den regionalen Spezialitäten geschwärmt, so dass sich die beiden Freundinnen fast schon genötigt fühlten, dieses zu bestellen und in Kombination mit Käse und Speck zu probieren. Dazu wurde eine kühle Halbe serviert, die die deftige Mahlzeit zu einem wahren Gaumenschmaus werden ließ.

Nachdem sie sich ausgiebig gestärkt hatten, bestaunten sie neugierig die großen geschnitzten Holzfiguren, die rings um die Hütte herum standen. Auf dem direkt angrenzenden, großen Spielplatz tobten ein paar Kinder und füllten die ruhige Gegend mit Leben. Es war ein tolles Ambiente hier oben, aber am schönsten empfanden sie beide den Blick in die Weite des Tales, der ihnen einen atemberaubenden Eindruck der gesamten Region vermittelte.

Burgi wäre am liebsten den ganzen Tag hier sitzen geblieben, doch Hummelchen mahnte schon bald zum Aufbruch. Widerwillig folgte sie der Freundin, die mit Blümchen an ihrer Seite munter voranschritt.

»Du hast aber jetzt nicht vor, mit mir ein Wettrennen zu veranstalten?«, maulte Burgi A.C. hinterher. »Wenn ich deinetwegen morgen einen Muskelkater bekomme, wirst du mir das bitter büßen.«

Brav drosselte Agatha-Christine ihr Tempo und wartete darauf, dass Burgi und Brutus wieder den Anschluss zu ihnen fanden. Da ihnen kaum Leute entgegenkamen, ließen sie die Hunde von der Leine, um ihnen das neugierige Beschnüffeln und Erkunden der Umgebung zu erleichtern. Begeistert sprangen die beiden Hunde in die Wiese, in der so viele Gerüche und noch viel mehr Eindrücke auf die Vierbeiner warteten und damit zu einem wahren Hundeabenteuer wurden.

Eine Hinweistafel am Wegesrand informierte darüber, dass sie gerade dem Bockerlbahnweg folgten. Alleine schon der Name begeisterte Hummelchen. Laut dem Schild war dieser Weg in früheren Zeiten zum Abtransport von Holzstämmen verwendet worden. Kurz darauf passierten die vier Wanderer den beeindruckenden Blecksteindurchbruch, ein Weg, der direkt durch den Fels gesprengt worden war. Die Route führte nun weiter durch den Wald. Links und rechts ragten hohe Nadelbäume in den strahlend blauen Himmel, die mit ihren mächtigen Zweigen angenehm Schatten spendeten und die Sonne abschirmten. Tief atmeten sie den würzigen Duft des Baumharzes ein und genossen den Weg zu ihrem nächsten Etappenziel.

»Jetzt haben die einfach zu!«, zeterte Burgi frustriert und rüttelte noch einmal verzweifelt an der geschlossenen Eingangstüre. Sie hatte sich schon so auf die Einkehr in der Blecksteinhütte gefreut, schließlich war dies einer der Hauptgründe für sie gewesen, den anstrengenden Weg überhaupt anzutreten. Enttäuscht drehten sie der idyllisch auf einer Waldlichtung liegenden Hütte den Rücken zu und machten sich auf den Weg zurück zur Straße. Es ging an einem alten Sperrwerk vorbei, wo sich das Flüsschen Valepp in einem kleinen See sammelte.

Die Hunde schlabberten begierig das kühle Wasser. Während Brutus vorsichtig am Rand des kleinen Stausees stehen blieb, um seinen Durst zu stillen, sprang Blümchen mit vollem Körpereinsatz in das erfrischend kalte Nass. Als ihr Freund sah, wie begeistert die Dogge im Wasser plantschte, begann er auf seinen kurzen Beinchen aufgeregt hin und her zu hüpfen und kläffte dabei wild herum. Nachdem sich Blümchen wieder am sicheren Ufer befand und Brutus sich beruhigt hatte, passierten sie die herrlichsten Blumenwiesen, die links und rechts neben dem Gewässer in der Sonne lagen. Dann kamen die Vier an einem leerstehenden Wildgatter vorbei, das nur im Winter genutzt wurde, da das Rotwild in den Sommemonaten frei im Wald lebte.

Zurück an der Albert-Link-Hütte kehrten sie noch einmal ein, um die verpasste Pause nachzuholen. Kaffee und Kuchen waren diesmal angesagt und Hummelchen schlug sich begeistert den Bauch mit leckerem Apfelstrudel voll, während Burgi sich mit einer schönen heißen Tasse Kaffee und dem berühmt-berüchtigten, hausgemachten Kaiserschmarrn von den Strapazen der Wanderung erholte.

Lukas Leitner saß beunruhigt in seinem Wagen und beobachtete intensiv das Hotel. Der Fall ging an seine Nerven. Die Kaltblütigkeit der Tat erschreckte ihn zunehmend, denn es handelte sich hierbei nicht um Mord aus Leidenschaft. Es galt ein eiskalt durchgeplantes Verbrechen aufzuklären. Forster teilte diese Meinung nicht und verdächtigte eine der beiden Münchnerinnen, deren Verhalten seiner Meinung nach auf eine spontane Gewalttat schließen ließe.

Lukas glaubte nicht daran, denn er erinnerte sich noch gut an die Befragung. Frau Wagner hatte ihm ohne zu zögern alles geschildert, was nach ihrem Erwachen geschehen war. Aus ihrer Abneigung gegenüber dem Toten machte sie keinen Hehl und gerade diese Ehrlichkeit überzeugte Lukas von ihrer Unschuld.

Doch vielleicht irrte er sich auch. Es lag durchaus im Bereich des Möglichen, dass sie Götzhofner nach einem

Streit hemmungslos die Kehle durchgeschnitten und sich anschließend zur Tarnung schlafend gestellt hatte.

Entschlossen stieg er aus dem Auto. Ein klärendes Gespräch war nötig, bevor Forster sich die Münchnerin vornahm. Lukas war froh, dass sein Vorgesetzter noch auf weitere Informationen über die Frau aus dem Münchner Präsidium wartete. Dies gab ihm die nötige Zeit, um Meier nach dessen Einschätzung zu den Beschuldigungen seines Chefs zu befragen. Im Übrigen wollte er wissen, warum der Kollege ihn über die Szene vor dem Schwimmbad im Dunklen gelassen hatte. Es wurmte Lukas immer noch, dass ausgerechnet Gruber den Tipp zu Walburga Wagner geliefert hatte.

Der anderen Problematik wollte er sich erst später stellen. Forsters sonderbares Verhalten dem Hotelier gegenüber machte ihn stutzig, jedoch wusste er noch nicht genau, wie er an diese Geschichte rangehen sollte. Entweder ließ er seinen bloßen Instinkt die Handlungsweise bestimmen oder er wartete in Ruhe ab. Wer weiß, manchmal war Kommissar Zufall der beste Freund des Ermittlers.

Zielstrebig ging er die Treppen zum Eingang des Gebäudes empor. Pure Freude stieg in ihm auf, als er Sarah durch die Glastüren an der Rezeption erkannte. Doch, auch wenn er es insgeheim zutiefst bedauerte, war sie leider nicht diejenige, die er aufsuchen musste.

Mit einem betrübten Seufzer wandte er sich nach links zur großen Terrasse, auf der viele Gäste den strahlenden Sonnenschein genossen. Dort hatte Lukas im letzten Augenblick, bevor er ins Foyer treten wollte, Meier aus dem Augenwinkel heraus entdeckt. Der saß gemütlich mit seiner Frau zusammen und schlürfte seinen Kaffee. Zielstrebig hielt er auf die beiden zu.

»Grüß Gott, Herr Leitner«, begrüßte Claudia den jungen Polizisten. Meier selbst nickte ihm lediglich kurz zu und deutete auf den freien Stuhl neben sich.

Lukas setzte sich und bestellte bei der herbeigeeilten Bedienung einen Espresso. Obwohl der Kaffee in Windeseile serviert wurde, dehnte sich der Moment in zähem Schweigen zu einer gefühlten Ewigkeit aus. Lukas wusste nicht so recht, wie er das Gespräch beginnen sollte, denn die Anwesenheit der Polizistengattin hemmte ihn etwas.

Claudia war natürlich klar, dass der junge Mann nicht aus Spaß, sondern wegen Fragen zu den Ermittlungen, ihren Gemahl aufsuchte und das wurmte sie gewaltig. Immerhin waren sie hier im Urlaub und hatten lediglich das Pech gehabt, zur falschen Zeit am Schauplatz des Schreckens aufzutauchen.

Ein klein wenig schadenfroh verwickelte sie die beiden Männer in ein Gespräch, um dem eigentlichen Thema vorerst keine Chance zu lassen. Mit Freude pries sie die Schönheit des Alpenlandes und mögliche Ausflugsziele an. Lukas beantwortete ihre zahlreichen Fragen zuvorkommend und ihr Ehemann amüsierte sich dabei. Er durchschaute seine Frau ebenso wie den jungen Kollegen. Als dieser gerade zu einer Ode an die Schönheit der wundervollen Ortschaft Schliersee anheben wollte, legte er seine Hand auf die seiner Gattin. »Wolltest du nicht deinen neuen Roman lesen?«

Claudias Miene verzog sich ärgerlich. »Störe ich die Herren etwa?«

Lukas wollte gerade eifrig verneinen, doch Meier nickte nur bestätigend.

»Das ist jetzt nicht dein Ernst?«, rief sie entrüstet. Claudia war ebenso fassungslos über die ehrliche Geste ihres Mannes wie Lukas Leitner.

»Schatz, denkst du ernsthaft, dass der junge Mann wegen der überragenden Aussicht hier ist? Er hat ein Problem und versucht lediglich nicht unhöflich zu sein.«

»Das übernimmst du ja grandios für ihn!«, fauchte Claudia schnippisch.

»Soll ich ihn wirklich hängen lassen?«, fragte Meier besänftigend und leise, seine Augenbrauen hatte er fragend nach oben gezogen.

Claudias Schultern sanken herab. »Nein, das wäre nicht deine Art«, gab sie kleinlaut zurück.

»Deswegen werde ich jetzt etwas für meine Gesundheit tun, um dich zu erfreuen. Leitner und ich machen einen Spaziergang und du kannst in Ruhe lesen, bis ich wieder da bin.«

Er hielt kurz inne, bevor er mit einem liebevollen Lächeln ergänzte: »Wenn du Lust hast, können wir anschließend noch ein wenig ins Schwimmbad gehen.«

Claudia zögerte. »Ich weiß nicht, ob ich da wirklich scharf drauf bin. Du weißt schon, ... wegen des Mordes.«

Höflich erhob sich Lukas, als die Frau aufstand und reichte ihr zum Abschied die Hand. »Es tut mir sehr leid, dass ich Ihren Urlaub störe. Ich hoffe, Sie verzeihen mir das irgendwann.«

Die Polizistenfrau winkte nur ab. »Vergessen Sie es. So ist es eben, wenn man einen Bullen heiratet. Meiner gehört zu denen, die immer im Dienst sind. Ich kenne es nicht anders und kann damit leben.«

Während sich Claudia auf den Weg zu ihrem Zimmer machte, um dort in Ruhe auf dem Balkon zu lesen, starteten die beiden Männer ihren Spaziergang.

»Ich hoffe nicht, dass jetzt meinetwegen bei Ihnen der Haussegen schief hängt.«

»Ach Unsinn«, winkte Ralf Meier ab. »Sie versucht schon die ganze Zeit, mich mit allem Möglichen von dieser Geschichte abzulenken, obwohl sie mich gut genug kennen sollte.«

Schweigend marschierten sie den Bergweg entlang. Jeder hing seinen Gedanken nach, doch bei beiden ging es dabei um den grausamen Mord. Lukas brannten einige Fragen auf dem Herzen, aber irgendwie wusste er nicht so recht, wie er beginnen sollte.

Es dauerte eine ganze Weile, bis Meier das Schweigen brach. »Sie haben irgendetwas auf dem Herzen. Spucken Sie's schon aus.«

Nervös räusperte sich Lukas. »Josef Gruber, der Eigentümer des Hotels, erzählte uns von einer unschönen Szene nach dem Fund der Leiche«, konfrontierte er Meier ohne weitere Umschweife.

»Sie meinen, noch unschöner als der Fund?«, entgegnete ihm der erfahrene Polizist ruhig.

»Natürlich nicht!«, rechtfertigte Lukas sich umgehend und wusste nicht so ganz, wie er ansetzen sollte. »Es geht um diese Frau Wagner. Sie hat sich angeblich seltsam und aggressiv benommen.«

»Die Frau stand, wie auch ihre Freundin, unter Schock. Jeder reagiert in Grenzsituationen anders«, kommentierte Meier diese Aussage.

»Aber sie kannte den Toten«, warf Leitner ein weiteres Argument in den Ring.

»Ja, das ist richtig. Ich komme ihrer nächsten Feststellung einfach mal zuvor. Sie konnte ihn auch nicht im Geringsten leiden«, versuchte der Kommissar, dem jungen Kollegen den Wind aus den Segeln zu nehmen.

»Sie wollte zum Essen gehen!«, warf Lukas seinen letzten Joker ein.

Meier blieb stehen. »Und?«, fragte er scheinbar gleichgültig.

»Wer hat denn bitte nach so einem Blutbad Hunger?«

Meier lachte schallend. »Der Mörder?«, beantwortete er immer noch prustend.

Betreten nickte Lukas.

»Ich kann Sie beruhigen. Die gute Frau hat an diesem Abend so gut wie gar nichts gegessen.« Er kam Leiters Frage zuvor, als er fortfuhr. »Meine Frau saß mit ihr am Tisch. So musste sie nicht alleine in unserem Zimmer bleiben und hatte gleichzeitig eine Aufgabe, die sie etwas ablenkte.«

»Aber warum dann so ein Auftreten?«, wollte der junge Mann wissen.

»Ich tippe auf eine Fluchtreaktion. Mal ehrlich, wer außer einem depperten Polizisten bleibt schon freiwillig bei einem Tatort stehen?«

»Warum haben Sie mir von dieser Geschichte nichts erzählt?«, kam Lukas endlich zu dem Punkt, der ihm am meisten auf der Seele brannte.

Meier dachte nach. »Ich hielt es nicht für relevant. Vielleicht steht mir da meine eigene Erfahrung im Weg«, antwortete Meier schulterzuckend.

»Inwiefern das?« Diese Erklärung leuchtete Lukas nicht ein.

»Meist befrage ich die Leute und sammle mit meinen Mitarbeitern alle Informationen und Hinweise zu einem Mordfall. In unseren Teambesprechungen legt dann jeder seine Ergebnisse auf den Tisch.« Er machte eine kurze Pause. »Je mehr Erfahrung ich habe, desto mehr ertappe ich mich dabei, nur noch die wichtigsten Dinge zu präsentieren.«

»Nicht unbedingt richtig«, gab Lukas zu bedenken, »womöglich verschweigen Sie damit Tatsachen, die Ihnen zwar nicht relevant erscheinen, den Fall aber lösen könnten. Ich nenne so etwas eine kontraproduktive Angewohnheit.«

Meier nickte zustimmend. »Eine Schwäche, an der ich definitiv arbeiten muss.«

»Warum haben Sie also wirklich nicht alles erzählt?« Lukas holte tief Luft, bevor er seinen Verdacht laut aussprach. »Wollten Sie als der Held dastehen, der den Fall löst?«

Plötzlich prustete Meier los und es dauerte ein Weilchen, bis er sich wieder beruhigt hatte. »Ich bin mir nicht sicher, ob ich jetzt beleidigt sein oder mich totlachen soll«, antwortete er immer noch leicht außer Atem von seinem Lachanfall.

»Mir reicht eigentlich eine Antwort«, konterte der junge Kollege.

»Den Helden spielen, liegt mir gar nicht. Darauf folgen grundsätzlich unangenehme Pressetermine, die ich übrigens auf den Tod nicht ausstehen kann.« Er gab Leitner einen freundschaftlichen Schlag auf die Schulter, während er ergänzend zufügte: »Ich halte diese Frau einfach für unschuldig.«

»Das sieht mein Chef ganz anders«, entfuhr es Leitner.

Daher wehte also der Wind, wurde es Meier schlagartig bewusst.

»Haben Sie eine Tatwaffe gefunden?«, fragte er mit neu erwachtem Interesse an dem Fall.

Leitner schüttelte den Kopf.

»Walburga Wagner kommt also in Badeklamotten aus dem Saunabereich und sieht den Mann dort liegen. Mit einem zufällig mitgeführten Messer oder etwas ähnlichem schneidet sie ihm kaltblütig die Kehle durch. Sie versteckt die Tatwaffe, kehrt zum Tatort zurück, legt sich hin und stellt sich schlafend. Sollte es sich zu so zugetragen haben, handelt es sich um eine eiskalte Mörderin mit Nerven aus Stahl«, konstruierte der Münchner Polizist den vermuteten Tathergang aus Forsters Sicht.

Lukas musste nicht lange darüber nachdenken, als er seine eigenen Überlegungen laut ausgesprochen hörte. Es war schlicht und ergreifend absurd und er konnte dieser Frau solch eine Kaltschnäuzigkeit nicht zutrauen.

Außerdem widersprach diese These dem zeitlichen Ablauf in allen Punkten. Meier unterbrach seinen Gedankengang.

»Im Gegenteil, diese Frau hatte sogar ein riesiges Glück. Schlafend war sie dem Mörder hilflos ausgeliefert. Wir sollten daher froh sein, dass der Täter sie nicht bemerkt hatte. Es wäre ein leichtes Spiel für ihn gewesen, sie auch zu töten.«

Lukas stimmte ihm vollkommen zu. »Auch Frau Hummel kann von Glück reden, dass sie keinen Augenblick zu früh antanzte«, komplettierte er nun Meiers Gedankenspiel.

»Statt vor einem stünden Sie dann vor drei Toten. Ein wahres Massaker!« Meier fuhr fort: »Der Mörder muss Blutspuren an der Kleidung haben. Jemandem die Kehle durchschneiden und blitzblank aus der Nummer rauskommen, geht nicht«, gab er dem jungen Kollegen zu bedenken.

»Eine Frage noch«, Lukas zögerte fast unmerklich, »wie würden Sie jetzt weiter vorgehen?«

»Sie müssen herausfinden, wer seine Feinde waren. Dabei dürfen Sie nicht vergessen, auch seinen privaten Bereich zu durchleuchten. Die meisten Morde sind Morde aus Leidenschaft. Wusste seine Frau von der Geliebten? Gab es weitere Frauen in seinem Leben? Was für Geschäfte machte er? Wie sah es mit seinen Finanzen aus?«, breitete ihm Meier einen weitgestreuten Ermittlungsteppich aus.

»In all diese Richtungen gehe ich bereits«, sagte Lukas Leitner mit ein wenig Stolz in der Stimme.

»Sehr gut!« Meier blieb stehen. »Wie schaut es mit Ihrem Chef aus?«

Lukas druckste ein wenig herum. »Der hat in erster Linie Frau Wagner im Visier«, antwortete er resigniert.

»Welchen Verdacht haben Sie?«, fragte Meier auffordernd.

So sehr Lukas Leitner die Erfahrung und das Entgegenkommen des Kollegen schätzte, über seinen Verdacht konnte er mit niemandem reden.

»Bisher kann ich den Fall noch gar nicht einschätzen«, log er daher.

»Wenn Sie Informationen aus dem Münchener Präsidium brauchen, dann wenden Sie sich an Florian Schäfer. Er ist in meinem Team und absolut vertrauenswürdig«, bot Meier ihm an, bevor sie sich auf den Rückweg machten und das Gespräch auf andere Details der Ermittlung umschwenkten. Sie sprachen noch kurz über die gerichtsmedizinischen Untersuchungen des Ermordeten, bis sich ihre Wege am Hotel wieder trennten. Lukas hatte nun zwar ein paar Antworten, aber noch wesentlich mehr Fragen waren durch dieses Gespräch aufgetaucht.

Meier blieb stehen und starrte hinter Leitner her. Er spürte instinktiv, dass dem jungen Mann noch etwas anderes auf der Seele lag.

Den Gedanken, in diesem Fall untätig den Urlauber zu spielen, verwarf er in diesem Augenblick komplett. So wenig es seiner Frau gefallen würde, aber Meier war in diese Angelegenheit bereits verwickelt und musste handeln. Es war schon mehr als nur Glück, dass sowohl der Tote als auch die Verdächtigen aus München kamen, denn somit war sein Büro und damit auch er, in die Untersuchungen des Falles automatisch involviert.

Da kamen sie, die beiden Super-Bullen. Glaubten diese Amateure tatsächlich, dieser Mord wäre einfach zu lösen? Ausgerechnet von ihnen? Allein schon der Gedanke war lachhaft.

Was würde wohl passieren, wenn das Messer plötzlich bei der freundlichen Polizistengattin gefunden würde? Diesen Gedanken sollte man dringend festhalten.

Kapitel 8

Kurz bevor sie das Hotel wieder erreichten, deutete Burgi erleichtert auf eine Holzbank, die inmitten einer traumhaften Blumenwiese in romantischer Lage auf einem kleinen Hang stand.

»Ach, schau mal! Dort oben könnten wir uns ein bisserl hinsetzen und uns ausruhen«, meinte Burgi mit einem Lächeln.

Ohne eine Antwort zu geben, steuerte A.C. zielsicher die Sitzgelegenheit an und Burgi folgte ihr zufrieden schweigend, während die Hunde vor ihnen durch die duftende Farbenpracht jagten. Schweigend stiegen sie die Bergwiese empor. Oben angekommen, atmeten die Frauen fast synchron tief ein, nahmen Platz und beobachteten zufrieden das ausgelassene Spiel ihrer Lieblinge.

Euphorisch streckte Hummelchen die Arme aus, gerade so, als würde sie das gesamte Tal umarmen wollen. »Was für ein Ausblick!«

Burgi genoss, ohne etwas zu erwidern, die Aussicht auf das traumhafte Alpenpanorama und sog die idyllische Atmosphäre regelrecht in sich auf. Sie streckte ihre müden Beine aus, faltete entspannt die Hände über dem Bauch und lehnte sich gemütlich zurück.

A.C. kramte ein Notizbuch und einen Stift aus ihrer Tasche und legte es sich aufgeschlagen in ihren Schoß. Für ein paar Minuten schaute sie sinnierend in die Weite, um dann den Kugelschreiber buchstäblich über das Papier flitzen zu lassen.

Es dauerte eine ganze Weile, bis sie sich wieder ihrer Freundin zuwandte. »Manche Dinge kann man leichter beschreiben, wenn man sie vor sich sieht.«

Verständnisvoll nickte Burgi, doch dann kniff sie plötzlich ihre Augen zu schmalen Schlitzen zusammen. Konzentriert blickte sie zu dem Weg hinab, den sie selbst vor einigen Minuten noch entlang spaziert waren. »Das ist unmöglich!«

A.C. starrte angestrengt in dieselbe Richtung, konnte aber außer ein paar Spaziergängern nichts erkennen. »Was ist denn da?«

»Die blödeste Kuh, die jemals die Erde betreten durfte«, erklärte ihre Kameradin spöttisch.

»Ui, ja wo denn? Wer ist die Tussi? Wo sehe ich die? Wie schaut die aus? Und woher kennst du die?«, überschlug sich Hummelchen beinahe vor Neugierde und glotzte konzentriert zu einigen näherkommenden Leuten. »Meinst du etwa die fette Alte im gestreiften Kleid? Jetzt weiß ich, was du meinst, wenn du sagst: Übergrößen und Querstreifen vertragen sich nicht!«

»Nein, das ist sie nicht und ja, Querstreifen lassen dich in die Breite wachsen.«

»Vielleicht sollte ich sowas auch mal anziehen.« Von dieser plötzlichen Eingebung abgelenkt, schaute Hummelchen an sich herab. Flach und dürr, hatte ihr vor ein paar Jahren ein Typ an den Kopf geworfen. Du meine Güte, war das ein armseliger Flirtversuch ihrerseits gewesen. Knallrot, wie eine überreife Tomate, und vor Scham am liebsten im Boden versinkend, griff sie damals nach ihrem Drink, leider ein ebenso grandioser Fehlgriff wie ihr ausgesuchter Flirtpartner. Es war so befreiend diesem selbstgefälligen Beidl den ungenießbaren Cocktail über den Kopf zu schütten. Mit holterdiepolter war er aufgesprungen und hatte dabei geflucht wie ein Bierkutscher. Sie war nicht gut weggekommen bei seiner wütenden Schimpftirade, besonders ihren körperlichen Defiziten widmete er einiges an verbaler Energie. Sie grinste, als sie sich an ihre Antwort erinnerte. »Wenn dein Johannes tatsächlich so groß ist, wie deine Nase, dann hast du ihn bestimmt schon lange nicht mehr gesehen!« Mit hochrotem Kopf war er unter dem spöttischen Gelächter der Umstehenden von dannen gestürmt. Solch sexistische Kommentare waren normalerweise nicht ihr Ding, aber da war einfach der Gaul mit ihr durchgegangen.

»Ich meine die Tussi, die ein paar Meter hinter diesen Leuten mit schwarzem Kostüm und Stöckelschuhen über den Schotterweg stolpert«, unterbrach Burgi Hummelchens abschweifende Gedankengänge.

»Ach du Scheiße! Trägt die tatsächlich einen schwarzen Hut mit Schleier?«, staunte Hummelchen kopfschüttelnd.

»Ich glaub's ja nicht!« Burgi schlug sich mit der flachen Hand an die Stirn. »DIE hat sich den Götzhofner geangelt?!?«

»Geangelt? Den Toten?« Hummelchen verstand nur Bahnhof.

Lachend warf Walburga den Kopf in den Nacken. »Henriette Oberhauser hat das Ekel Reinhold Götzhofner geheiratet.«

»Oh, dann ist das die Witwe von unserem Ermordeten?«

»Genau! Sie hat übrigens vorher krampfhaft versucht, bei Georg zu landen.«

Aufgeregt zeigte A.C. auf den Weg hinab. »Das ist also die Schnepfe, die dir damals deinen Schatz ausspannen wollte?«

»Du sagst es!« Burgi verschränkte die Arme und feixte. »Nachdem es mit dem Big Boss nicht geklappt hatte, ist sie offensichtlich beim Möchtegern-Chef gelandet.«

»Ist das nicht der Hund von unserem Toten? Oder täusche ich mich da?«, überlegte Agatha-Christine, während sie sich erhob, um eine bessere Sicht zu haben.

»Du meine Güte, Hummelchen, bleib doch mal auf deinen vier Buchstaben sitzen! Du machst deinem Namen wirklich alle Ehre.« Burgi, noch immer lachend, schüttelte amüsiert den Kopf.

A.C. setzte sich brav wieder hin, platzierte ihren Hintern dabei aber am vordersten Rand der Bank. »Schau doch, die Frau, die von der anderen Seite kommt! Die führt doch den Hund von dem Götzhofner an der Leine spazieren! Ich habe die letztens schon bei meiner kleinen Wanderung getroffen. Die könnte als Model durchgehen, wenn sie nicht sogar eines ist.«

»Henriette, ein Model? Du machst wohl Witze«, entgegnete Burgi ungläubig und ihre wegwerfende Handbewegung unterstrich ihre Meinung eindeutig. Sie war so auf ihre ehemalige Nebenbuhlerin konzentriert, dass sie Hummelchen erst gar nicht richtig zugehört hatte.

»Bist du etwa blind?! Nein, nicht die Witwe, sondern die Schönheit, die gerade mit seinem Hund auf der anderen Seite um die Ecke kommt«, stellte Hummelchen klar. »Ich sag dir, die war mit einem Kerl unterwegs, der war so sexy, dass du zu sabbern anfängst!«

»Aber was macht die mit Götzhofners Hund?«, rätselte Burgi.

»Wenn er es überhaupt ist. Es gibt bestimmt mehr als einen chinesischen Nackthund auf der Welt.«

»Schätzchen, damit liegst du sicher richtig, doch wie hoch ist die Wahrscheinlichkeit, dass hier ein Rudel dieser Tiere rumläuft?«

»Ein Rudel?«, freundschaftlich knuffte Agatha-Christine ihre Freundin in den Schenkel. »Du bist echt ein Scherzkeks.«

»Autsch!« Empört strich Walburga Wagner über die malträtierte Stelle. »Du grobes Weib!«

»Oha schau, da scheint sich ein Streit anzubahnen!«, aufgeregt packte A.C. Burgis Arm mit der linken Hand, während sie mit der anderen in Richtung Hauptweg deutete.

»Mist, wir sind zu weit entfernt. Da hören wir keinen Ton«, stellte Burgi enttäuscht fest, als ihr erwartungsvoller Lauschversuch aufgrund der Distanz scheiterte.

Mit großen Augen verfolgten die Freundinnen das Geschehen, das sich wie ein Stummfilm vor ihren Augen abspielte, dem lediglich die musikalische Untermalung und das obligatorische Popcorn fehlte. Dafür gab es

Vogelgezwitscher, Bienengesumme und das Hecheln der beiden Hunde, die zufrieden im Gras lagen. Brutus streckte dabei auf dem Rücken liegend die kurzen Beinchen in die Luft, während Blümchen sich einfach bäuchlings im Gras die Sonne auf den Pelz scheinen ließ. Unwillkürlich beugten sich beide Frauen ein wenig weiter nach vorne. Die Wahrscheinlichkeit, etwas von dem Gespräch zu hören, ging zwar gegen null, aber einen Versuch war es allemal wert.

Die schöne, junge Frau hatte nur kurz gezögert und versuchte ihren Spaziergang fortzusetzen, als Püppi ihr Frauchen freudig begrüßte. Henriette Götzhofner hingegen war sofort stehengeblieben, als sie den Hund erkannte. Burgi ärgerte sich, dass sie die Mimik der Frau nicht besser erkennen konnte und so war es nicht auszumachen, ob nun Erstaunen oder doch Wut in den Zügen der Mittvierzigerin lagen?

Nach einem kurzen, aber heftigen Wortwechsel entriss Henriette Götzhofner der Schönheit unsanft die Leine. Mit wütenden Schritten stapfte sie, den armen, irritierten Vierbeiner hinter sich herzerrend, den Pfad entlang. Offenbar war Frau Götzhofner auf dem direkten Weg zum Hotel, was ihr mit den Stöckelschuhen allerdings wenig überzeugend gelang. Ein Stein, ein Aufschrei und schon lag sie der Länge nach auf dem Schotter! Die junge Frau, die zuvor etwas ratlos stehengeblieben war, schlenderte herbei und reichte Henriette nach kurzer Überlegung die Hand, um ihr zu helfen, doch die wehrte das Angebot verbissen ab. Mühselig raffte sich die Götzhofner auf und klopfte wütend den Staub von ihrem schwarzen Kostüm.

Die blonde Traumfrau zuckte daraufhin gleichgültig mit den Schultern, ließ die andere einfach stehen und spazierte graziös zurück zum Hotel.

Burgi kicherte gehässig in sich hinein. Der skurrile, würdelose Auftritt der ehemaligen Rivalin amüsierte sie köstlich. Mühsam stakste die aufgedonnerte Dame von dannen. Der Hund folgte ihr in sicherem Abstand. Es sah fast so aus, als wünschte sich das Tier mehr als eine Leinenlänge Distanz zwischen sich und sein Frauchen. Burgi und Hummelchen konnten ihren Blick nicht von dem wackeligen Watschelgang der ungeschickt dahinstolpernden Henriette losreißen, dazu genossen sie die Szenerie viel zu sehr.

»Sag mal, Schneckerl, möchtest du mir endlich erzählen, warum du mit Götzhofner solche Probleme hattest?«, versuchte A.C. erneut das Geheimnis um die Geschehnisse mit dem Bauunternehmer zu ergründen.

»Nein! Diese Geschichten sind Vergangenheit. Ich verspüre nicht im Geringsten das Verlangen, mir diese Erinnerungen wieder ins Gedächtnis zu rufen.«

Vorsichtig wandte Hummelchen ein: »Sind sie denn durch den Mord nicht schon lange wieder präsent?«

Burgi schnaufte auf. »Das sind sie, aber nicht durch den Mord. Die Begegnung mit diesem Vollpfosten hat dazu völlig ausgereicht. Alleine sein Anblick reichte aus, um alles aus der hintersten Ecke meines Gehirnes wieder hochkommen zu lassen. Und ich bin gerade bemüht, diese Gedanken wieder ins Jenseits zu verbannen.«

Die Frauen schwiegen, starrten erneut auf das berauschende Alpenpanorama, doch keine von ihnen nahm es in diesem Moment wahr.

»Weißt du, was mir nicht aus dem Kopf geht?« Hummelchens Worte waren kaum mehr als ein zaghaftes Flüstern. »Ich bin durch die Schwimmhalle gegangen, als ich dich gesucht habe und da lag dieser Mensch wahrscheinlich schon tot in seinem Liegestuhl.«

»Du hast ein schlechtes Gewissen, weil du es nicht bemerkt hast?«, staunte Burgi.

Hummelchen schüttelte zögernd den Kopf. »Das ist es nicht mal. Ich denke immer wieder daran, dass der Täter eventuell noch irgendwo hätte lauern können und ...«, sagte A.C. mit brüchiger Stimme, als Burgi das Wort ergriff, um den Satz der Freundin zu vollenden.

»Ich lag schlafend in der Ecke. Leichtes Spiel für einen Mörder.«

Ihre Hände fanden sich wie von selbst. Innig drückten sie sich, heilfroh, noch am Leben zu sein. Sie verstanden sich auch ohne große Worte.

Während Ralf Meier Lukas Leitner nachdenklich hinterher sah, wählte er bereits die Nummer seines Münchner Büros. Erleichtert vernahm er die Stimme seines Kollegen. »Servus, Schäfer! Genau, dich wollte ich sprechen! Meier am Apparat. Ich brauche einige Informationen von dir.«

Er schilderte Florian Schäfer kurz die Situation und umriss ihm die bekannten Fakten des Falls. »Ich brauche alles über diesen Götzhofner! Finanzen, Liebesleben und

Feinde. Schau, wer bereits von euch in dieser Sache ermittelt.«

Florians Antwort schien seinem Vorhaben zuträglich zu sein, denn er antwortete seinem Kollegen mit einem zufriedenen Lächeln: »Na, das nenne ich doch einen perfekten Zufall. Wenn du also eh schon an dieser Geschichte dran bist, ist es ja überhaupt kein Problem, mich auf dem Laufenden zu halten. Und dieses Thema Urlaub lässt du mal völlig außen vor, immerhin bin ich der Chef und möchte darüber nicht mal ansatzweise mit dir diskutieren«, ergänzte er mit gespielter Strenge seine Anweisungen.

Er bat Schäfer zudem um alles, was über Walburga Wagner und Agatha-Christine Hummel bekannt war. Außerdem wollte er jede Information über die Familie des Ermordeten. Besonderes Interesse hatte er an der Ehefrau Götzhofners. Seine Untreue gab ein vorzügliches Motiv ab. In diesem Zusammenhang galt es auch, die Geliebte unter die Lupe zu nehmen.

»Wenn ich es richtig verstanden habe, war er hier mit einer blutjungen Begleiterin. Wo war also seine Angetraute zum Tatzeitpunkt? Meld dich, wenn du was Neues für mich hast!«, beendete er das Dienstgespräch mit seinem Münchner Kollegen.

Meier kniff die Augen zusammen und schirmte die Sonne mit einer Hand ab, als er seinen Blick auf die einladende Terrasse richtete.

Ein Sonnenhut blitzte hinter einem aufgeklappten Laptop hervor. Er erkannte ein geblümtes Kleid über viel zu schmalen Schultern und winzige Füße, die barfuß auf dem Rücken einer weißen Dogge lagen. Das konnten nur Agatha-Christine Hummel und ihr Blümchen sein. Meier grinste bei dem Anblick des Hundes. So friedlich schnarchend, konnte auch nur ein Hund unter einem Tisch schlafen.

»Hallo!« Mit einem freundlichen Lächeln stellte er sich neben die eifrig schreibende Frau. »Störe ich?«

Verwirrt blinzelte A.C. zu ihm auf, als er auch schon einen Stuhl heranzog und sich, ohne ihre Antwort abzuwarten, einfach zu ihr setzte. Sollte sie jetzt unhöflich sein und ihm sagen, dass sie im Moment gerade in einer kreativen Phase, ja fast schon im Schreibwahn war, und er sie tatsächlich störte? Kaum zurück von ihrer Wanderung hatte sie sich sofort hierher verzogen, um zu schreiben, denn die Ideen sprudelten gerade nur so. Sie wollte jetzt nicht unterbrochen werden.

Meier jedoch ließ sie ihren Gedanken über die unwillkommene Störung nicht zu Ende bringen, geschweige denn in Worte fassen.

»Als mir meine Frau erzählte, du wärst Buchautorin, dachte ich zuerst, sie flunkert mich an.« Er grinste Hummelchen schelmisch an. »Aber wenn ich dich jetzt so emsig tippen sehe, muss ich sagen, es passt zu dir.«

Auch wenn sie sich durch seine Aussage geschmeichelt fühlte, blieb sie etwas misstrauisch und fragte sich insgeheim: »Was will er von mir?«

Ebenso überrascht wie Meier, stellte A.C. fest, dass sie ihren letzten Gedanken laut ausgesprochen hatte.

Scheiß Situation, dachte Meier, und versuchte zu retten, was zu retten war und wagte den Vorstoß indem er wahrheitsgemäß sagte: »Ich brauche deine Hilfe.«

Hummelchen beugte sich gespannt vor und schaute ihn mit ihren großen Augen fragend an.

»Die hiesige Polizei verdächtigt in dem Mordfall deine Freundin Walburga«, ließ Meier die Katze direkt aus dem Sack.

»Burgi?!«, stieß A.C. verblüfft aus. »So ein Unsinn!«

»Nun ja, ihr Auftritt vor dem Wellnessbereich war nicht gerade das, was man unter einer angemessenen Reaktion in solch einem Fall versteht.«

»Du meine Güte! Burgi macht nie, was man von ihr erwartet. Sie ist immer für eine Überraschung gut.«

»Auch für einen Mord?«, fragte Meier provokant.

»So ein Schmarrn!«, wehrte A.C. diese unmögliche Anschuldigung vehement ab.

»Was für ein Problem hatte sie mit dem Toten?« Meier brauchte mehr Details, die er sich nun von diesem Gespräch erwartete.

»Sie redet nicht darüber«, machte Hummelchen bekümmert dreinschauend seine Hoffnungen zunichte. »Es muss aber irgendwie mit Georg, ihrem verstorbenen Mann zusammenhängen«, fügte sie kleinlaut an.

Forschend schaute er in ihr sorgenvolles Gesicht.

»Weiter!«, forderte Meier sie mit einer ungeduldigen Handbewegung auf. »Um sie zu entlasten, brauchen wir mehr Informationen.«

»Burgi hat ihren Mann bei der Arbeit kennengelernt. Er war der Firmeninhaber, sie die Sekretärin. Götzhofner war offenbar einer derjenigen, die sie wegen dieser Liebe verurteilten«, gab sie die wenigen Details preis, die sie kannte.

Liebe und Leidenschaft, da waren sie wieder, die klassischen Hauptmotive für Mord.

»Dieser Typ muss sie regelrecht gemobbt haben«, fuhr Hummelchen zögernd fort. »Mehr weiß ich nicht. Da musst du sie schon selber fragen.«

»Das werde ich! Vielen Dank für deine Hilfe!« Meier nickte ihr aufmunternd zu und verabschiedete sich. Hummelchen konnte ihm nicht allzu viel erzählen, aber die wenigen Informationen waren trotzdem nützlich, denn nun hatte er einen interessanten Anhaltspunkt, den er weiter verfolgen konnte.

Dieser Münchner Polizist steckte seine Nase überall hinein. Es wurde langsam wirklich lästig, diesen vermeintlichen Super-Bullen ständig im Haus zu wissen. Warum machte der Kerl nicht einfach Urlaub, wie es sich für einen Touristen gehörte?

Warum unterhielt er sich so lange und ausführlich mit diesem jungen Möchtegern-Polizisten. Außerdem sah man ihn viel zu häufig mit diesen beiden skurrilen Damen aus der Landeshauptstadt, geradezu als ob die fähig wären, einen so perfekten Mord durchzuführen.

Walburga, was für ein altertümlicher Name! Erinnerte irgendwie an Kloster und Mittelalter. Ihre Reaktion auf den Mord könnte man vielleicht verwenden, um eine falsche Fährte zu legen.

Nicht etwa, dass es notwendig wäre, aber so eine kleine Beschäftigungstherapie für den Herrn Hauptkommissar wäre bestimmt spaßig.

Sarah schwankte zwischen Wut und Traurigkeit. Lukas durch die raumhohe Fensterfront auf der Terrasse zu sehen, hatte ihr Herz aus dem Takt kommen lassen. Die Tatsache, dass sie jetzt schon wieder dasaß und an diesen kurzen Augenblick dachte, brachte sie aus ihrem seelischen Gleichgewicht, dabei war er vorhin nur mit dem Münchner Polizisten vorbeigegangen.

Es war aus und vorbei! Ein Zurück durfte es keinesfalls geben. Eine tote Liebe aufzuwärmen kam nicht infrage, denn nur Gulasch und Sauerkraut schmecken aufgewärmt besser. Für diesen Mann auch nur ein weiteres Tränchen zu vergießen, war keine Option. Durchwachte Nächte und durchnässte Taschentücher lehrten eine Frau schnell, dass kein Mann es wert war, seinetwegen zu leiden. Noch einmal würde sie diesen Schmerz nicht ertragen.

Versonnen starrte sie auf die Stelle, an der er vor einer Stunde verschwunden war. Der nette Polizist aus München hatte ihn begleitet, doch sie hatte nur Augen für Lukas gehabt. Sie musste sich wohl oder übel eingestehen, dass diese Liebe vielleicht doch noch nicht endgültig vorbei war. Kopf und Herz in Einklang zu bringen, hieß für sie nun die Devise.

Sarah atmete tief durch. Sie wandte den Blick ab und versuchte, sich wieder auf ihre Arbeit zu konzentrieren.

Warum zum Teufel wollten alle ausgerechnet im August zu ihnen kommen? Eine Reservierungsanfrage nach der anderen trudelte ein und ließ sie schier verzweifeln.

»Gibt es Probleme?«

Erschrocken ließ Sarah ihren Stift fallen. Mit großen Augen starrte sie den vor sich stehenden Mann an. »Papa!«, rief sie völlig überrascht aus.

»Wer sonst?«, erwiderte der Hotelchef genervt. Josef Gruber konnte dieses schreckhafte Getue bei Frauen gar nicht leiden, insbesondere bei seiner Tochter lehnte er so ein weibisches Verhalten kategorisch ab. »Halt die Augen offen, dann erschreckt dich keiner.«

»Ich war in Gedanken, dass wird doch wohl noch erlaubt sein!«, konterte Sarah etwas schnippisch.

»Ist aber während der Arbeit unproduktiv. Nach Feierabend hast du genug Zeit zum Träumen«, wies ihr Vater sie, ganz den Chef raushängen lassend, zurecht.

»Natürlich!« Zornig griff Sarah nach der Computermaus. »Brauchst du etwas, oder kann ich weiter ... produktiv sein?«

»Sei nicht patzig, Fräulein!« Josef Gruber schwoll regelrecht der Kamm. Wieso konnte seine Frau jetzt nicht hier sein und sich mit ihrer aufmüpfigen Tochter herumschlagen. Mit diesem kindischen Unsinn wollte er keineswegs seine kostbare Zeit vergeuden. Einfach zu sterben und ihn mit all den Problemen alleine sitzen zu lassen, war im höchsten Grade unfair von ihr gewesen. Eine Ehefrau durfte ihren Mann nicht sang- und klanglos im Stich lassen!

Sarah verkniff sich eine weitere Bemerkung, denn sie hielt es für besser, keinen Streit mit ihm vom Zaun zu brechen. Sie beschäftigten genug andere Dinge, wie zum Beispiel Lukas, der seit seinem plötzlichen Auftritt im Hotel in ihrem Kopf wild herumgeisterte. Sofort schob sie die verwirrenden Gedanken an den Ex beiseite und konzentrierte sich wieder auf ihren Vater. »Brauchst du etwas von mir?«, sagte sie betont freundlich, um wieder einzulenken.

»Nein, ich wollte nur einige Belege raussuchen, die mir für die Buchhaltung noch fehlen. Ich muss wieder alles an den Steuerberater schicken.« Er blickte auf einen handgeschriebenen Zettel in seiner Hand, den Sarah jetzt erst entdeckte.

»Wenn du möchtest, kann ich es dir abnehmen. Allerdings schaffe ich es wohl heute nicht mehr. Ich muss noch eine ganze Menge Reservierungsanfragen abarbeiten und bin alleine. Morgen ist die Irmi wieder da und es ist kein Problem, wenn ich mich dann hinten an die Büroarbeit mache.«

Abrupt verbarg ihr Vater seine Notizen vor ihren neugierigen Augen, indem er das Stück Papier umdrehte. »Nein, lass nur. Ich mach das nachher selbst.«

Ohne ein weiteres Wort zu verlieren, drehte er sich um und marschierte davon. Sarah schaute ihm verblüfft hinterher. Diesen merkwürdigen Auftritt konnte sie sich nicht erklären. Normalerweise war er heilfroh, wenn sie solch lästige Büroarbeiten für ihn übernahm. Ihr alter Herr wurde auch immer wunderlicher.

Was mochte in seinem Sturschädel wieder vorgehen. Seit dem überraschenden Tod ihrer Mutter vor einigen Jahren, wurde er von Tag zu Tag sonderbarer und entfernte sich immer weiter von seiner Tochter. Sarah verstand nicht, wie die einst recht vertraute Beziehung so kaputt gehen konnte und er unweigerlich zu einem Fremden für sie wurde.

Mit den Jahren war ihr klar geworden, dass er weder mit dem Verlust seiner Frau noch mit der Verantwortung für die einzige Tochter klarkam. Ob es mit einem Sohn besser geklappt hätte, bezweifelte die junge Frau stark. Ihr Vater gehörte zu den Männern, die mit Kindern zwar ganz gut konnten, aber nur solange diese keine Schwierigkeiten machten. Kindererziehung und Haushalt waren für ihn eher als Zeitvertreib für die Ehefrau gedacht, damit diese nicht auf dumme Gedanken kam. Ihre Gene trugen lediglich zum Arterhalt bei und ihn selbst erhoben sie in den Stand des Ernährers der Familie, besser gesagt, das Familienoberhaupt.

Seine Erleichterung, als sie tatsächlich die Ausbildung in Wien anfing, konnte sie immer noch nicht vergessen. Und ein böser Gedanke beschlich sie immer wieder, denn sie wusste bis heute nicht, inwieweit dieser Mann das Beziehungsaus damals beeinflusste? Hatte Lukas womöglich doch recht mit seinen Anschuldigungen?

Sie selbst fühlte sich eher vom Vater abgeschoben. Schon während der Pubertät wirkte er häufig überfordert. Sarah gestand sich zwar ein, dass sie häufig seine Nerven strapaziert und ihn an seine Grenzen gebracht hatte, doch der Geduldigste war er noch nie gewesen.

Eines Tages eröffnete er ihr dann, dass er das Hotel vergrößern und teilweise neu bauen würde. Dies machte es in seinen Augen allerdings notwendig, dass sie sich bis dahin auf ihr Handwerk besser verstand. Er schwämte ihr regelrecht von einem wunderbaren Ausbildungsplatz und den einmaligen Chancen vor, die sich für Sarah daraus ergeben würden. Nicht etwa in einem Gasthaus oder einer Pension um die Ecke, sondern in einem richtigen fünf Sterne Hotel und das auch noch in einer Weltstadt wie Wien. Die perspektivlose Liebelei, wie er es immer nannte, mit Lukas war ihm von Anfang an ein Dorn im Auge gewesen. Er konnte weder den Burschen, noch dessen Familie leiden.

Den Kopf langsam kreisend, versuchte Sarah, die hartnäckige Verspannung zu vertreiben, die sich schmerzhaft in ihrem Nacken bemerkbar machte. Unaufhaltsam kroch der Schmerz weiter nach oben, wo bereits die nagenden Gedanken ihre Schläfen hämmern ließen. Mit leichtem Druck massierte sie die pochenden Stellen mit den Fingerspitzen, in der Hoffnung, sich Linderung verschaffen zu können. Wie schön wäre es, all die trüben Gedanken mit dieser simplen Bewegung einfach wegwischen zu können.

Kapitel 9

Hummelchen holte Schwung wie eine preisgekrönte Olympionikin und ließ den Stock diesmal genau im richtigen Moment los. Blümchen, die schon gespannt wie ein Flitzebogen auf diesen Augenblick gewartet hatte, sprang dem Objekt ihrer Begierde mit einem gewaltigen Satz hinterher. Mit einem lauten Platschen landete die Hündin im eiskalten See, während Brutus kläffend am Ufer entlang lief. Keine zwei Minuten später legte die begeisterte Doggendame den Stock vor Hummelchen ab und schüttelte sich, dass die Wassertropfen nur so in alle Richtungen stoben.

Schützend hob A.C. die Arme über den Kopf und kicherte dabei ausgelassen. Sie bückte sich nach dem Stück Holz, doch bevor sie auch nur eine Chance hatte, es zu ergreifen, schnappte Brutus danach. Aus Angst, die Hand durch einen Biss zu verlieren, überließ die Autorin dem kleinen Rüden den Sieg und er schleppte triumphierend den Prügel ins hohe Gras, um sich dort mit seiner Beute hinzulegen und auszuruhen. Wild vor lauter Anstrengung hechelnd, wirkten seine Gesichtszüge beinahe wie ein schadenfrohes und breites Grinsen, mit dem er Blümchen und Agatha-Christine auszulachen schien, bevor er seine Zähne genüsslich in das ergaunerte Holz schlug. Immerhin galt es jetzt, das Diebesgut in kleine Späne zu verwandeln.

A.C. ließ sich in das saftige Gras der Bergwiese fallen, streckte die Beine von sich und es dauerte nicht lange, bis sich auch Blümchen mit einem tiefen Seufzer neben sie legte. Fröhlich strich Hummelchen über den großen, nassen Hundekopf, worauf sich die Hündin prompt auf den Rücken drehte und demonstrativ ihrer Besitzerin den Bauch zum Kraulen hinstreckte.

»Braucht das Bauchi schon wieder eine Streicheleinheit, mein Schätzchen?«, sagte A.C. schmunzelnd und begann den Hundebauch ausgiebig zu tätscheln. Ab und an berührte sie eine der großen Pfoten, um ihren Hund zwischen den empfindlichen Zehenballen zu kitzeln. Blümchen zuckte dann jedes Mal zusammen, doch ihre weit nach hinten gezogenen Lefzen schauten dabei fast wie ein besonders breites und glückliches Grinsen aus.

»Na, brauchst du auch etwas Zuneigung?« Brutus, der die Szenerie eifersüchtig beobachtet hatte, ließ seinen hartumkämpften Schatz zurück und drückte sich erwartungsvoll an Hummelchens Schenkel. Sie saß zufrieden und das Gesicht der Sonne entgegenstreckend auf der Wiese und verwöhnte mit ihren Händen die beiden Vierbeiner, die rechts und links neben ihr lagen.

»So lässt es sich aushalten.«

Hummelchen schreckte bei diesen Worten zusammen und begann sofort blinzelnd die Umgebung nach der Sprecherin abzusuchen. Brutus knurrte verhalten, entschied sich aber bei der sanften Streichelei lieber neben

A.C. liegenzubleiben, als sich der vermeintlichen Bedrohung zu stellen. Blümchen hob noch nicht einmal den Kopf, sondern spitzte nur kurz die Ohren.

»Hallo!«, erwiderte Hummelchen freudig, als sie die nette junge Frau von der Rezeption entdeckte, die sie zu ihrer aktuellen Hauptprotagonistin inspiriert hatte. »Sarah, wenn ich mich nicht täusche. Zumindest glaube ich, mich zu erinnern, dass das auf Ihrem Namensschild stand.«

Sarah nickte anerkennend. »Sie haben ein hervorragendes Gedächtnis.«

»Für Namen, ja. Schwierig wird es bei der Einkaufsliste«, gab A.C. amüsiert zu.

»Wie das?«, wollte die Empfangsdame wissen.

»Nun ja, ich schreibe jedes Mal einen meilenlangen Einkaufszettel, nur um ihn dann auf dem Küchentisch zu Hause liegenzulassen.«

Sarah gluckste fröhlich. »Dann wird die Einkauferei spannend.«

»Wenn ich dann wieder zu Hause bin, vergleiche ich meine Ausbeute mit dem Zettel. Anschließend muss ich leider öfter ein wenig improvisieren und mir neue Gerichte einfallen lassen«, beendete Hummelchen ihre Einkaufsanekdote quietschvergnügt und steckte Sarah mit ihrem Lachen direkt an.

»Möchten Sie sich zu uns setzen?«, sagte A.C. und deutete dabei einladend auf ein freies Plätzchen neben Blümchen in der Wiese.

Eigentlich wollte Sarah eine große Runde um den See laufen, um den Kopf von all dem Ballast freizubekommen.

Noch mit sich ringend, schaute sie nachdenklich auf die große, weiß-schwarze Hündin.

A.C. deutete diesen Blick falsch und bemühte sich sofort, den vermeintlich falschen Eindruck zu korrigieren. »Blümchen ist eine sehr freundliche und verschmuste Hündin, da können Sie unbesorgt Platz nehmen. Bei ihm«, sie zeigte auf den Rauhaardackel auf der anderen Seite, »ist eher Vorsicht geboten.«

Das drollige Verhalten Hummelchens zeigte Wirkung, daher beschloss Sarah spontan, sich zu der Münchnerin zu setzen, obwohl sie normalerweise den persönlichen Kontakt zu Gästen soweit es ging vermied. Aber jetzt ließ sie sich kurzerhand neben der Dogge ins Gras plumpsen. Diese Frau Hummel strahlte pure Fröhlichkeit und einen ansteckenden Optimismus aus. Eigenschaften, die sie selbst in letzter Zeit von Tag zu Tag immer mehr verlor.

»Schauen Sie!« A.C. deutete mit ausgestrecktem Finger nach oben in die Luft. Ein kleiner Vogel fing in diesem Augenblick mit einem artistischen Flugmanöver ein Insekt. Mit strahlenden Augen beobachteten die Frauen schweigend die Aktion und genossen anschließend den fantastischen Ausblick über den See.

Hummelchen kraulte nebenbei Brutus das Köpfchen, da Blümchen sich indes wieder umgedreht hatte und in vollen Zügen die warme Sonne auf ihrem Rücken auskostete. Sarah beeindruckte die Ruhe und Gelassenheit, die von diesem so kraftvoll und einschüchternd wirkenden Tier ausging und begann in ruhigen Bewegungen über das glatte Fell der Dogge zu streichen. Die Gesellschaft der drei hatte etwas Beruhigendes und Sarah empfand diese Begegnung als äußerst tröstend.

»Tiere geben einem Menschen Ruhe und Kraft.« A.C. lächelte Sarah bei diesen Worten nachdenklich an. In den Augen der jungen Frau stand eine solche Traurigkeit, dass Hummelchen sich zurückhalten musste, sie nicht einfach in den Arm zu nehmen.

Sarah rückte schweigend ein klein wenig von Blümchen ab. Was hätte sie auch sagen sollen? Einer Wildfremden offenbarte man seine Sorgen und Nöte nicht unbedingt.

Hummelchen bemerkte ihren Fauxpas in der Sekunde, in der die Worte so verloren in der Luft hingen. Sofort versuchte sie, auf ein unverfängliches Thema umzuschwenken.

»Hier oben ist es einfach traumhaft schön. Wie ist es denn so, an einem Ort zu wohnen, an dem andere Urlaub machen?«

»Das könnte man doch über München auch sagen«, wich Sarah der Frage geschickt aus.

»Natürlich und ich gestehe, ich liebe meine Heimatstadt von Herzen«, antwortete Hummelchen, um das Gespräch am Leben zu halten.

»Ich habe die letzten Jahre in Wien verbracht«, lächelte Sarah wehmütig, den Blick fest in die Berge gerichtet. »Eine wundervolle Stadt, mit einem ganz besonderen Flair.«

»Wien! Eine Metropole randvoll mit unzähligen, grandiosen Sehenswürdigkeiten!«, stieß Hummelchen aufgeregt aus und klatschte dabei in die Hände. Brutus quittierte diesen Gefühlsausbruch mit einem unleidigen Brummen, während Blümchen nur träge schmatzte.

»Ehrlich gesagt, habe ich davon kaum etwas gesehen«, lachte Sarah nun von Agatha-Christines Begeisterung angesteckt. »Ich war dort, um eine Ausbildung zu machen. Meine Freizeit habe ich hauptsächlich mit Freunden verbracht und nicht mit dem Besuch irgendwelcher Museen oder anderer Touristenmagneten.«

Ihr Heimweh erwähnte sie ebenso wenig, wie die Einsamkeit in der Fremde. Beides hatte ihr schwer zu schaffen gemacht. Sie brauchte ihr Zuhause, ihre Berge und ihre Freunde, gestand sie sich ein.

»Sie sind aber hier zu Hause?«, fragte die Münchnerin neugierig.

»Ja«, die junge Frau deutete nach oben zum Hotel, »meinem Vater gehört dieser Kasten.«

Hummelchen pfiff anerkennend durch die Zähne, zumindest versuchte sie es, scheiterte kläglich und tat dann einfach nur so, als ob. »Die Tochter des Hauses also«, stellte die Autorin fest und drehte sich zu dem beeindruckenden Gebäude um, bevor sie scharfsinnig ergänzte »aber Ihnen gefällt das Hotel nicht?«

Ertappt starrte Sarah auf ihre Füße und räusperte sich. »Der alte Bau gefiel mir wesentlich besser. Er war zwar nicht so elegant und komfortabel, aber dafür um einiges gemütlicher und charmanter.«

Hummelchen konnte die Wehmut aus den Worten heraushören. Sie schwieg diesmal lieber, um nicht erneut in ein Fettnäpfchen zu treten und betrachtete angestrengt die Szenerie vor sich. Ein dunkles Auto fuhr langsam die

Straße am See entlang und steuerte offenbar den Parkplatz des Hotels an.

Auch Sarah hatte den Wagen entdeckt und erstarrte, als sie erkannte, wem dieser Wagen gehörte: Lukas. Immer wieder Lukas! Diese leidige Mordgeschichte führte ihn permanent hierher und ließ ihre Gedanken und Gefühle nicht zur Ruhe kommen. Hoffentlich haben sie den Täter bald, dachte sie.

»Wo ist denn Ihre Reisegefährtin heute?«, wollte Sarah wissen, um sich von dem Anblick loszureißen und abzulenken.

»Ach Burgi, die genießt heute eine Massage. Sie ist übrigens ganz hin und weg von eurem Masseur. Zumindest kam sie völlig verzückt zurück, als sie den Termin mit ihm ausgemacht hatte«, ergänzte sie kichernd ihre Erklärung.

»Oh, das höre ich nicht zum ersten Mal. Von Ivan schwärmen die meisten weiblichen Gäste. Er ist ein echter Hingucker und hat auch noch richtig Ahnung von seinem Job. Sie sollten unbedingt auch einen Termin bei ihm machen«, empfahl ihr Sarah mit einem süffisanten Grinsen im Gesicht.

»Nein, danke. Ich kann es nicht leiden, wenn jemand an mir herumknetet. Da fühle ich mich so hilflos und ausgeliefert. Ich mag es nicht die Kontrolle zu verlieren.« A.C. zögerte ein wenig, bevor sie weitersprach. »Außerdem muss ich ehrlich sagen, dass mich in diesen Wellnessbereich keine zehn Pferde mehr bringen.«

»Ach ja, dieser blöde Mord! Eine schauerliche Geschichte!« Sarah seufzte bedrückt. Auch ihr und den Kollegen machte diese Geschichte zu schaffen, denn der

Täter war immerhin noch auf freiem Fuß. Einige der Mädchen trauten sich nicht mal mehr, alleine nach Hause zu gehen. Sie selbst verspürte absolut keine Lust, das Schwimmbad zu betreten, obwohl sie früher vor ihrem Dienstantritt gerne noch eine Runde im Pool gedreht hatte.

»Für Sie und Ihre Freundin war es sicher entsetzlich gewesen, alles so nah miterleben zu müssen. Auf gewisse Weise bewundere ich Frau Wagner, dass sie trotz allem dort hinein geht«, würdigte Sarah das mutige Verhalten der resoluten Münchnerin.

»Burgi ist hart im Nehmen, oder besser gesagt, sie lässt es sich einfach nicht anmerken, wenn ihr etwas nahe geht.« A.C. zuckte mit den Achseln und warf der jungen Frau neben sich einen prüfenden Blick zu. »Sie ist eher stinksauer wegen der ganzen Sache. Immerhin musste sie schon mehrere Verhöre über sich ergehen lassen. Besonders dieser Forster hat sie regelrecht auf dem Kieker.«

»Man soll ja nicht schlecht über Tote reden, aber dieser Götzhofner war wirklich ein ...«, unterbrach Sarah sich selbst auf der verzweifelten Suche nach Worten, die nicht gleich beleidigend wurden.

Eine solche Hemmschwelle hatte Hummelchen nicht und vollendete daher den Satz: »Ein unhöflicher Volldepp erster Güte?«

Die beiden Frauen schauten sich an und begannen zu lachen. Blümchen sprang, angesteckt durch die plötzliche Heiterkeit, auf und wedelte freudig erregt mit dem Schwanz. Sarah schaffte es gerade noch, ihren Kopf in

Sicherheit zu bringen, bevor sie einen Schlag mit der harten Rute abbekam.

Brutus hatte Blümchens Verhalten hochnäsig zur Kenntnis genommen, sprang dann aber urplötzlich wie von der Tarantel gestochen auf und raste zu dem immer noch im Gras liegenden Stock. Eilig brachte er ihn zu A.C., die ihn allzu gerne warf, sodass er wieder mit einem dumpfen Platsch im See landete. Brutus und Blümchen sausten zeitgleich los. Während Brutus am Ufer abrupt abbremste, sprang Blümchen mit einem riesigen Satz erneut ohne Scheu in das kalte Nass.

Lukas Leitner nahm die letzte Kurve schnittig und parkte gekonnt neben einer knallroten Ente ein. Beim Anblick dieses Gefährts musste er grinsen, denn er selbst liebäugelte noch immer mit einem alten VW Bully. Er liebte nostalgische Autos und besonders dieses vermittelte ihm das ultimative Feeling von Freiheit und Abenteuer. Kein modernes Fahrzeug aus der Fernsehwerbung oder einem Hochglanzkatalog konnte diese Gefühle bei ihm hervorrufen.

Vor dem Aussteigen zögerte er ein klein wenig und schaute nachdenklich zum Hotel. Sarah! Dort oben wohnte und arbeitete sie. Nach ihrer Abreise nach Wien hatte er die junge Frau wütend und enttäuscht abgeschrieben. Er weigerte sich, an sie zu denken und doch schlich sie sich in der folgenden Zeit immer wieder heimlich in seine Gedanken ein.

Ihrem Vater war er nicht gut genug gewesen. Kein Geld, keine einflussreiche Familie und damit auch keine geeignete Partie für seine Tochter. Diese Vorbehalte hatte Gruber ihn von Anfang an spüren lassen und damit mehr als einmal versucht, sie auseinanderzubringen.

Lukas' Familie war immer noch dieselbe: einfache und fleißige Arbeiter. Er selbst steckte seine gesamte Energie inzwischen in seinen beruflichen Aufstieg und er war beileibe kein Großverdiener, doch er konnte stolz auf alles sein, was er aus eigener Kraft erreicht hatte.

Seine Gedanken wanderten zurück zu Sarah. Lukas' Herz schlug noch immer für diese wundervolle, junge Frau und es war absolut zwecklos, es weiterhin zu leugnen. Er bereute es zutiefst, dass er sie ohne Weiteres gehen ließ und sich nie wieder bei ihr gemeldet hatte. Doch auch von ihr kam keinerlei Versuch, den Kontakt aufrecht zu erhalten. Kein Anruf, kein Brief, noch nicht einmal eine windige, kleine Karte war aus dem fernen Wien zu ihm geflattert.

Lukas schluckte die aufkommende Wut hinunter. Sie war kein guter Ratgeber und half mit Sicherheit nicht bei einem Gespräch mit der Ex, mit dem man versuchte, sie zurückzuerobern.

Noch immer hielt er mit beiden Händen das Lenkrad umklammert, sodass die Knöchel schon weiß hervortraten. Er war nervös wie ein kleiner Schulbub vor einer unangenehmen Prüfung. Vernünftig war seine Entscheidung sicher nicht unbedingt, darüber ließe sich wunderbar streiten, aber er hatte sie aus dem Bauch heraus getroffen und war überzeugt, das Richtige zu tun.

Auf halbem Wege zu seiner Dienststelle in Miesbach kam ihm die Erkenntnis, dass auch Sarah noch Gefühle für ihn hegen musste, denn ihr Blick sprach mehr als tausend Worte. Davon war er absolut überzeugt! Also hatte er den nächsten Parkplatz angesteuert, gewendet und nun stand er hier.

Gerade als er sich fragte, was genau und wie er es sagen wollte, denn: Sarah, ich hab noch Gefühle für dich! klingt doch etwas deppert, entdeckte er sie.

Zusammen mit dieser Frau Hummel und den beiden Hunden schlenderte sie den Weg vom See heran. Scheinbar lachte sie über irgendetwas, das die Münchnerin sagte, doch er konnte ihr Gesicht nicht deutlich erkennen, aber Lukas spürte instinktiv, dass sie regelrecht strahlte.

Er schluckte hart, öffnete die Autotür und stieg aus. Mit klopfendem Herz stand er nun da und wartete auf die Frau seiner Träume.

»Servus, Burgi!« Hocherfreut winkte Claudia der neuen Bekannten zu, die offenbar gerade aus dem Wellnessbereich kam. Bewundernd musterte Claudia die Garderobe der etwa gleichaltrigen Frau. Ein schwarzgemustertes Maxikleid im Ethnolook umschmeichelte stilvoll die üppigen Rundungen. Es gibt keine schlechte Figur, sondern nur unvorteilhafte Kleidung, schoss es Claudia automatisch bei Burgis Anblick durch den Kopf. Zudem musste sie sich eingestehen, dass dieses Kleid wesentlich bequemer aussah, als es ihre Jeanshose war.

Walburga Wagner lächelte erfreut zurück, als sie Claudia entdeckte. Sie mochte die Frau des Kommissars, auch wenn sie ihm weiterhin misstraute. Sein Blick weckte in ihr immer das Gefühl, auf einem Seziertisch zu liegen und das behagte ihr ganz und gar nicht.

»Ich bin gerade auf dem Weg zur Sonnenterrasse. Hast du Lust, mit mir einen Kaffee zu trinken?«, zwitscherte die Polizistengattin der Münchenrin vergnügt entgegen.

Diese Einladung nahm Burgi gerne an und gemeinsam gingen die beiden Frauen fröhlich schwätzend den großzügigen Gang entlang, durch das Foyer in Richtung der großen Flügeltüren zur Sonnenterrasse.

»Walburga?«, beendete ein erstaunter Ausruf die ausgelassene Stimmung mit einem Mal abrupt.

Burgi blieb stehen, schloss die Augen und atmete tief durch. Sie hatte fest damit gerechnet, dieser Frau im Hotel über den Weg zu laufen, aber das hätte doch wirklich nicht ausgerechnet jetzt sein müssen. Mit einem genervten Seufzen drehte sie sich um. »Hallo, Henriette«, erwiderte Burgi gedehnt.

Götzhofners Witwe schnappte nach Luft. »Du bist es tatsächlich! Was machst du in diesem Hotel?«, geiferte die alte Rivalin ungehalten.

»Urlaub, wie so viele andere Gäste auch«, antwortete Burgi doch ein wenig erstaunt über diese Frage. Um der unangenehmen Situation schnellstmöglich zu entkommen, nutzte Burgi die Gelegenheit und wandte sich ihrer Begleitung zu: »Claudia, darf ich dir Henriette Götzhofner, die Witwe des Mordopfers, vorstellen?«

Claudia, die bei dem Namen schwer schluckte, fasste sich schnell wieder. Schon bei einem ersten Blick auf die Dame hätte sie es sich eigentlich denken können, denn die tiefschwarze Kleidung verriet die Witwe ebenso wie der

Nackthund an ihrer Seite. Mit ernstem Gesicht trat sie auf die Fremde zu und reichte ihr die Hand. »Claudia Meier. Mein herzliches Beileid.«

Henriette erwiderte den Gruß eher halbherzig und wandte sich irritiert sofort wieder an Burgi. »Woher weißt du von dem Mord?«, entfuhr es ihr überrascht.

»Ich habe ihn gefunden. Besser gesagt, eine Freundin und ich, hatten das Pech zur falschen Zeit am falschen Ort zu sein«, entgegnete sie der aufgebrachten Götzhofner trocken.

Die beiden anderen Frauen starrten Burgi mit weit aufgerissenen Augen an. Sie musste wirklich langsam lernen, nicht so direkt zu sein, überlegte Burgi aufgrund der unerwarteten Reaktion, die ihr entgegenschlug. Dabei war ihr die Meinung von Henriette ebenso wichtig, wie der sprichwörtlich umfallende Sack Reis in China. Claudia Meier hingegen war eine sehr sympathische Frau und sie wollte diese Bekanntschaft gerne über den Urlaub hinaus aufrechterhalten.

Sie beschloss daher, der unerfreulichen Begegnung ein schnelles Ende zu machen. »Nun gut, Henriette. Ich muss jetzt weiter. Wir werden uns hier sicher noch das ein oder andere Mal über den Weg laufen. Dann haben wir vielleicht mehr Zeit zu plaudern.«

Um ein Haar hätte sie ein »leider« eingefügt, doch ausnahmsweise funktionierte ihr Hirn schneller als ihr Mundwerk.

Gerade, als sie sich umdrehte, stolzierte eine andere Frau den Hotelflur vom Wellnessbereich zum Foyer entlang. Die eleganten Füße in zierliche Sandalen geschnürt und mit Shorts bekleidet, die knapper waren, als die Polizei erlaubte, schritt Natalia wie eine Königin an ihnen vorbei. Ihr dezentes Kopfnicken wirkte wie ein majestätisch herablassender Gruß. Keine der anwesenden Frauen erwiderte ihn.

Henriette schnalzte unwirsch mit der Zunge, Claudia schürzte die Lippen zu einem angedeuteten Pfiff und Burgi schüttelte lediglich nachdenklich den Kopf.

Konnte diese Schönheit tatsächlich die Geliebte des Toten sein? Frau Götzhofners herablassende Reaktion schien Claudias Gedanken zu bestätigen. Sie war froh, dass Burgi nicht weiter darauf einging, sondern sich ruckartig umdrehte und davon marschierte. Sie folgte ihr, ohne ein weiteres Wort zu verlieren.

Mit Claudia im Schlepptau betrat Walburga die Sonnenterrasse und ließ sich dort auf einem der bequemen Stühle nieder. Sollte sie ihr Auftreten erklären? Sie beschloss, zuerst ein Getränk zu bestellen und sich auf diese Art und Weise ein wenig Zeit zu erkaufen.

Um ihr aufgebrachtes Gemüt ein wenig zu beruhigen, orderte sie bei der Bedienung einen kühlen, leichten Weißwein. Auf die aufputschende Wirkung eines Kaffees konnte sie jetzt gerne verzichten, denn die Begegnung mit Henriette hatte genug Adrenalin freigesetzt. Überraschenderweise schloss sich Claudia der für diese Uhrzeit ungewöhnlichen Wahl an.

Schweigend saßen sie beineinander und warteten bis der Wein serviert wurde. Burgi schaute auf die Berggipfel, ohne sie jedoch wirklich wahrzunehmen. Claudia hingegen musterte neugierig das abgewandte Profil der neuen Freundin.

»Auf dein Wohl!« Burgi schaute der Frau des Kommissars beim Anstoßen fest in die Augen. Erleichtert registrierte sie, dass darin keinerlei Ablehnung zu finden war, sondern Claudia vielmehr ein ehrliches Interesse an ihr zu haben schien.

»Du musst dir inzwischen ja deinen Teil über mich denken«, ging Walburga wie so oft direkt in die Offensive.

»Natürlich versuche ich, dich einzuschätzen. Aber ich glaube, bevor ich mir ein wertendes Urteil erlauben darf, muss ich erst mehr über dich wissen«, entgegnete Claudia ihr verständnisvoll.

»Claudia, du bist eine sehr intelligente Frau.«

»Ich habe einen Bullen zum Mann. Da lernt man einiges über die menschliche Psyche.«

»Du möchtest also Erklärungen von mir?!«

Claudia verdrehte die Augen. »Du meine Güte, Burgi. Ich bin eine Frau. Neugier ist mein zweiter Vorname.«

»Also, wo soll ich anfangen?«

Mit gespielter Grabesstimme antwortete Claudia. »Am Tag deiner Geburt.«

Was mit einem leichten Glucksen Burgis begann, in das Claudia mit einem Kichern einstimmte, endete in einem Lachanfall, der ihnen die Tränen in die Augen trieb. Eigentlich war es völlig übertrieben, doch ging es ihnen ähnlich wie dem Duracel-Häschen: Sie konnten einfach nicht aufhören.

»Tja, meine Damen, wenn man den Alkohol nicht verträgt, sollte man nicht schon am Nachmittag damit anfangen.« Meier stand so urplötzlich vor ihnen, als wäre er direkt aus dem Boden gewachsen. Sie waren so in ihr Lachen vertieft gewesen, dass sie nicht bemerkten, wie er sich ihnen genähert hatte.

Die beiden Frauen keuchten erschrocken auf. Bei seinem amüsierten Gesichtsausdruck verfielen sie aber sofort wieder in unkontrolliertes Gelächter. Der Kommissar schüttelte gespielt entsetzt den Kopf und zog sich gleichzeitig einen Stuhl heran.

»Wein am Nachmittag? Da staune ich aber sehr.«

Claudia griff demonstrativ nach dem Weinglas und prostete ihrem Gatten mit einem Schmunzeln zu. »Auf unseren Urlaub!«

Burgi tat es ihr gleich und fügte dem Trinkspruch hinzu: »Auf einen grandiosen Abenteuerurlaub im beschaulichen Bayern.«

»Sommerfrische mit Überraschungen!«, kicherte Claudia.

Meier zog die Augenbrauen hoch. »Mädels, der wievielte Wein ist das heute schon?«

Claudia überlegte, Burgi hob die Hand und zählte an den Fingern ab. Mit einem resignierten Schulterzucken signalisierten sie dem männlichen Gegenüber, dass dies doch eigentlich völlig unwesentlich war.

Burgi bequemte sich aber doch zu einer Antwort. »Könnte der dritte oder vierte ...«, kurze nachdenkliche Pause, »...Schluck sein.«

»Dann sollte ich mal Gas geben, damit ich euch einhole!« Ralf Meier winkte der Bedienung und orderte sich ein Weißbier.

Claudia räusperte sich verlegen. »So sehr Gas geben brauchst du aber nicht. Erstens sind wir beim ersten Glas und eigentlich wollten wir ja ...«

Sie konnte nicht zu Ende sprechen, denn Burgi winkte bereits ab. »Vergiss es Claudia. Ralf kann es ruhig hören. Er hat sich mit Sicherheit auch schon über mein eigentümliches Verhalten gewundert.«

Erklärend wandte sich sich dem Polizisten zu. »Um dich auf den gleichen Wissenstand zu bringen: Ich habe vorhin mal wieder ziemlich harsch reagiert, als mir die Witwe von Götzhofner über den Weg lief. Aber der Anblick von Henriette war nach meiner entspannenden Massage ein echter Stimmungskiller.«

»Die Witwe des Mordopfers ist hier?«, stieß Ralf Meier erstaunt aus. »Komisch, denn der Tote liegt in München in der Gerichtsmedizin, also was will sie hier vor Ort?«

Zufrieden lehnte sich Walburga Wagner zurück. »Dann bin ich wenigstens nicht die Einzige, die von dieser Urlauberin überrascht ist.«

Meier trank einen großen Schluck seines Biers. Er hatte zwar vor, hier bei den Ermittlungen zu unterstützen, doch entschied er sich, zumindest für den Moment, die ausgelassene Urlaubsatmosphäre zu genießen und verschwendete keinen weiteren Gedanken daran.

Auch Burgi trank einen Schluck, bevor sie sich zurücklehnte und mit ihrer Erzählung fortfuhr. Sie fing tatsächlich so ziemlich bei Null an. Nicht bei ihrer Geburt, sondern beim Kindergarten.

Im zarten Alter von vier Jahren war sie bereits kräftiger gebaut als andere Kinder. Die Erwachsenen nannten sie meist liebevoll und scherzhaft Pummelchen, sodass sie nichts Schlimmes dabei empfunden hatte. Dies änderte sich, als sie erstmals in die Obhut der Kindertagesstätte gegeben wurde. Schlagartig wurde ihr bewusst, dass ihre Körperfülle nichts Positives war. Die neuen Spielkameraden bezeichneten sie immer wieder abfällig als Fetti oder die Dicke.

»Heutzutage heißt es ganz offiziell und hochtrabend Mobbing. Damals wurde ich halt einfach von den unverschämten Rotzlöffeln geärgert«, führte sie ihre Erinnerungen weiter aus. »Für die Erzieherinnen wurde ich zum Projekt, bei dem ein Ess-Tagebuch geführt wurde und eine besonders ehrgeizige Erzieherin fing allen Ernstes an, mich sportlich zu triezen.«

Doch Burgi hatte sich irgendwann geweigert die Schikanen weiter zu tolerieren. Vorgeführt zu werden und dabei zu schwitzen wie ein Schwein, war nicht gerade förderlich für die Verbesserung ihrer sozialen Kontakte zu den anderen Kindern. Denn anstatt mit ihr zu fühlen und sie zu trösten, lachten die sie aus und überboten sich gegenseitig mit ihren Gemeinheiten.

Dann kam die Neue. Klein und zierlich war das neue Mädel gewesen. Ihre Ärmchen wurden von den Eltern der anderen Kinder mit Bleistiften verglichen. Von den Jungs der Gruppe wurde sie sofort als neues Zielobjekt ihrer verbalen Attacken auserkoren.

Doch keiner hatte die Rechnung mit Agatha-Christine Hummel gemacht. So hieß das neue Mitglied der Gruppe Marienkäfer. Den Ersten kanzelte sie schlagfertig mit ihrem losen Mundwerk ab, dem Zweiten haute sie schlichtweg die Nase blutig. Der kleine, selbstbewusste Giftzwerg ließ sich von niemandem etwas gefallen und Burgi bewunderte sie dafür. Es dauerte nicht lange und die beiden wurden zu unzertrennlichen Freundinnen.

Hummelchen, wie sie damals schon von ihren Eltern und bald auch von Burgi genannt wurde, hatte einen ausgeprägten Gerechtigkeitssinn. Wer ihre Freunde mobbte, wurde unmittelbar mit Wortgewalt in den Boden gestampft. In kürzester Zeit hatte sich die Kleine den Respekt aller erworben. Burgi profitierte von dieser Freundschaft, denn nun wurde sie endlich Teil der Gruppe und gewann einiges an Selbstvertrauen dazu.

»Eigentlich bin ich am liebsten für mich alleine. Ich kann nicht gut mit anderen Menschen und ich reagierte schon als Kind immer falsch, wenn ich aus meiner Komfortzone geholt wurde. Ich benahm mich quasi wie ein einsamer und dicker kleiner Wolf. Mit Hummelchen geht das nicht! Sie liebt die Menschen. Wer mit ihr befreundet ist, hat keine Chance, sich irgendwo zu verkriechen. A.C. holt einen aus dem tiefsten Loch heraus«, schwärmte Burgi mit einem liebevollen Lächeln von ihrer Freundin.

Sie erzählte, wie sich diese Freundschaft über all die Jahre entwickelte. Sie begleiteten einander durch die Grundschulzeit. Während Hummelchen anschließend das Gymnasium besuchte, wechselte Burgi auf die Realschule. Doch sie blieben dicke Freundinnen, die sowohl die Pubertät, als auch die ersten Liebschaften miteinander durchmachten. Burgi gab zu, dass es sich mit den

Verehrern in ihrem Fall in Grenzen hielt. Sie entsprach halt nicht dem gängigen Schönheitsideal.

Mit der mittleren Reife in der Tasche begann sie dann eine Ausbildung zur Bürokauffrau. Der Job machte Freude, denn mittlerweile hatte sie zumindest etwas Spaß im Umgang mit anderen Menschen. Hummelchen studierte nach dem Abitur Journalismus. Ihre Wege trennten sich zwar nicht komplett, doch es blieb immer weniger Zeit füreinander.

»Ich wurde langsam wieder die Alte. Abends zu Hause zu bleiben und vor dem Fernseher eine Tüte Chips zu mampfen, war bequemer, als sich mit meinen Mitmenschen in Diskotheken zu treffen.«

Die neue Kollegin mit den Modelmaßen lockte sie wieder raus aus ihrem Schneckenhaus. Sie lud Burgi zu gemeinsamen Unternehmungen ein. Es dauerte leider viel zu lange, bis Burgi bemerkte, dass sie lediglich zur Stärkung des Selbstbewusstseins der vermeintlichen Freundin diente, denn so zog die Schlankere automatisch alle Blicke auf sich.

Walburga wechselte die Arbeitsstelle, hielt sich ab sofort mit persönlichen Kontakten bewusst zurück, kommentierte ihre Umwelt mit zynischen Äußerungen und legte sich einen schützenden Panzer zu, um eine erneute Enttäuschung zu verhindern.

Claudia unterbrach ihren Redefluss. »Die Person, die du beschreibst, hat mit dir aber rein gar nichts gemeinsam.«

»Sag das nicht!« Burgi trank ein wenig von ihrem Wein. Das viele Reden trocknete den Hals aus.

Meier stellte sein Glas zurück und nickte ihr verstehend zu. »In Stresssituationen reagierst du bissig. Auf keinen Fall willst du, dass dein Gegenüber auch nur einen Hauch von Unsicherheit in dir wittert.«

»Ja, das trifft es ziemlich gut. Ich will aber nicht, dass man denkt, ich sei das unschuldige Opfer.«

»Das möchtest du auch gar nicht darstellen, stimmt's?«, forderte Meier sie zu einer Bestätigung auf.

»Auf keinen Fall!« Burgi schwenkte den letzten Schluck Wein in ihrem Glas. »Aber lassen wir diese alten Geschichten ruhen. Euch interessiert sicherlich brennend, weshalb ich ein so schlechtes Verhältnis zu Reinhold Götzhofner hatte. Oder wie ich ihn früher nannte, der holde Kotzhofner«

Sie erzählte, dass sie bei keiner Arbeitsstelle länger als zwei Jahre blieb. Auf vielen Umwegen kam sie letztendlich zur Mauerei Wagner GmbH. Auch wenn sie nicht sonderlich gut mit den anderen auskam, war sie doch eine zuverlässige Arbeitskraft. Häufig unterstützte sie die alte Sekretärin des Chefs. Endlich eine Kollegin, mit der sie sich gut verstand. Doch bevor die alte Dame in Rente ging, empfahl sie dem Chef Burgi noch als ihre Nachfolgerin. Georg Wagner ging ohne zu zögern darauf ein. Wie er ihr später gestand, hatte er sich von Anfang an in sie verliebt.

»Ich hatte euch ja bereits erzählt, dass mich Götzhofner gemobbt hat, doch es gab da noch eine andere Feindin, mit der ich mich auseinandersetzen musste: Henriette, das damische Mistvieh! Jeder, der ihr in die Quere kam, wurde systematisch aus der Firma gedrängt. Ich glaube, dass sie bis heute von niemandem wirklich durchschaut wurde und nach wie vor ihre Spielchen treibt.«

Burgi lachte heiser auf. »Ihr könnt euch nicht vorstellen, wie überrascht ich war, als ich erfuhr, dass ausgerechnet die den Götzhofner geheiratet hat. Glaubt mir, das war keine Liebesheirat.«

»Und jetzt ist die Dame hier im Hotel«, zufrieden lehnte Meier sich in seinem Stuhl zurück. Er hatte ein weiteres, wichtiges Teil des Mordpuzzles erhalten.

Kapitel 10

Die Sonne verabschiedete sich langsam hinter den Berggipfeln. Der See fing ihre letzten Strahlen ein und blendete den Betrachter mit seinem Glitzern. Die Blüten eines üppig wachsenden Rosenstrauchs verbreiteten ihren süßen Duft, Bienen summten und Schmetterlinge flatterten filigran herum. Das Lachen der Sommergäste hallte von der Sonnenterrasse herab und es lag eine fast greifbare Lebensfreude in der Luft.

Während A.C. mit den Vierbeinern auf dem Weg zum Hundewaschraum war, schlenderte Sarah leichtfüßig den Weg zum Haupteingang des Hotels entlang. Heute Abend hatte sie frei und somit endlich Zeit, mal ganz in Ruhe auf ihrem kleinen Balkon zu sitzen und dabei entspannt ein Buch zu lesen. Neben dem von ihrer Mutter gepflanzten, fantastisch riechenden Rosenstrauch hielt sie kurz an und pflückte eine der Blüten ab.

»Sarah!« Nachdem sich die Münchnerin und Sarah kurz vor dem Hotel verabschiedet hatten, war Lukas der jungen Frau auf dem Schotterweg gefolgt. Zuerst noch unschlüssig, wie er beginnen sollte, hatte er sich dabei einen Schlachtplan zurechtgelegt. »So warte doch!«, rief er ihr bittend hinterher, als sie auf seinen ersten Ausruf nicht zu reagieren schien.

Sarah blieb zögernd stehen. Die Tatsache, dass ihr Herz beim Klang seiner Stimme einen Satz machte, versuchte sie tapfer zu ignorieren. Betont langsam wandte sie sich zu ihm um.

»Hallo, Lukas!« sagte sie mit gespielter Arroganz und zog dabei eine Augenbraue nach oben. »Du schon wieder?«

Perplex, da er mit so einer ablehnenden Reaktion nicht gerechnet hatte, hielt er inne und starrte sie überrascht an. Gott, war Sarah sauer, aber keine noch so negative Gefühlsregung konnte ihrer Schönheit einen Abbruch tun. Dennoch musste er betrübt feststellen, dass sie sich in den letzten Jahren verändert hatte. Die fröhliche Direktheit, die er so an ihr geliebt hatte, war einer distanzierten Professionalität gewichen. Allein mit ihrem Blick, schien sie eine meterbreite Gletscherspalte zwischen ihnen aufzubauen.

»Lukas, was willst du? Ich habe keine Lust, hier dumm herumzustehen und mich von dir anglotzen zu lassen«, herrschte sie ihn an und riss ihn damit endgültig in die Realität zurück.

»Ich würde gerne mit dir reden«, erwiderte er eher kleinlaut.

»Warum sollte ich scharf auf eine Unterhaltung mit dir sein?« Sarah blieb unnachgiebig und versuchte, all die Wut in ihre Worte zu legen, die sie mühsam zusammenkratzen konnte. Zumindest war das der Plan. Sie wollte diesen

Mann nicht mehr an sich heranlassen, zu sehr erinnerte sie sich an den Schmerz des Verlassenwerdens.

Lukas atmete tief durch, bevor er erneut ansetzte: »Können wir denn nicht wenigstens wieder Freunde werden?«

Eigentlich hätte sie ihn einfach stehen lassen sollen. Sarah fragte sich ernsthaft, ob er sie gerade auf den Arm nehmen wollte, doch sie war ein herzensguter Mensch und sein mitleidiger Apell ließ sie ihn lediglich aus großen Augen anstarren.

»Aber was soll uns das bringen?«, brachte sie ihre Gefühle auf den Punkt. »Du wirst diesen Mordfall lösen und dann sehe ich dich nie wieder.«

Bevor Lukas zu einer Antwort ansetzen konnte, erblickte er auf der Sonnenterrasse die Gestalt, die er genau in diesem Moment am allerwenigsten gebrauchen konnte.

»Komm, gehen wir ein Stückchen«, forderte er sie sanft auf.

Im selben Augenblick hatte auch Sarah ihren Vater erkannt und wollte vermeiden, mit Lukas hier weiter wie auf dem Präsentierteller stehen zu bleiben. Hinterher müsste sie sich sonst nur wieder Vorhaltungen machen lassen. Noch schien der Hotelier in ein Gespräch mit einem Gast vertieft zu sein. Es war aber nur eine Frage der Zeit, bis er sie entdeckte und das Theater losging.

Mit einem Nicken signalisiere sie Lukas ihre Zustimmung, drehte sich wortlos in die entgegengesetzte Richtung und lief zügig los. Lukas folgte ihr schweigend.

Seine Augen ruhten dabei auf der zarten Linie ihres Halses, der zur Hälfte von ihrem schweren Zopf verdeckt war. Ihr dezenter Hüftschwung provozierte ihn, ganz zu schweigen vom schwarzen Dirndlrock, der ihre langen, schlanken Beine sexy umschmeichelte. Das enge Mieder und die offenherzige Dirndlbluse hatten ihm schon in der direkten Konfrontation all seine Selbstbeherrschung abverlangt, denn ihr Ausschnitt zog seinen Blick magisch an. Sarahs zierliche Figur war in den letzten Jahren ein klein wenig üppiger geworden und weibliche Kurven zierten nun ihre vormals fast knabenhaft schlanke Figur.

»Hast du immer noch eine Schwäche für Dampfnudeln mit Vanillesoße?«, brach er schließlich das Schweigen, als er sie endlich eingeholt hatte.

Die unangenehme Situation und seine Blicke in ihrem Rücken, hatten sie unbewusst die Luft anhalten lassen, doch seine unerwarteten Worte lösten ihre Anspannung augenblicklich und sie musste schmunzeln. Sie liebte dieses Gericht noch immer und konnte es mittlerweile sogar selbst zubereiten.

»Ich würde sogar behaupten, ich mag sie noch viel lieber als früher.« Sie schaute ihn prüfend von der Seite an und entschied, dass an einem kleinen Geplänkel nichts anstößig wäre, um den lieben Frieden zu wahren. »Und du magst noch immer lieber einen Schweinebraten mit Knödel und Kraut?!«

»Schweinebraten wird immer mein Favorit bleiben, doch mittlerweile bin ich auch anderen Gerichten gegenüber offener geworden. Mit den Jahren lernt man, andere Dinge zu schätzen«, ergänzte er etwas zweideutig.

Sarah roch geistesabwesend an der Rosenblüte, die sie noch immer in der Hand hielt. Diese Geste erinnerte Lukas an ihre gemeinsamen Träume. Das Bild von damals, wie sie in einem Blumenmeer vor einem weißen Haus stand, manifestierte sich sofort wieder vor seinem inneren Auge..

»Wir hatten so viele Träume«, sagte er wehmütig ohne über die Konsequenz des Gesagten weiter nachzudenken. Noch im selben Moment ärgerte er sich über seine unbedachte Äußerung und befürchtete auf diese Weise, die vorgeschobene Freundschaft, um ihr wieder näher zu kommen, abschreiben zu können.

Sarah straffte bei dieser unerwarteten Aussage unwillkürlich die Schultern und versteifte dadurch ihre Haltung. Sie wollte nicht an diese wunderschöne Zeit erinnert werden, wollte ihre Erinnerung tief in sich verborgen lassen.

»Die Vergangenheit kann man nicht zurückholen, Lukas«, sagte sie unwirsch, um ihren Standpunkt deutlich zu machen.

»Aber man kann Erinnerungen festhalten. Ich habe dies all die Jahre getan«, versuchte er, ihre emotionale Mauer ins Wanken zu bringen.

Im Schatten des Waldrandes blieb die junge Frau stehen. Sie seufzte tief auf. »Lukas, bitte versteh mich. Ich möchte nicht dahin zurück.«

»Du willst mir, oder besser gesagt uns, keine Chance geben, wenigstens Freunde zu bleiben?«

»So ein Unsinn! Freunde, pah! Wie können wir beide Freunde bleiben? Ich habe deinetwegen Seen von Tränen vergossen! Ich bin durch die Hölle gegangen und habe mir geschworen, dass ich das nie wieder erleben möchte!«, erwiderte Sarah fassungslos. Was für eine absolute Schnapsidee, als könnten sie nach all den Dingen, die passiert sind, jemals nur Freunde sein.

»Ach, du meinst also, mir wäre es gutgegangen, nachdem du so sang- und klanglos abgereist bist?«, stieß Lukas entrüstet hervor.

»Ich hatte damals gehofft, unsere Liebe würde länger halten als bis zum nächsten Bahnhof«, fügte er vorwurfsvoll und wütend hinzu.

Ihre geröteten Wangen und die funkensprühenden Augen zeigten ihren Zorn deutlicher, als all ihre Worte es je ausdrücken könnten. Energisch drehte sie sich um. Sie wollte zurück zum Hotel, denn es machte keinen Sinn mit Lukas zu streiten. Es würde an der Situation nichts ändern.

Noch bevor sie außer Reichweite war, griff er nach ihrem Arm und hielt sie fest. »Warte! Du glaubst allen Ernstes, ich hätte dich nicht mehr geliebt? Geht in deinen kleinen Dickschädel vielleicht die Vorstellung, dass ich unglücklich hier alleine herumsaß, während du dein ach so tolles Leben in Wien geführt hast?«, schrie er ihr all seine Enttäuschung entgegen.

»Und warum hast du unsere Beziehung dann einfach beendet, als ich abfuhr?«, keifte sie mit schriller Stimme.

Gereizt und ein wenig überfordert fuhr sich der junge Polizist mit einer Hand durch die Haare, bevor er auf eine Bank in der Nähe deutete, um wieder etwas Ruhe in die Diskussion zu bringen. »Lass uns bitte hinsetzen, dann erzähle ich dir, wie es mir damals erging.«

Zögerlich nickte Sarah, denn sie war sich nicht sicher, ob sie das überhaupt wissen wollte. Ihr Leben so weiterzuführen wie es war und alles aus der gemeinsamen Zeit mit Lukas hinter sich zu lassen, erschien ihr weitaus einfacher.

Wider besseren Wissens folgte sie ihm, setzte sich auf die abgenutzte Holzbank und strich dabei unsicher ihren Rock glatt.

Vorsichtig ergriff Lukas ihre Hand. Die kurze Widerwehr ignorierte er dabei völlig. «Lass mich erzählen und höre einfach nur zu. Wenn du hinterher Fragen hast, kannst du sie mir gerne stellen, aber bitte unterbrich mich nicht.«

Sarah beließ ihre Hand in seinem festen Griff. Ungewollt breitete sich ein bekanntes, wohliges Gefühl in ihrem Bauch aus. Der Hauch der alten Vertrautheit streifte sie und so drückte sie nur kurz seine Hand, um ihm zu signalisieren, dass sie zuhören würde.

»Am Tag deiner Abreise war ich für keinen Menschen der Welt genießbar. Ich saß wütend in meinem Appartement und bemitleidete mich selbst. An der Wand hing diese verdammte Uhr, die mich mit ihrem unaufhaltsamen Ticken in den Wahnsinn trieb. Mit jeder Bewegung des Zeigers kam der Moment deiner Abfahrt unaufhaltsam näher. Aus Verzweiflung warf ich ein Kissen nach ihr, doch ich verfehlte das vermaledeite Ding. Frustriert holte ich mir daraufhin das erste Bier aus dem Kühlschrank. Der Rest des Tages ist wie ein schwarzes Loch. Ich weiß nur noch, dass ich am nächsten Tag erwachte und die Uhr in Einzelteilen am Boden lag. Ich musste sie wohl doch irgendwann getroffen haben.«

»Ich stand mit meinem Vater am Bahnhof und habe die ganze Zeit nach dir Ausschau gehalten«, brachte Sarah ungefragt ein.

»Eben, mit deinem Vater!«, schnaubte er ihr wütend entgegen. »Ich habe übrigens am nächsten Tag mit ihm gesprochen. Es wollte mir einfach nicht in den Kopf gehen, dass er seine einzige Tochter so weit wegschickt. Völlig abgerissen und verkatert stand ich vor ihm und hielt ihm einen Vortrag über Vaterliebe«, erzählte Lukas mit einem bitteren Unterton weiter.

»Er hat mir nichts davon erzählt. Allerdings hielt sich unser Kontakt damals in Grenzen. Mein werter Herr Vater war immer viel zu sehr damit beschäftigt, sein eigenes Imperium zu errichten, anstatt mit seiner eigenen Tochter zu sprechen«, unterbrach ihn Sarah erneut.

»Als ich meinen Vortrag beendet hatte, hielt er triumphierend dagegen und offenbarte mir, dass er dich absichtlich nach Wien geschickt hatte. Er wollte sein einziges Kind nicht an einen Loser wie mich verlieren. Du solltest auf keinen Fall in solch eine Familie einheiraten. Einen Typen, der nichts besaß außer dem Hemd, das er am Leibe trug, war nicht gut genug für eine Gruber!«, fuhr er, ohne dabei auf ihre Worte zu achten, fort.

Entsetzt keuchte Sarah auf. Sie glaubte Lukas sofort, denn sie kannte ihren Vater gut genug, um zu wissen, dass diese Aussagen haargenau zu ihm passten.

»Ich war in diesem Moment so gekränkt.« Lukas dachte kurz nach. »Nein, mehr noch! Ich war zutiefst beleidigt und getroffen bis ins Mark. Und doch hatte diese Ansprache deines alten Herrn im Nachhinein etwas Gutes an sich.«

»Ach ja? Wie können solche Beleidigungen positiv sein?«, fragend schaute Sarah ihm tief in die Augen.

»Er weckte meinen Ehrgeiz. Ich wollte nicht der kleine Streifenpolizist bleiben, der ich bis dahin war. Noch nie im Leben habe ich so viel gelernt wie in der damaligen Zeit. Ich wollte allen zeigen, dass ich etwas drauf habe«, sagte er zärtlich.

Er schwieg eine Weile, hielt ihre Hand und lauschte in sich hinein. »Ich habe dich so sehr vermisst.«

»Du hattest doch bestimmt eine andere Freundin in dieser langen Zeit«, versuchte Sarah ihn aus der Reserve zu locken.

Er druckste ein wenig herum, bevor er gestand: »Nun ja, ich hatte hin und wieder mal eine kurze Beziehung, aber es wurde nie mehr daraus.«

»So wie bei mir«, entgegnete Sarah ruhig.

Warum, zum Teufel, tat ihm diese Aussage so weh? Die Erkenntnis, dass es andere Männer in ihrem Leben gegeben hatte, war wie ein Schlag in die Magengrube. Obwohl er selbst andere Frauen in seinem Leben gehabt hatte und das mittelalterliche Denken Mann darf, Frau nicht, unter diesen Umständen unpassend war, rang er innerlich nach Fassung.

»Gibt es denn jetzt jemanden?«, fragte er zögernd, aus Angst, die Antwort könnte ihm nicht gefallen.

Sarah schüttelte lediglich den Kopf, während sie gedankenverloren auf den See hinausschaute. Lukas stupste sie in die Seite, wie er es früher so oft getan hatte. Sie wandte sich ihm zu und wusste, dass sie jetzt nur Nein sagen musste, um die vertraute Situation endgültig zu beenden. Doch das winzig kleine Wörtchen wollte einfach nicht über ihre Lippen kommen. Stattdessen ertrank sie regelrecht in seinem sehnsuchtsvollen Blick, während sie sich immer näher kamen. Als sich ihre Nasen sanft berührten, schloss sie ihre Augen wie von selbst. Seine weichen Lippen legten sich zärtlich wie der Flügelschlag eines Schmetterlings auf die ihren und sie erwiderte voller Hingabe den innigen Kuss. Aus der anfänglichen Zärtlichkeit wurde schnell wilde Leidenschaft und so blendete Sarah, übermannt von ihren verdrängten Gefühlen, alles um sie herum aus und gab sich in seinen Armen dem stürmischen Drängen seines Mundes hin.

Langsam versank die Sonne hinter den Bergen und die Dämmerung brach über ihnen herein. In den Häusern flackerten die ersten Lichter und tauchten die Umgebung in ein schummriges Licht. Sarah und Lukas saßen noch lange einträchtig auf dieser Bank, denn es gab so viel zu erzählen und noch mehr sich neu zu entdecken.

Genervt rieb Hummelchen sich die Schläfen. Es wollte ihr einfach so gar nichts einfallen. Amelie und Alexander steckten, zusammen mit ihr, in einem absoluten Schreibtief. A.C. wusste einfach nicht mehr weiter, denn es mangelte ihr schlichtweg an guten Ideen für ihren Plot.

Alexander wollte der Heimat den Rücken kehren, doch Amelie wollte bleiben. Ihr Vater hatte sie zusammen erwischt und die Höchststrafe ausgesprochen. Sie durften sich nie wiedersehen. Eine schöne Nebenbuhlerin war aufgetaucht, um dem Ganzen noch etwas mehr Würze zu verleihen.

Doch welche Wendung sollte die Geschichte jetzt nehmen? Sollte sich Alexander mit der schönen Lea einlassen? Oder sollte Amelie ihrem Herzen endlich einen Ruck geben und mit Alexander ein neues Leben in der großen Stadt beginnen?

Hummelchen tippte ein paar Worte, hielt inne und ... löschte es wieder.

»Verdammt, verdammt, verdammt!«, fluchte A.C. und schlug mit der Faust auf den Tisch, um sie sogleich mit schmerzverzerrtem Gesicht zu schütteln. »Verdammte Scheiße! Tut das weh!«

Ratlos starrte sie auf ihren Bildschirm. Sie musste sich eingestehen, dass sie heute nicht mehr weiter kam und unter Zwang funktionierte es schon zweimal nicht. Wie sagt man so schön: Der Kreativität muss man freien Lauf lassen, denn sie ist nicht in Bahnen zu lenken und kommt direkt aus dem Herzen oder rein gefühlsmäßig aus dem Bauch.

»Jetzt habe ich Burgi völlig umsonst hier in dieses Mordhaus gelockt, um endlich wieder schreiben zu können und was ist los? Es geht nichts mehr, rein nullkommagarnichts!«, zeterte Hummelchen verdrossen vor sich hin. Es war ihr vollkommen egal, dass die Leute, an den benachbarten Tischen sie etwas irritiert anstarrten. Blümchen, die unter dem Tisch lag und solche Ausbrüche ihres Frauchens zur Genüge kannte, zuckte noch nicht einmal mit dem Ohr.

Sie schloss wütend das Programm, fuhr das Netbook herunter und verspürte umgehend ein schlechtes Gewissen, denn eigentlich war sie hier, um zu arbeiten. Und anstatt die Tastatur zum Glühen zu bringen, stiefelte sie kilometerweit mit den Hunden durch die traumhafte Landschaft oder lag faul in der Sonne, um zu lesen.

Mit einem leichten Klack klappte sie den Deckel des Laptops herunter. Ein äußerst deprimierendes Geräusch, dachte sie sich. Frustriert wischte sie sich eine Träne aus dem Augenwinkel.

»Frau Hummel?«, vernahm sie Sarahs sanfte Stimme. Die junge Frau stand direkt vor ihrem Tisch und schaute sie fragend an. »Was ist los? Kann ich Ihnen irgendwie helfen?«

Resigniert deutete Hummelchen auf den Laptop. »Nur wenn Sie diesen saublöden Liebesroman für mich fertig schreiben!«

Mit aller Kraft unterdrückte Sarah ein Schmunzeln. Sie setzte sich auf den Stuhl neben A.C. »Sie schreiben Bücher?«, fragte sie neugierig.

»Im Moment schreibe ich gar nichts. Ich kreisel um eine Geschichte herum und kann sie nicht greifen. Noch weniger kann ich sie niederschreiben. Die Buchstaben wollen irgendwie nicht zusammenpassen und ergeben keinen Sinn.«

»Das Problem hatte ich bei meinen Deutschaufsätzen auch immer«, witzelte Sarah. Sie wollte die Situation ein wenig auflockern, da sie so gar nicht wusste, wie man denn mit einer Künstlerin umging, die offenbar in einer Schaffenskrise steckte.

Als Agatha-Christine nicht antwortete, sondern wie betäubt auf ihren Laptop starrte, bohrte die junge Frau ein wenig nach. »Was für eine Art Liebesroman soll es denn werden?«

»Eine fesselnde Liebesgeschichte, welche die Herzen der Leserinnen vor Emotionen überquellen lässt. Sie sollten mit der Heldin des Romans fühlen und leidenschaftliche Tränen vergießen.«

Das klang ja schon mal richtig pathetisch. Sarah wusste nicht, was sie zu diesem gefühlsgeladenen Ausspruch sagen sollte. Womöglich schmetterte sie die arme Frau Hummel mit einer unbedachten Äußerung ins tiefste Nirwana.

»Oh! Da kann ich jetzt leider gar nicht mitreden. Ich lese lieber Krimis.« Gut umschifft, lobte sich Sarah insgeheim selbst.

»Ich habe halt mit Mord so gar keine Erfahrungen«, jammerte Hummelchen.

»Da bin ich aber jetzt schon froh. Ein Mord im Haus genügt mir für diesen Monat!« Entsetzt hielt sich die junge Frau die Hand vor den Mund. Das hatte sie jetzt nicht wirklich zu einem Gast in diesem Hotel gesagt? Wie unprofessionell!

Hummelchen starrte sie an und Sarah glotzte beschämt zurück. Beide schwiegen, doch während die eine entsetzt über ihre Worte war, dachte die andere fieberhaft über die neuen Perspektiven, die sich ihr eröffneten, nach.

»Ich habe hier einen Mord direkt vor meiner Nase und versuche verzweifelt eine Liebesschmonzette zu schreiben! Was, zum Teufel, ist nur mit mir los?«

Die Autorin griff umgehend zum Laptop und wollte ihn wieder öffnen, als sie mitten in der Bewegung abrupt stoppte. »Nein, erst wird recherchiert, geplottet und alles bis ins letzte Detail ausgearbeitet«, sagte sie zufrieden lächelnd mehr zu sich selbst, als an Sarah gerichtet.

Statt ihr Netbook zu öffnen, ließ sie es nun vorerst in ihrer großen Tasche verschwinden und begann hektisch in dieser herumzukramen. Triumphierend hielt sie ein Notizbuch in die Höhe.

»Ist alles in Ordnung, Frau Hummel?«, fragte Sarah etwas verwirrt, denn sie konnte das Verhalten der Autorin nicht wirklich einordnen.

Hummelchen tätschelte der verwirrten Empfangsdame die Hand. »Alles ist gut. Sie haben mir sehr geholfen. Ich werde einen Krimi schreiben! Mord im Hotel, klingt doch nach einem grandiosen Arbeitstitel!«, klärte A.C. fröhlich-beschwingt ihre Sitznachbarin auf.

»Oh, das ist ja ganz wunderbar«, bemühte sich Sarah den plötzlichen Anflug von Panik zu überspielen. Negative Werbung pur für das Haus ihres Vaters! Der wird im Viereck springen, wenn er das spitzkriegt, besonders, wenn er erfährt, dass ausgerechnet seine Tochter die zündende Idee dazu geliefert hatte.

»Es ist einfach ein Traum! Jetzt muss ich mich nur aufmachen und endlich diesen Mord aufklären«, schwärmte Hummelchen vor Enthusiasmus strotzend.

Sarahs Augen weiteten sich mit jedem Wort etwas mehr.» Aber, aber .....«, stotterte sie, »aber, das ist doch Arbeit der Polizei!«

A.C. winkte ab. »Das muss in meinem Buch schon eine weibliche Darstellerin übernehmen. Und ganz unter uns, mit meinem Namen, Agatha-Christine, bin ich doch prädestiniert, Mörder zu entlarven.«

Sarah starrte sie begriffsstutzig an. Sie verstand nur noch Bahnhof.

A.C. war erschüttert. »Agatha Christie? Die größte und beste Kriminalautorin, die je auf dieser Erde gelebt hat?«

Bilder einer alten, weißhaarigen und sehr munteren Dame schossen durch Sarahs Kopf und verbanden sich auf seltsame Weise mit dem Gesicht von Agatha-Christine Hummel. »Diese alten Schwarz-Weiß-Filme?«, fragte Sarah zögerlich nach.

Hummelchen strahlte. »Genau, die meine ich. Sie hat sechsundsechzig Kriminalromane und dazu noch viele Bühnenstücke und Kurzgeschichten verfasst. Mein Vater war ein großer Fan von ihr und hat mich deshalb nach ihr benannt.«

Das erklärte einiges! Sarah sprach den Gedanken nicht aus, sondern lächelte nur nichtssagend. Zur Ablenkung schaute sie zum Parkplatz und sofort fing ihr Herz wie wild an zu klopfen. Lukas stieg gerade aus seinem Dienstwagen und wurde offensichtlich von seinem Chef, Bernd Forster, begleitet, der kurz darauf auf der anderen Seite des Autos auftauchte.

A.C. stutzte beim Anblick der roten Wangen, die Sarah plötzlich bekam. Sie folgte dem Blick der jungen Frau und entdeckte ebenfalls die beiden Polizisten.

»Oh, die Polizei!«, fühlte sie vor. »Sie kennen die beiden Herren wahrscheinlich auch schon persönlich?«

Zerstreut nickte Sarah. »Ich kenne Lukas schon sehr lange«, antwortete sie geistesabwesend.

Aha, daher wehte also der Wind! Ein aufgeregtes Kribbeln breitete sich in Hummelchens Bauch aus. Ein Krimi direkt vor ihrer Nase und dazu noch ein traumhaft schönes Liebespaar. Also, wenn man daraus keine Geschichte spinnen konnte, dann waren Hopfen und Malz verloren und sie sollte den Beruf der Autorin an den Nagel hängen.

»Ich muss jetzt langsam zurück an meinen Arbeitsplatz.« Sarah trat die Flucht an. Nicht etwa systematisch, sondern eher feige und hektisch, wie sie sich selbst eingestand. Der Blick mit dem Frau Hummel zwischen ihr und Lukas hin und her geschaut hatte, war ihr etwas suspekt.

Hummelchen nahm ihr das nicht übel, denn sie war zu beglückt, endlich den richtigen Ansatz gefunden zu haben. Zumindest legte sie all ihre Hoffnungen in die neue Idee. Den schnellen Abgang der Empfangsdame beachtete sie überhaupt nicht mehr, denn sie schrieb bereits eifrig ihre vielen Gedanken nieder. Die jungfräulichen Seiten ihrer Kladde wollten schließlich mit Leben gefüllt werden.

Eine unbekannte Autorin reist auf der Suche nach Inspiration mit ihrer Freundin und den beiden Hunden Blümchen und Brutus zum traumhaft schönen Spitzingsee. Dort treffen die beiden auf Kommissar Meier, der wider Willen mit seiner Frau Claudia dort Urlaub machen muss.

Schnell findet A.C. in der Empfangsdame Sarah ihre neue Hauptprotagonistin für einen Liebesroman, doch dann stolpert sie über eine Leiche.

Hummelchen hielt kurz inne. Lukas Leitner war der ideale Protagonist für die Liebesgeschichte, aber es fehlte noch ein wenig an Würze. Eine Figur, die zum einen polarisierte und dennoch eine zuverlässige Konstante darstellte. Es musste aber einer von den Guten sein. Ihre neue Bekanntschaft aus München schoss ihr durch den Kopf. Dieser Meier vereinte für sie all diese Eigenschaften in sich. Er konnte richtig bärbeißig sein und man hatte sehr oft das Gefühl, dieser Typ durchschaute einen, bevor man überhaupt etwas angestellt hatte. Sein durchdringender Blick ließ erahnen, dass er imstande war, jeden Mörder festzunageln.

Mit einem Grinsen brachte sie ihre Gedankengänge zu Papier:

Meier unterstützt die ansässige Polizei in Person des jungen Lukas Leitner bei der Aufklärung des Falles nach Kräften. Ehe sich alle versehen, sind sie in ein Verwirrspiel aus Liebe, Geld und Leidenschaft verwickelt. Kann A.C. den Fall lösen?

Der Anfang war geschafft. Das Gerüst, also die Grundidee zu ihrer Geschichte, hatte das Licht der Welt erblickt. Jetzt musste sie nur noch aus all diesen losen Handlungsfäden einen stimmigen Plotteppich weben. Doch dafür war es nötig, erst mal kräftig zu recherchieren.

Es galt also, alle Beteiligten unauffällig zu befragen und sich jede Kleinigkeit zu notieren. Es wäre doch gelacht, wenn sie nicht herausbekam, wer der Übeltäter war, denn sie hatte ihren letzten Satz »Kann A.C. den Fall lösen?« völlig ernst gemeint.

»Frau Wagner, wir müssen uns unterhalten.«

Erstaunt musterte Burgi Lukas Leitner, der noch vor seinem Chef das Wort ergriffen hatte, als die beiden Polizisten vor ihrem Hotelzimmer standen.

»Um was geht es?« Stirnrunzelnd bemerkte sie, dass Forster fast schadenfroh zu grinsen schien. Dieser Typ hatte sie von Anfang an im Visier gehabt. Was ließ ihn jetzt so dermaßen aufgegeilt schauen? Ein ungutes Gefühl breitete sich in der Münchnerin aus.

»Wir haben eine Zeugin in der Mordsache Götzhofner, die sich bei der Kripo gemeldet hat«, informierte Leitner sie recht sachlich.

»Und was habe ich damit zu tun?«, fragte sie bewusst das ich betonend.

»Erinnern Sie sich an einen Streit, den Sie mit dem späteren Mordopfer hatten?« Forsters Stimme kippte fast als er diesmal Lukas zuvor kam. »Und damit meine ich nicht den kleinen Zusammenstoß unten an der Rezeption!«

Burgi ging nicht nur ein Licht, sondern ein kompletter Kronleuchter auf. »Sie meinen die Sache, als ich mit dem Deppen hier im Gang zusammengerumpelt bin?«

Sie schaute nicht im Geringsten beunruhigt, vielmehr etwas gelangweilt aus der Wäsche. »Sie wollen mir jetzt sicher erklären, dass ich die Mörderin dieses Mannes bin, weil ich mich nicht von ihm habe beleidigen lassen?«

Forster schnaufte genervt auf. »Nein, ich möchte von Ihnen wissen, warum Sie diesen Zusammenstoß verschwiegen haben.«

»Und das klären wir jetzt hier im Flur eines Hotels?« Burgi schaute den Gang hinunter. »Damit, falls Ihnen etwas zustößt, der Nächste bei der Polizei anruft und mich des Mordes bezichtigt?«, konterte Burgi schnippisch.

»Wir können auch zu uns auf die Wache fahren«, schnappte Forster ungeduldig.

»Bekommt man bei so einer Sache nicht eine Vorladung? Oder wollen Sie mich jetzt direkt festnehmen?« Burgi musterte Forster wütend von oben bis unten.

Bevor sie aber den Mund wieder öffnen konnte, um möglicherweise etwas Despektierliches zu sagen, mischte sich Lukas in das Gespräch ein. »Vielleicht könnten wir das auch kurz, der Einfachheit halber, in Ihrem Zimmer klären.«

Sie betrachtete den jungen Beamten prüfend und nickte abschließend. Mit einer knappen Handbewegung bat sie die Kriminaler in den Raum und zu der kleinen Sitzgruppe vor dem Fenster. Bevor sie sich zu den Beamten setzte, holte sie sich ein Wasser aus der Minibar und ignorierte die beiden Gesetzeshüter dabei bewusst.

Forster räusperte sich. Die Selbstgefälligkeit der Verdächtigen machte ihn zornig. »Uns liegt eine telefonische Aussage einer Dame aus Dortmund vor. Sie sagt ...«, wichtigtuerisch klappte er seinen Notizblock auf und suchte den entsprechenden Eintrag. »..., sie wäre wegen eines lautstarken Streits im Flur bei ihrem Nickerchen gestört worden.«

Er pausierte kurz und studierte Burgis Gesichtsausdruck. Die blieb locker und schaute ihn lediglich fragend an. Durch die fehlende Regung der Befragten etwas verunsichert, las er weiter vor. »Sie schaute nach, was da draußen vor sich ging und erblickte durch den Türspalt den Gast aus Zimmer 212 und eine der Damen, die an diesem Tag in das Zimmer 220 eingezogen sind. Sie beschreibt sie wie folgt.«

Walburga unterbrach ihn rüde. »Ich weiß, wie ich aussehe, daher können Sie sich diesen Passus sparen.«

Pikiert las der Beamte weiter. »Es ging wohl um eine alte Liebschaft, die Sie in der Firma hatten.«

Prustend stellte Burgi die Wasserflasche auf den Tisch und wischte sich schnaufend den Mund ab. »Das ist jetzt aber nicht Ihr Ernst, oder? Sie wollen mir eine Liebschaft mit diesem dahergelaufenen Möchtegern-Macho andichten?«

Mit einem lauten Knall schloss Forster seine Kladde. »Diesen Ton können Sie sich sparen, Frau Wagner! Ich frage Sie direkt: Hatten Sie ein Verhältnis mit Herrn Reinhold Götzhofner?«

Burgi war zu keiner Antwort fähig. Sie lachte und lachte, bis ihr die Tränen kamen.

Der Hauptkommissar fuhr unbeirrt fort: »Es fiel offenbar ein bestimmter Satz, der die Zeugin veranlasste, die Polizei anzurufen.« Er öffnete seinen Notizblock, um die genannte Stelle vorzulesen. »Mich wundert es, dass Sie nicht schon lange jemand unter die Erde gebracht hat.«

Auffordernd schaute er Burgi an. »Haben Sie diesen Satz so geäußert?«

Burgi schüttelte, noch immer leise lachend, den Kopf. »Das ist gut möglich, beschwören könnte ich es heute nicht mehr.«

»Und Sie sehen dies nicht als Drohung an?«

»Eine Drohung? Das war eine Feststellung. Ich bringe dich unter die Erde, ist eine Drohung. Sie saugen sich doch hier nur etwas aus den Fingern, basierend auf so einem schwammig dahingesagten Satz, weil sie nichts haben, das auf den tatsächlichen Mörder hindeutet.«

Als Forster wütend aufbegehren wollte, mischte sich Lukas, der bisher dem Gespräch still gefolgt war, ein. »Können Sie uns den Streit aus Ihrer Sicht schildern?«

Langsam gewann die Münchnerin ihre Fassung zurück. Sie wischte sich die Lachtränen aus den Augen und trank einen Schluck von ihrem Wasser, bevor sie antwortete. »Nun gut, warum sollte ich Ihnen diese nette Geschichte vorenthalten.«

Die mollige Dame lehnte sich gelassen in ihrem Sessel zurück und fuhr fort. »Ich wollte gerade hinunter in die Sauna gehen, als mir der werte Herr über den Weg lief. Normalerweise beachte ich solche Idioten nicht, aber er stellte sich mir direkt in den Weg und griff mich verbal an.« Sie unterbrach sich und hob mahnend den Zeigefinger. »Noch einmal ganz nachdrücklich: Dieser Typ attackierte mich, nicht ich ihn!«

»Warum sollte Herr Götzhofner das tun?«, unterbrach sie der Hauptkommissar.

Sie verdrehte die Augen. »Du meine Güte, woher soll ich wissen, was ein Arschloch so denkt und warum er was macht! Ich habe weder Lust noch Zeit, mich in so einen Menschen hineinzuversetzen«, beantwortete Burgi entnervt die Zwischenfrage des Polizisten.

»Was passierte weiter?«, lenkte Lukas das Gespräch wieder in eine andere Richtung.

»Er wollte Schadensersatz wegen der bepieselten Hose. Ich sagte ihm, er solle sich zum Teufel scheren. Seine Antwort darauf war die übliche alte Leier. Geliebte des Chefs, hochgeschlafen, arrogantes Weib und noch einiges mehr.« Bevor Forster sie unterbrechen konnte, hob sie abwehrend die Hand. »Alles gemeine Beschimpfungen, aber kein Grund für einen Mord. Ich habe im Laufe meines Lebens schon viele Dinge in dieser Richtung einstecken müssen. Wenn es danach ginge, müssten Leichen geradezu meinen Weg pflastern.«

»Und wer sagt uns, dass Sie den Mann nicht vielleicht in einer Kurzschlusshandlung getötet haben, als Sie ihn wehrlos auf der Liege überraschten?« Forster konnte einfach nicht locker lassen. Wie ein Bullterrier hatte er sich in die Idee verbissen, dass sie die Mörderin war. Unglaublich!

Fassungslos hob Burgi die Arme. »Ja, Herrschaftszeiten! Ich gehe natürlich immer mit einem Messer in einen Wellnessbereich. So etwas führt Frau von Welt schließlich ständig bei sich!«

Energisch beugte sie sich nach vorne und schaute dem Polizisten dabei direkt in die Augen. »Und dann lasse ich die Tatwaffe verschwinden und lege mich hin, um gemütlich ein Nickerchen zu machen.«

Wütend stand sie auf und deutete mit einem Finger auf den Hauptkommissar. »Sie suchen lediglich ein Bauernopfer, um den Fall schnell abzuschließen. So kann man sich die Ermittlungsarbeit natürlich einfach machen. Man suche jemanden, der Streit mit dem Opfer hatte, führe alles irgendwie ein bisserl lose zusammen und voilà, der Fall ist unter Dach und Fach.«

Lukas wollte etwas zu ihren Ausführungen sagen, doch sie schnitt ihm mit einer zornigen Geste das Wort ab. »Die Witwe des Toten taucht am Tatort auf, obwohl die Leiche bestimmt in München liegt. Seine junge Geliebte hält sich hier auf. Er ist in der Branche dafür bekannt, es mit Bestimmungen nicht allzu genau zu nehmen und ist Gast in diesem Hotel, dass seine Firma vor kurzem erst fertiggestellt hat!«

Stinksauer stampfte sie mit dem Bein auf. »Aber klar doch, ich bin die Mörderin, weil ich ihm keine neue Hose kaufen wollte!«

Entrüstet eilte sie zur Türe und riss diese mit einem Ruck auf. »Verschwinden Sie! Wenn Sie eine weitere Aussage wollen, laden Sie mich ordentlich vor. Ansonsten möchte ich von Ihnen nichts mehr hören und sehen!«

Während Forster noch aufbegehren wollte, stand Lukas ohne Weiteres auf und bewegte sich zum Ausgang. »Vielen Dank, Frau Wagner. Sollte Ihnen noch etwas

Relevantes einfallen, dann zögern Sie bitte nicht und rufen Sie bei mir an.«

Lukas hörte wohl das wütende Schnauben seines Chefs, aber die Angelegenheit heute war ihm peinlich genug, dass es ihm egal war, wie dieser darauf reagieren würde.

Burgi schloss die Türe mit Nachdruck, als die beiden Herren endlich aus ihrem Zimmer verschwunden waren. Erschöpft lehnte sie sich gegen das kühle Holz und atmete tief durch. Sie spielte ernsthaft mit dem Gedanken, abzureisen, denn Urlaub konnte man das wahrlich nicht mehr nennen.

Kapitel 11

Henriette Götzhofner zog Püppi streng an der Leine zu sich heran. Dieser Hund brauchte dringend eine ordentliche Erziehung, dachte sie sich. Oder sie gab den Köter einfach weg. Er musste wertvoll sein, denn ihr Mann hatte sich viel auf den Hund eingebildet. Eine teure und seltene Rasse hatte vielleicht sogar einen ordentlichen Marktwert. Vielleicht hatte er sich das Tier aber auch nur angeschafft, weil sich nur wenige Leute diese Rasse hielten.

Sie stöckelte hinter dem Tier her, das wie verrückt an seiner Hundeleine zerrte. Die hochhackigen Keilsandaletten erschwerten das Laufen auf dem Schotterweg zusätzlich. Sie hatte kurz überlegt, sich in der kleinen Hotelboutique ein paar bequeme Turnschuhe zu kaufen, verwarf bei dem Gedanken an die unglaublich attraktive Geliebte ihres Mannes ihre Idee aber sofort wieder. Unter der schwarzen Hose und der dunkelblauen Bluse, die sie heute trug, lief ihr der Schweiß in Strömen herunter. Leider kam es in ihrer Situation nicht in Frage, sich helle, luftige Sommerkleidung zu besorgen. Immerhin musste sie das Bild der trauernden Witwe abgeben.

»Verdammt nochmal, jetzt zieh halt nicht so, du dämliches Hundevieh!« Mit einem Ruck riss sie den Hund zurück. Ein entgegenkommendes älteres Paar schüttelte missbilligend den Kopf. Henriette bedauerte es fast, dass die Herrschaften sie nicht zurechtgewiesen hatten. Ihre Laune war auf dem absoluten Tiefpunkt und so ein bisschen Dampf in einem kleinen Streitgespräch abzulassen, hätte ihr sicher gutgetan.

Sie war nicht nur wütend, sondern auch fix und fertig. Geschlagene zwei Stunden lang mit den Polizisten in einem Raum zu sitzen und deren Fragen zu beantworten, gehörte nicht zu den angenehmen Dingen des Lebens.

Ihre schauspielerisches Talent war nicht von schlechten Eltern, doch ständig die trauernde Witwe zu mimen, ging auch einem Profi wie ihr an die Substanz. Das geheuchelte Entsetzen über die junge Geliebte ihres Mannes war eine reine Farce, denn sie konnte ja schlecht zugeben, dass sie diesen Umstand als äußerst angenehm empfand. Auf diese Weise konnte sie sein Geld ausgeben, ohne irgendwelchen ehelichen Verpflichtungen nachkommen zu müssen und als Tüpfelchen auf dem i brachte ihr sein schlechtes Gewissen noch so manch sündhaft teures Geschenk ein.

Henriette wurde vom erneuten Gezerre des Hundes aus ihren trüben Gedanken gerissen. Herrisch zog sie Püppi zurück. Das kurze, jämmerliche Winseln ignorierte sie einfach. Dabei fiel ihr auf, dass sie inzwischen fast gänzlich alleine war. Die meisten Wanderer befanden sich längst auf dem Weg hinauf zu den Gipfeln und nur wenige Spaziergänger kreuzten ihren Weg.

Die Aussicht war traumhaft schön, doch Henriette Götzhofner bevorzugte das Leben in der Stadt. Sie schätzte die Anonymität und das hektische Treiben dort. Ihre Rastlosigkeit passte besser in die Menschenmenge einer Metropole als auf das idyllische Land. Sie liebte es, durch die Einkaufspassagen zu schlendern, hier einen Cappuccino zu trinken und dort einen Prosecco zu genießen. In dieser Einöde hier hingegen sagten sich Fuchs und Hase gute Nacht.

Nachdenklich runzelte die dunkel gekleidete Frau die Stirn. Langsam beschlich sie das ungute Gefühl, dass es ein großer Fehler gewesen war, hierher zu kommen. Auch das Gespräch mit den Polizeibeamten ließ ihre Zweifel wachsen.

»Ihre Reise an den Spitzingsee verwundert uns etwas, Frau Götzhofner«, hatte der äußerst attraktive Polizist sie wissen lassen. »Wir kooperieren in diesem Fall mit der Münchner Kripo, sodass eine persönliche Anreise nicht unbedingt notwendig gewesen wäre.«

Oh ja, mit dem jungen und äußerst ansehnlichen Ordnungshüter der hiesigen Kripo hatte sie schon Bekanntschaft gemacht. Sie war kaum den zweiten Tag hier, als sie dieser Beamte schon äußerst hartnäckig befragte. Ganz anders als sein hübscher Anblick vermuten ließ, war dieser Leitner ein extrem unangenehmer Zeitgenosse, der sie mit seinen direkten Fragen ganz schön in die Bredouille gebracht hatte. Henriettes Hoffnungen, die Landpolizei hier weniger bissig anzutreffen, wurde von seinem direkten Gebaren direkt zerschlagen.

Nachdem ihr Hund endlich seinen Haufen gesetzt hatte, ging Henriette langsam weiter. Allerdings schaute sie sich noch kurz um, ob es Zeugen gab, denn sie hatte eigentlich nicht vor, die stinkende Hinterlassenschaft des Köters aufzuklauben. Den Hund hielt sie nun an der kurzen Leine, denn so war er für sie leichter zu kontrollieren. Hinter der nächsten Wegbiegung entdeckte sie erleichtert eine alte, verblichene Holzbank am Wegesrand. Ihre schmerzenden Füße würden ihr eine kleine Ruhepause sicherlich danken und sie konnte das vorangegangene Verhör noch einmal in Ruhe Revue passieren lassen. Hatte sie irgendeine falsche Antwort gegeben? Die Angst, sich selbst zu verraten, nagte an ihr.

»Seit wann wissen Sie von der Geliebten Ihres Mannes?« Lukas Leitners direkte Frage brachte Henriette Götzhofner kurz aus dem Konzept.

»Wie, ... wie meinen Sie das?« Für einen Augenblick unterbrach die Witwe ihr Schluchzen und wollte sich mit ihrem zerknüllten Taschentuch die vermeintlich echten Tränen aus den Augen tupfen.

Lukas ging nicht auf ihre Show ein. »Laut Befragungsprotokoll meines Münchner Kollegen, waren sie nicht allzu überrascht über die Mitteilung, dass ihr Mann das Zimmer mit einer fremden Frau geteilt hat.«

Henriette konterte gegen den mitschwingenden Vorwurf: »Wie will denn der so etwas beurteilen? Ist es nicht vorstellbar, dass ich über eine solche Mitteilung fassungslos war und es nur nicht zeigen wollte?«

Der junge Polizist ging auf ihren Einwand nicht näher ein. »Und wie lange wissen Sie nun schon von der Gespielin Ihres Gatten?«

Entgeistert starrte sie ihn an und flüchtete sich sogleich in einen herzzerreißenden Tränenausbruch. Wimmernd gestand sie dem Beamten die beschämende Tatsache. »Ich weiß es schon seit einiger Zeit. Doch ich hatte nie den Mut, mit irgendjemandem darüber zu sprechen. Diese Demütigung hätte ich nicht ertragen!«

Forster, der mittlerweile auch dazugestoßen war, reichte der aufgelösten Frau ein frisches Papiertaschentuch und fragte verständnisvoll: »Haben Sie zumindest Ihren untreuen Mann zur Rede gestellt?«

Henriettes Körper wurde von einem harten Schluchzen erschüttert und sie war nur noch in der Lage, als Antwort heftig den Kopf zu schütteln, bevor sie kräftig in das gereichte Taschentuch schnäuzte.

Während der Hauptkommissar zumindest ein wenig Mitleid mit ihr zu haben schien, fragte der junge Bursche ungeniert weiter.

»Warum sind Sie denn jetzt überhaupt an den Spitzingsee gereist?«

Die Antwort auf diese Frage hatte sich Henriette im Vorfeld sorgfältig zurechtgelegt. »Ich musste an den Ort gehen, an dem seinem Leben so grausam ein Ende gesetzt wurde«, betete sie ihren einstudierten Satz runter, während sie die Schultern straffte, um nicht weiter wie ein Häufchen Elend zu wirken.

»Aha, und deshalb hatten Sie auch ein Treffen mit dem Hotelier?«, wollte der junge Mann plötzlich wissen.

Henriettes Körper zuckte kaum merklich bei dieser unverhofften Frage zusammen. Ein ungeschultes Auge hätte diese unauffällige Reaktion nicht bemerkt, doch den beiden ermittelnden Beamten entging sie nicht. Sie wechselten einen vielsagenden Blick, den die Witwe jedoch nicht wahrnahm. Mit fahrigen Bewegungen strich sie einige Strähnen ihres Haares zurecht, um genug Zeit zu gewinnen, sich innerlich zu fassen.

»Herr Gruber war ein Geschäftspartner meines Mannes. Da ist es doch wohl selbstverständlich, der Witwe zu kondolieren.« Sie war mehr als nur pikiert und das hörte man ihrer Stimme deutlich an.

Lukas ignorierte den Einwand und fuhr in der Befragung fort. »Sind Sie in die Geschäfte Ihres verstorbenen Mannes involviert?«

Empört reckte die Frau ihr Kinn höher, um eine aufrechtere Position einzunehmen. »Selbstverständlich! Ich bin in dieser Firma schon länger tätig als er!«

Forster blätterte demonstrativ eine Seite in der vor ihm liegenden Akte um. »Sie waren demnach seine Sekretärin.«

Erbost keuchte Henriette auf. »Was heißt hier Sekretärin? Ich bin doch keine einfache Tippse. Ich war die persönliche Assistentin meines Mannes und somit über alle Geschäftsvorgänge vollstens informiert.«

»Sie wussten also immer über alles Bescheid!« Lukas lehnte sich zufrieden zurück. »Lediglich die Untreue ihres Mannes entging Ihnen über lange Zeit«, schlussfolgerte er aus ihren Aussagen.

Die Frau schluckte schwer und ihre Augen sprühten vor Zorn.

»Wissen Sie, meine Herren, in einer Ehe kommt es manchmal vor, dass man sich entfremdet. Ich habe wohl zu viel Zeit darauf verschwendet, meinem Mann beruflich den Rücken freizuhalten und ihn dort nach Kräften zu unterstützen. Die private Ebene ging dabei offenbar komplett unter«, gab sie den Polizisten zu bedenken.

Forster schaltete sich wieder in das Verhör ein. »Zum Zeitpunkt des Mordes waren Sie zu Hause, wie ich Ihrem Aussageprotokoll entnehmen kann?!«

»Soweit ich weiß, hat mein direkter Nachbar dies auch bestätigt. Wir haben über den Zaun noch ein paar Worte gewechselt, bevor ich ins Haus ging, um mir meine Lieblingsserie anzusehen.«

»Was haben Sie danach gemacht?«

Genervt schaute Henriette den Hauptkommissar an. »Ich bin wohl kaum an den Spitzingsee gefahren, um meinen Mann zu töten und dann wieder, als wäre nichts gewesen, nach Hause zu rasen. Für wie kaltblütig halten Sie mich eigentlich?«

»Frau Götzhofner, wir versuchen hier, ein Puzzle zusammenzusetzen und den Mörder Ihres Mannes zu entlarven. Dabei ist jedes noch so kleine Detail wichtig«, versuchte Forster, die aufgebrachte Witwe zu besänftigen.

Henriette stand abrupt auf. Sie hatte die Nase nun endgültig voll. »Ich gehe davon aus, dass Sie nichts gegen mich in der Hand haben. Daher möchte ich Sie jetzt bitten, mein Zimmer zu verlassen.«

Sie unterdrückte einen erleichterten Seufzer, als die Beamten ihrer barschen Aufforderung nachkamen und tatsächlich aufstanden. Eine Kleinigkeit musste sie den beiden Männern noch mit auf den Weg geben. »Haben Sie denn schon mit dieser Walburga Wagner gesprochen? Jemand, der so nahe am Geschehen war und einen solchen Hass gegen meinen Mann hegte, sollte doch als Hauptverdächtige gelten.«

Fröhlich vor sich hinsummend schlenderte Hummelchen mit ihrem Hund den See entlang. Burgi hatte Kopfschmerzen vorgeschoben, um sich vor einer weiteren Wandertour zu drücken. Sie war wohl zuvor schon eine Stunde mit Brutus unterwegs gewesen.

A.C. rechnete es ihrer Freundin hoch an, dass sie nicht einfach ihre Koffer packte und von hier verschwand. Sie selbst würde sich an ihrer Stelle lieber in den eigenen vier Wänden verkriechen, als hier immer wieder mit dem unangenehmen Thema konfrontiert zu werden.

Gestern Abend hatten sie noch einen kleinen Krisen-Mädels-Abend eingeschoben, an dem sich Burgi bei einem schönen Glas Wein und mit einem Haufen Süßkram einiges von der Seele reden konnte. Ihre sofortige Abreise war fast greifbar im Raum gestanden, doch A.C. hatte sie mit ihren beschwichtigenden Worten umgestimmt.

»Willst du dieser Henriette wirklich die Bühne überlassen und hier klammheimlich abdampfen?«, appellierte Hummelchen an Burgis Trotzkopf.

Nein, das wollte Burgi auf gar keinen Fall! Die Segel streichen, wie sie es selbst ausdrückte, kam nach eingehender Überlegung nicht in Frage. Womöglich legte ihr jemand diese »Flucht« als Schuldeingeständnis aus. Doch ausschlaggebend für das Revidieren ihres ursprünglichen Entschlusses war der Gedanke an eine triumphierende Henriette Götzhofner.

Hummelchen wollte diesen Spaziergang nutzen, um einen klaren Kopf zu bekommen und ihr Wissen rund um den Mordfall zu ordnen. Die Luft war schwül und drückend, was das Sortieren ihrer Gedanken erschwerte. Sie sollte besser nicht zu weit gehen, denn es lag ein Gewitter in der Luft. Die Sonnenstrahlen schafften es inzwischen nur noch vereinzelt, die sich aufbauenden Wolkenformationen zu durchbrechen.

Sie blieb stehen und atmete die schwere, feuchte Luft mit einem tiefen Atemzug ein. »Komm Blümchen, wir setzen uns hier ein wenig ins Gras. Ich möchte ein paar Gedanken zu Papier bringen.«

Der erste Donnerschlag lag schon fast in der Luft. Man glaubte bereits, den prasselnden Regen auf der Haut zu spüren. Die dunklen Wolken boten einen atemberaubenden Kontrast zu den blendenden Sonnenstrahlen, die durch sie hindurchbrachen. Die wilden Farben und Formen verliehen der Szenerie einen mehr als dramatischen Hintergrund. Die immer noch offene Frage, wer denn nun den intriganten Geschäftemacher ermordet hatte, hing wie das drohende Unwetter über dem Kopf der Ermittlerin.

A.C. hörte Schritte und hob instinktiv den Kopf, um zu sehen, wer sich näherte. Gleichzeitig rief sie ihren Hund, der nur einen Katzensprung entfernt zwischen den Blumen herumschnüffelte, zu sich.

»Blümchen, komm her zu mir.«

Doch noch bevor die Doggendame reagieren konnte, stürzte sich ein wildes Tier knurrend und keifend auf das komplett überrumpelte Blümchen. Mit einem lauten Quietschen sprang die riesige Hündin zur Seite, um anschließend eilig hinter ihrem Frauchen in Deckung zu gehen.

»Püppi, du verdammtes Mistvieh, komm auf der Stelle wieder her zu mir!«, tönte von irgendwoher die hysterische Stimme einer Frau.

Hummelchen saß, ihre Kladde krampfhaft festhaltend, schützend vor ihrer Dogge und starrte auf die gefletschten Zähne des chinesischen Nackthundes direkt zu ihren Füßen. Das Herz klopfte ihr bis zum Hals hinauf und sie wagte es nicht, auch nur zu zucken.

Wutschnaubend stapfte jemand auf sie zu und packte den aggressiven Hund am Halsband.

»Du elende, hässliche Promenadenmischung! Hau mir ja nie wieder ab!«, donnerte eine verärgerte Frauenstimme dem winselnden Hund entgegen.

Hummelchen wagte es, vorsichtig die Augen auf die wütende Hundehalterin zu richten. Dabei versuchte sie allerdings noch immer starr vor Schreck, den Kopf nicht zu bewegen. Als sie Henriette Götzhofner erblickte, schwankten ihre Gefühle zwischen Erleichterung,

Ablehnung und der erwachenden Neugier einer angehenden Krimi-Autorin.

»Frau Götzhofner?«, flüsterte Hummelchen noch etwas zurückhaltend. »Schön, Sie hier zu treffen.«

»Kennen wir uns?« Irritiert betrachtete Henriette die schmale Frau vor sich. Sie kam ihr vage bekannt vor, konnte sie aber nicht einordnen.

»Ich bin eine Freundin von Walburga Wagner. Wir machen hier gemeinsam Urlaub«, half A.C. der offensichtlich verwirrten Frau auf die Sprünge.

»Wie viele Freundinnen hat die denn noch hier rumlaufen?«, entfuhr es der Witwe ungehalten. Als sie den erstaunten Gesichtsausdruck der Autorin wahrnahm, berichtigte sie ihre Aussage umgehend: »Nun ja, Walburga ist wohl ein sehr offener und kontaktfreudiger Mensch.«

Scheinheilige Kuh, dachte Hummelchen, doch über ihre Lippen kam nur ein freundliches: »Es freut mich sehr, Sie kennenzulernen.«

Püppi verbiss sich in die angelegte Leine und hüpfte aufgeregt von rechts nach links, um sich Henriettes Griff zu entziehen. Mühsam entwirrte Henriette den verhedderten Strang, um das Tier endlich wieder zur Räson zu bringen. Dabei verkniff sie sich insgeheim mehr als nur einen Fluch. Nach erfolgreicher Entwirrung der Hundeleine nickte sie A.C. verabschiedend zu und wollte sich schnellstmöglich davonmachen.

Hummelchen erkannte ihre Chance, sprang hektisch auf und ignorierte dabei die erneut angriffslustig knurrende Töle der Frau. »Ach, ich muss auch langsam wieder zurück. Da scheint sich ganz schön was zusammenzubrauen«, sagte sie scheinheilig auf die Wolken deutend, »und wir müssen ja in die gleiche Richtung. Da könnten wir ganz wunderbar zusammen zurückspazieren.«

Henriette, selten sprachlos, starrte A.C. mit offenem Mund an. Püppi, die mit der ängstlichen Doggendame indes ein Opfer zum Ankeifen gefunden hatte, tat dies ausgiebig. Blümchen stand ziemlich betröppelt hinter ihrem Frauchen und wusste nicht, wie ihr geschah. Doch eben dieses verräterische Frauchen hielt nicht etwa Abstand zu den mörderischen Zähnen der Bestie, sondern packte Blümchens Leine, um mit dem Feind zurückzugehen.

»So, ich wäre dann soweit. Wir können losgehen.« Hummelchen strahlte Henriette an, wollte dabei aber lieber nicht wissen, was diese Frau jetzt von ihr dachte. Sie selbst witterte die einmalige Gelegenheit, in der Mordsache selbst zu ermitteln und so Stoff für ihr Buch zu sammeln.

Wenn man eine gute Figur vor einer noch fremden Person machen wollte, sollte man tunlichst darauf achten, wohin man trat, lehrte der gesunde Menschenverstand. Das übereifrige Hummelchen warf diese Regel jedoch bereits mit dem ersten Schritt über den Haufen. Energisch setzte sie den Fuß auf den abschüssigen Boden, rutschte ein klein wenig und begann sofort gegenzusteuern, um ihr Gleichgewicht wiederzugewinnen.

„Hoppla!", versuchte sie die Situation mit einem Lächeln zu überspielen, riss aber automatisch die Arme nach oben. Dieser verdammte Fuß fand immer noch keinen Halt und Blümchen war auch keine große Hilfe.

Wohlweislich trat die Hündin einen Schritt zur Seite, um nicht von ihrem Frauchen umgeschmissen zu werden. Das zweite Bein schien in Zeitlupe nach unten zu sacken. Instinktiv lehnte sich Hummelchen zurück und streckte die Arme, hilflos nach Halt suchend, weit vor sich.

Henriette Götzhofner stand zu einer Salzsäule erstarrt da und beobachtete fasziniert, wie das dürre Elend vor ihr in einer Art Yoga-Figur, den kommenden Sturz abzufangen versuchte.

Hummelchens missliche Lage nahm allmählich Fahrt auf. Die Beine rutschten nun in trauter Zweisamkeit nach vorne und ihr Hintern näherte sich dem Erdboden mit rasender Geschwindigkeit.

»Au!« Mehr kam nicht über ihre stoisch lächelnden Lippen. Mehr mühsam als elegant, rappelte sie sich vom Boden auf. Blümchen trat näher an sie heran und starrte ihr prüfend ins Gesicht. Dieses glühte mittlerweile wie ein Hochofen und leuchtete in einem satten Rot. Die feuchte Hundeschnauze stupste zart an ihre Nase, dabei schnaubte der Hund leicht. A.C. richtete sich auf, wischte mit dem Ärmel über ihr nun auch feuchtes Näschen und wandte sich, noch immer lächelnd, zu Henriette um.

„So ein dummes Missgeschick." Hummelchen kam sich vor wie der größte Idiot auf Erden. Da stand sie vor der Witwe des Mordopfers mit hochroten Backen und schmutzigem Hinterteil. Unauffällig versuchte sie, ihren Hosenboden ein wenig zu säubern, indem sie mit den Händen vorsichtig daran rieb. Den letzten Schritt hinab auf den Weg machte sie äußerst vorsichtig und fast hätte sie erleichtert aufgeseufzt, als sie endlich auf sicherem Boden stand.

Ihre dreckige Hand schoss vor und ergriff die der fremden Frau. »Ich habe mich ja noch gar nicht vorgestellt. Agatha-Christine Hummel.«

Perplex schüttelte Henriette die Hand der aufdringlichen Person. »Henriette Götzhofner.«

A.C. sah zum Himmel hoch und mahnte: „Aber jetzt sollten wir endlich losgehen. Dort hinten zieht ein Unwetter auf. In den Bergen soll so etwas ja in Nullkommanichts ausbrechen." Auffordernd grinste sie Henriette an und setzte sich mit ihr in Bewegung.

Forsch voranschreitend, ignorierte die Autorin ihren schmerzenden Po. Sie spürte jetzt bereits den Bluterguss, der sich auf ihrer zarten Hinterbacke bildete. Bikini und Pool konnte sie jetzt wohl erst mal vergessen.

Sie gingen schweigend nebeneinander her, lediglich Püppis immerwährendes Knurren durchbrach die Stille. Blümchen beäugte die andere Hündin misstrauisch und hielt sich nahe bei Hummelchen. Die überlegte krampfhaft, wie sie denn nun ein Gespräch beginnen könnte.

»Kennen Sie Walburga schon lange?«, brach überraschend Henriette die Stille.

A.C. war erleichtert. »Oh, ja! Wir sind zusammen in den Kindergarten gegangen.«

»Das ist wirklich lange!« Wider Willen war die Witwe beeindruckt. In ihr kam kurz der Gedanke hoch, dass sie eigentlich gar keine richtige Freundin hatte. Allerdings hatte ihr das bisher auch nie gefehlt. Sie bevorzugte ihre oberflächlichen Bekanntschaften, die bequem austauschbar waren, sobald sie unangenehm wurden.

Hummelchen gab ihrer Stimme einen mitfühlenden Klang. »Das mit ihrem Mann tut mir wirklich sehr leid. Eine schreckliche Geschichte!«

Henriette schielte verstohlen zu ihr hinüber. Diese Frau kannte Walburga Wagner richtig gut. Da könnte man doch ein wenig dazwischenfunken und gegenseitigen Unmut säen. »Ihre Freundin und mein Mann waren verfeindet. Wussten Sie das?«

»Sie lässt so etwas selten durchblicken, doch beim ersten Zusammentreffen konnte man das deutlich sehen.«

»Er ließ kein gutes Haar an ihr.« Ihre eigene Rolle in der Geschichte verschwieg die Witwe aus gutem Grund.

»Das kann ich mir lebhaft vorstellen. Burgi mochte ihn ebenso wenig.«

Henriette trat gegen einen Stein und ihr Hund schoss augenblicklich vor, um ihn noch zu erwischen. Mit einem Ruck wurde der Arm seiner Besitzerin nach vorne gerissen, die sofort wieder anfing wie ein Bierkutscher zu fluchen.

A.C. drehte den Kopf zur Seite, um ihr Schmunzeln zu verbergen, bevor sie sich räusperte. »Ihrem armen Hund geht der Verlust bestimmt auch nahe.«

»Mag schon sein. Es war sein Hund und ich bin nicht gerade der Hundetyp.« Beifallheischend blickte sie Hummelchen an. »Es ist wahrscheinlich besser, wenn ich für Püppi einen schönen Platz bei einem Hundeliebhaber suche.« Sie hielt kurz inne und starrte ihre Begleiterin nachdenklich an. »Könnten Sie sich vorstellen, einen zweiten Hund zu halten? Sie scheinen mir ein Händchen für diese Tiere zu haben.«

Als ob sie jedes Wort verstehen würde, schaute Blümchen in diesem Moment zu ihrem Frauchen hoch. Was auch immer in diesem Blick lag, Begeisterung sah anders aus.

A.C. zögerte. Sie wollte die andere Frau nicht vor den Kopf stoßen. »Nun ja, ähm, ich glaube nicht, dass zwei Hunde etwas für mich sind.«

Henriettes tiefes Seufzen ging ihr an die Nieren. »Dann werde ich Püppi wohl ins Tierheim bringen müssen.«

»Überlegen Sie sich das doch vorher nochmal«, appellierte die gutherzige Agatha-Christine an die Witwe. »Vielleicht hilft es Ihnen ja, wenn Sie mit ihr eine Hundeschule besuchen.«

Henriette Götzhofner wehrte sofort ab. »Um dort in einer Meute fremder Hunde zu stehen? Das ist nichts für mich!«

So leicht gab die Autorin nicht auf. »Sie könnten ja auch Einzelunterricht nehmen. Es gibt mittlerweile einige Hundeschulen, die so etwas anbieten.«

Ihre Gesprächspartnerin reagierte etwas verärgert. »Lassen wir das lieber. Ich werde, sobald ich zurück in München bin, überlegen, was ich mit ihr anfange.«

A.C. hielt jetzt doch lieber den Mund. Dabei suchte sie verzweifelt eine Möglichkeit, mit der Dame über den Mord an ihrem Mann zu sprechen. Sie näherten sich dem Hotel unaufhaltsam und A.C. war noch keinen Deut näher an irgendeine Information gekommen.

»Ich hoffe, ich trete Ihnen nicht zu nahe, aber gibt es denn schon irgendwelche Verdächtigen in der Mordsache?«, preschte sie dann doch einfach wieder drauf los. Sie konnte halt nicht aus ihrer Haut.

Wie hätte sie auch ahnen können, dass Henriette diese Frage gerade recht kam. »Bisher weiß ich nur, dass Walburga tatverdächtig ist.«

Sie wusste zwar nicht, ob dies den Tatsachen entsprach, aber ihr intrigantes Wesen liebte es, Gerüchte zu streuen und für Unruhe zu sorgen. Dass sich dieses fette Weib damals den Chef der Firma gekrallt hatte, konnte sie ihr einfach nicht verzeihen. Die Tatsache, dass sie selbst ein Auge auf diesen Mann geworfen hatte, spielte dabei natürlich eine große Rolle. Jetzt konnte sie es ihrer Rivalin wenigstens ein bisschen zurückzahlen.

A.C. starrte die Frau entsetzt an. »Das haben die Ihnen so gesagt?«

Henriette lenkte ein wenig ein. »Nicht so wirklich, doch sie haben mir sehr viele Fragen in diese Richtung gestellt. Das lässt natürlich darauf schließen.«

Auch das war gelogen, doch alleine schon die Tatsache, dass sie die neben ihr dahintrottende Frau damit beunruhigte, erfreute Henriette.

A.C. schluckte schwer. Hoffentlich war dies nur ein dummer Rückschluss der Witwe, die, wie sie ja bereits wusste, nicht unbedingt zu Burgis Freunden zählte. Könnte es denn tatsächlich sein, dass diese Polizisten so dumm waren? Sie selbst hingegen war überzeugt, dass ihre beste Freundin Glück gehabt hatte, mit heiler Haut davongekommen zu sein.

»Burgi hat Reinhold Götzhofner mit Sicherheit nicht umgebracht. Wir beide haben den Toten gefunden. Er wurde ermordet, während sie nebenan friedlich geschlafen hat. Entdeckt habe letztendlich sogar ich ihn«, entgegnete sie voller Inbrunst.

Henriette Götzhofner blieb erstaunt stehen. »Sie waren auch dabei? War denn sonst noch irgendjemand dort? Haben Sie vielleicht etwas Verdächtiges entdeckt?«

A.C. verstand natürlich, dass es der Ehefrau ein Anliegen sein musste, den Tod ihres Mannes zu klären. In Gedanken rieb sie sich jedoch insgeheim die Hände, denn jetzt schien die Witwe mehr als interessiert an diesem Gespräch zu sein. Diese Neugierde musste Hummelchen jetzt nur noch für ihre eigenen Zwecke nutzen. Einen anfliegenden Hauch von schlechtem Gewissen schob sie ganz schnell zurück in den hintersten Winkel ihres Gehirns.

»Nein, leider konnten wir niemanden sehen. Wir waren ja schon heilfroh, als Herr Meier und seine Frau auftauchten. Sie müssen wissen, dass er ein Münchner Polizeikommissar ist, der hier eigentlich nur seinen Urlaub verbringt.«

»Dann verstehe ich überhaupt nicht mehr, warum die Ermittlungen so zögerlich verlaufen«, brummte Henriette in sich hinein und bewegte sich wieder weiter in Richtung der Unterkunft.

»Haben Sie jemanden in Verdacht? Hatte ihr Mann denn Feinde?« Die Detektivin in A.C. erwachte jetzt endgültig.

Henriette Götzhofner zuckte die Schultern. »Er war ein erfolgreicher Geschäftsmann und leitete eine große

Baufirma. Da steigt man schon mal jemandem auf die Füße. Ehrlich gesagt gab es in seinem beruflichen Umfeld nur wenige Menschen, die ihn gemocht haben.«

»Sie hören sich nicht glücklich an.« Mitleid schwoll in Hummelchen an. So wie sie diesen Mann erlebt hatte, war er kein angenehmer Zeitgenosse gewesen. Wie mochte da wohl das Zusammenleben mit ihm ausgesehen haben?

Henriette hatte A.C. nun da, wo sie sie haben wollte. Sie stöhnte kurz auf. Ihr jammernder Tonfall klang immer überzeugend. »Er war ein Scheusal. Leider habe ich sein wahres Gesicht erst nach der Hochzeit kennengelernt.«

»Manchmal vernebelt einem die sprichwörtlich rosarote Brille die klare Sicht. Man erkennt sie erst, wenn es zu spät und die Falle bereits zugeschnappt hat«, philosophierte Agatha-Christine.

Bedeutungsvoll nickte die Witwe bei diesen Worten. »Schöne Worte für eine grausame Tatsache.« Sie schielte erneut verstohlen zu A.C. hinüber. »Sie schließen also komplett aus, dass Walburga etwas mit der Tat zu tun hat?«

»Absolut!«, kam es im Brustton der Überzeugung von Hummelchen.

»Er hatte eine Geliebte dabei!« Die Empörung in der Stimme der Witwe war unüberhörbar. »Dieser Sauhund hatte in seinem Zimmer eine blutjunge Russin!«

»Ich habe davon gehört. Wie entsetzlich für Sie.« A.C. blieb stehen und sah Henriette forschend an. Die Gedanken in ihrem Kopf überschlugen sich. »Könnte die Freundin ihn um die Ecke gebracht haben? Haben Sie herausgefunden, was in seinem Testament steht? Vielleicht hat sie ihn ja aus Geldgier getötet.«

»Sein Anwalt hat mich gestern angerufen. Er hatte kein Testament, also gehört alles mir.«

»Die Polizei hat diese Frau doch sicher schon verhört. Haben die Beamten darüber etwas verlauten lassen?«

Ihr Gegenüber schüttelte nur verneinend den Kopf. Sie befanden sich nun am Fuße der Hoteltreppe. Das Gespräch war damit zu Ende. A.C. hatte immer noch nichts in der Hand, was auf irgendeinen Täter schließen ließ. Doch sie überlegte krampfhaft, wie viel Zeit man wohl benötigte, um von München an den Spitzingsee zu fahren. Reichte es aus, um einen Mord zu begehen und unbeschadet die Heimreise anzutreten? Doch woher sollte man wissen, wo sich das Opfer in diesem Moment in dem großen Gebäude aufhielt? So viele Fragen und mit Sicherheit führte die Antwort auf eine davon zum Täter.

Kapitel 12

Nervös fuhr sich Lukas mit der Hand durch die Haare. Zum ersten Mal seit über zwei Jahren führte er seine Sarah wieder aus. Seine Sarah, wie wunderbar das klang. Ein Anfang war gemacht und jetzt würde er diese Frau Stück um Stück zurückerobern und nie wieder loslassen.

Lukas überspielte gekonnt seine innere Unruhe, als er am Geländer der Treppe lehnte und auf seine Herzensdame wartete. Kurz zuvor hatte er Frau Hummel und die Witwe des Mordopfers gemeinsam am Hotel ankommen sehen. Es erstaunte ihn ein wenig, diese beiden doch so unterschiedlichen Damen, in einen scheinbar harmlosen Plausch vertieft, miteinander anzutreffen. Eigentlich dachte er, dass die Hummel und Frau Wagner Freundinnen waren. Da passte diese Begegnung irgendwie nicht recht ins Bild.

Sämtliche Gedanken waren wie weggefegt, als er Sarah erblickte und sie seine ganze Aufmerksamkeit auf sich zog. Das dunkelblaue Kleid mit der kurzen Jacke umschmeichelte ihre Figur und betonte ihre weiblichen Rundungen optimal. Ihre langen, blonden Haare trug sie heute offen und die Locken ergossen sich in sanften Wellen über ihren gesamten Rücken.

Er sieht verdammt gut aus, dachte sich Sarah mit immer schneller schlagendem Herzen, als sie langsam auf ihn zuging. Sie verharrte noch einmal für einen kurzen Moment, um seine Erscheinung von den Füßen bis zu den Haarspitzen in sich aufzunehmen. Beim Anblick seiner großen Latschen schmunzelte sie. Bis heute hatte sie keine Ahnung, welche Schuhgröße er trug. Die schwarze Jeans und das schlichte weiße Hemd wirkten auf den ersten Blick eher formell, doch die coole Lederjacke, die er über die Schulter geworfen trug, korrigierte diesen Eindruck schnell wieder. Die blonden Haare fielen ihm lässig in die Stirn, was ihm, ebenso wie der Dreitagebart, ein fast schon unanständig maskulines Erscheinungsbild verlieh.

»Hallo, Süße!«, begrüßte er sie wie damals und brachte die schönen Erinnerungen und damit verbundenen Gefühle auf einen Schlag zurück. In seiner Stimme schwang noch immer besitzergreifender Stolz und diese gleichzeitig unermessliche Zärtlichkeit mit, die ihr auch heute noch die Knie weich werden ließ.

»Hi, Süßer!«, hauchte sie ihm in gleicher Weise zurück. Auch sie hatte es offensichtlich nicht verlernt. Sarah blieb dicht vor ihm stehen und sie lächelten sich verträumt an.

»Hast du auch gerade ein Déjà-Vu?«, konnte sich Sarah die Frage nicht verkneifen.

»Und wie!«, lachte Lukas. »Na komm, machen wir uns auf den Weg. Ich habe uns einen Tisch beim besten Italiener des Dorfs reserviert. Du magst Italienisch hoffentlich noch immer gerne?«

»Aber sicher! Deswegen habe ich extra keine weiße Bluse angezogen! Ich habe heute schon den ganzen Tag total Lust auf Spaghetti.«

»Puh, ich sage dir lieber nicht, welche Gelüste ich habe«, kokettierte Lukas ausgelassen.

Das Kichern blieb Sarah im Halse stecken, als sie die drohende Stimme vernahm.

»Es interessiert niemanden, worauf du Lust hast! Was suchst du schon wieder in meinem Haus?«

Unendlich langsam drehte sich Lukas um und schaute direkt in die vor Wut funkelnden Augen von Josef Gruber.

»Grüß Gott, Herr Gruber«, begrüßte Lukas den aufgebrachten Vater mit seelenruhiger Stimme. »Was ich suche, hat mich schon gefunden«, entgegnete er dem Hotelchef mit einem süffisanten Grinsen im Gesicht.

»Papa, wir ...«, stotterte Sarah los, doch ihr Vater schnitt ihr das Wort mit einem zornigen Knurren ab.

»Verschwinde in dein Zimmer. Ich will dich nie wieder in der Nähe dieses Mannes sehen«, fauchte er Sarah an.

Lukas schüttelte sachte den Kopf, um die Aufmerksamkeit des Tobenden auf sich zu ziehen. »Ihre Tochter ist seit langem erwachsen und fähig, ihre eigenen Entscheidungen zu treffen«, konterte Lukas und wandte sich an Sarah. »Kommst du?«

Liebevoll blickte sie Lukas an. Seine Frage sollte sie vor die Wahl stellen, doch ihre Entscheidung stand bereits fest. Für sie gab es kein Zurück mehr, denn Lukas sollte von nun an der Mittelpunkt ihrer Welt sein, er wusste es nur noch nicht.

Mit einem großen Schritt trat sie auf ihn zu, ergriff zärtlich seinen Arm und lächelte ihn an. »Natürlich komme ich!«

»Du kannst nicht einfach mit diesem dahergelaufenen Schurken mitgehen!« Das Entsetzen ihres Vaters schwang in jedem Wort mit. Auch wenn sie beim Anblick ihres alten Herrn ein wenig Mitleid empfand, so hatte sie dennoch kein schlechtes Gewissen.

»Papa, ich gehe mit einem Polizisten zum Essen aus. Das ist, soweit ich weiß, das genaue Gegenteil eines Schurken. Ich bin inzwischen alt genug und bei der Wahl meines Mannes mehr als sicher«, gab sie ihrem Vater selbstbewusst als Antwort.

Josef Gruber blieb stumm zurück. An den geballten Fäusten traten die Knöchel weiß hervor, die Wut ließ seine Adern wild pochen. Doch er erwiderte nichts mehr auf die Ansprache seiner Tochter. Lange Zeit stand er so gedemütigt da, die an ihm vorbeiziehenden Gäste beachtete er nicht.

»Das ist nicht dein Ernst!«, polterte Burgi, deren Wut der des Hotelchefs in nichts nachstand. »Nicht nur, dass du hinter meinem Rücken mit meiner absoluten Todfeindin sprichst, nein, du überlegst auch noch allen Ernstes, ob du ihr diese hässliche Töle abnimmst?«

»Du meine Güte, jetzt krieg dich aber mal wieder ein!«, konterte A.C. auf die Vorwürfe ihrer Freundin. Hummelchen, deren Stimme im Moment eher einer ausgewachsenen Hummelkönigin glich, brummte ordentlich laut. »Du glaubst doch nicht wirklich, dass ich mir das von dir verbieten lasse.«

»Dir was verbieten? Wer bin ich? Deine Freundin oder deine Mutter?« Burgi hielt kurz inne, bevor sie zum nächsten verbalen Schlag ausholte. »Wobei ich das mit der Freundschaft im Moment eher in Frage stellen würde!«

Entrüstet sprang A.C. von ihrem Sessel auf. Brutus knurrte aufgrund des stetig lauter werdenden Streitgesprächs unwillig in seinem Körbchen. »Wie bitte? Du stellst unsere Freundschaft in Frage, weil ich mich mit dieser Frau unterhalten habe? Weißt du was? Du hörst dich an wie eine eifersüchtige Ehefrau!«

»Du hast doch einen Knall!« Burgi blieb in aller Ruhe auf ihrem Sessel sitzen. Sie wusste genau, wie man Hummelchen am besten provozieren konnte. Nach außen hin die Ruhe bewahren, hieß die Devise. Innerlich kochte Walburga ebenfalls auf mindestens hundertachtzig Grad. »Aber wenn du dich mit dieser elenden Zicke verbrüderst, sind wir beide geschiedene Leute!«

»Scheiden lassen können sich nur Eheleute! Sitzt allen Ernstes ein eifersüchtiges, grünes, kleines Monster auf deiner Schulter, das dir diesen Unsinn einredet?« Hummelchens Gesicht leuchtete in einem ungesunden Rotton, denn sie brodelte innerlich und äußerlich vor Wut, weil Burgi sie einfach nicht verstand. Sie wollte, nein, sie musste dieses Rätsel auf eigene Faust lösen und das bedeutete, sich auch mit unbequemen Themen auseinanderzusetzen. Es galt also zwei Fliegen mit einer Klappe zu schlagen. Die Recherche für ihr neues Buch konnte ihr niemand abnehmen und auf keinen Fall wollte sie zulassen, dass Burgi die Hauptverdächtige im Mordfall Götzhofner blieb.

»Dir, meine Liebe, geht es doch gar nicht darum, meine Unschuld zu beweisen. Nein, du hast dir jetzt lediglich in den Kopf gesetzt, einen Krimi zu schreiben.« Heiser lachte Burgi auf. »Das ich nicht lache. Kaum gehen dir die Ideen aus, wechselst du einfach das Genre und machst einen auf Krimi-Autorin. Das ist ja mehr als lächerlich. Du kannst doch nicht mal Blut sehen!«

»Du unterstellst mir also, nur auf meinen Vorteil bedacht zu handeln? Ich habe zumindest herausgefunden, dass Henriette Götzhofner die Alleinerbin des gesamten Vermögens ist. Das macht diese Frau für mich höchst verdächtig!«

»Genau, sie wird natürlich von München hierherfahren, ihm die Kehle durchschneiden und dann klammheimlich wieder verschwinden. Es ist auch sehr wahrscheinlich, dass keiner so eine aufgetakelte Pute wie Henriette bemerkt und sie wie ein Geist entschwinden konnte.« Burgi legte so viel Spott, wie nur irgend möglich, in ihre Stimme. »Als ob die sich die Hände oder ihr teures Designerkleidchen beschmutzen würde. Herrgott, wie soll diese blöde Kuh so einen Mord verüben?«

A.C. riss die Augen weit auf. Der Gedanke traf sie wie ein Blitz aus heiterem Himmel. Sie ließ sich in den Sessel zurückplumpsen. »Wer hat denn gesagt, dass sie selbst sich die Finger schmutzig gemacht hat?«, sprach sie ihre neue Vermutung aus.

Die Frauen starrten sich an. Sofort war der Streit vergessen und beide begannen diesen Gedanken weiterzuspinnen.

»Geld ist mit Sicherheit genug vorhanden«, murmelte Burgi. »Doch wen könnte sie beauftragt haben?«

»Welchen Grund hätte sie denn, ihn ermorden zu lassen?«, versuchte Hummelchen, etwas Struktur in die Mutmaßungen zu bringen.

»Untreue und Gier!«, kam es von ihrer Freundin wie aus der Pistole geschossen. »Der Typ hatte hier einen solchen Hingucker am Start, dass die gute Frau Götzhofner womöglich Sorge hatte, abgesägt zu werden. Schlimmstenfalls wäre sie plötzlich wieder als arme Tippse dagestanden, wenn er ihr den Laufpass gegeben hätte«, führte Burgi mit vor Sarkasmus triefender Stimme ihre Überlegungen weiter aus.

»Dieses heiße Teil würde ich ja echt gerne mal sehen. Ich kann mir gar nicht vorstellen, dass der Götzhofner sich eine solche Granate angelt.« A.C. griff nach einer Flasche Wasser, die auf dem Tisch stand. Streiten machte ganz schön durstig.

»Wir können ja mal die Sarah von der Rezeption fragen, ob sie uns das Flitscherl zeigen kann.« Plötzlich stutzte Walburga und schlagartig wurde ihr bewusst: »Brauchst du gar nicht. Du hast sie schon längst gesehen! Erinnerst du dich noch daran, wie Henriette hier ankam? Und an die große Blonde, die ihr mit dem hässlichen Hund über den Weg lief? Das muss Götzhofners Betthupferl gewesen sein. Wieso sollte sie sonst den schrecklichen Köter mit sich rumgeschleppt haben?«

»Ach was, meinst du wirklich? Das kann ich mir jetzt nicht vorstellen. Erstens würde doch jede normale Frau ihre Gegenspielerin nicht einfach so davonkommen lassen. Schon gar nicht ein Kaliber wie Henriette Götzhofner und zum anderen hatte die Blonde mit dem Hund einen Freund.« Auf Burgis erstaunten Blick hin zuckte A.C. mit den Schultern. »Ich habe dir doch erzählt, dass ich die beim Spazierengehen schon mal getroffen habe und sie einen Hammertypen im Schlepptau hatte. Wenn du so einen Mann an deiner Seite hast, brauchst du garantiert nicht mit einem Götzhofner in die Kiste zu springen.«

»Die hat also einen richtigen Eyecatcher an der Angel. Vielleicht ist sie ja wirklich nur eine der Hundesitterinnen des Hauses«, verwarf Burgi enttäuscht ihre Theorie.

A.C. zögerte ein wenig. »Versteh mich jetzt bitte nicht falsch, aber ist es nicht eigenartig, dass dieser Typ ausgerechnet hier und jetzt getötet wird?«

»Wie meinst du das?«, wollte die feiste Münchnerin wissen.

»Findest du es nicht sonderbar, dass du als seine Feindin ausgerechnet in dem Hotel Urlaub machst, in dem er umgebracht wird? Einen noch größeren Zufall kann es doch gar nicht geben!«

Burgi konnte ihre Freundin nur fassungslos anstarren, doch die plapperte schon hektisch weiter.

»Schau mich nicht so entgeistert an! Ich meine damit nicht, dass du die Mörderin bist. Es ist nur ein äußerst ungewöhnlicher Umstand, dass ihr überhaupt zur selben Zeit am selben Ort seid.«

»Hätte ich gewusst, dass ich hier auf diesen Idioten treffe, wäre ich in die andere Richtung gefahren«, ereiferte sich Burgi regelrecht.

»Du hast mir dieses Hotel vorgeschlagen«, warf A.C. ein.

»Ich hatte in der Zeitung einen Artikel von der Fertigstellung des Hotels gelesen. Ich war einfach nur neugierig, was die Ex-Firma meines Mannes hier gebaut hatte. Ich habe da ja auch noch nicht gewusst, dass dieses Arschloch auch hier sein würde«, verteidigte sie sich vor Hummelchen.

»Hast du jemandem erzählt, dass wir hierher fahren?«

Dank der hohen Absätze war es Sarah möglich, beim Tanzen entspannt ihren Kopf an Lukas' Schulter zu lehnen. Die körperliche Nähe sichtlich genießend, wiegten sie sich zum Takt der leisen Musik, während draußen der Regen auf die Dächer der Häuser prasselte. Die Stimmen ringsum nahm Sarah nur dezent im Hintergrund wahr. Für sie gab es nur Lukas. Ihr Lukas!

Er atmete ihren zarten Duft ein. Ein neues Parfüm, dachte er. Die schlichte und blumige Note passte hervorragend zu ihr. In der sanften Tanzbewegung zog er sie näher zu sich heran und seine Hand strich dabei zärtlich über ihren Rücken. Sarah schmiegte sich noch ein wenig enger an ihn. Sie spürte seinen Herzschlag, der schnell und kräftig in seiner Brust pulsierte, während ihr eigenes Herz eher unregelmäßig stolperte.

Sie öffnete die Lippen einladend ein kleines Stück und schaute beinahe auffordernd zu ihm auf. Nur wenige

Zentimeter trennten sie und ohne weiter darüber nachzudenken, senkte er sanft seine Lippen auf ihre und genoss für einen flüchtigen Moment die Wärme dieses kurzen, zärtlichen Kusses.

Die vertraute Atmosphäre und die starken Gefühle, die dieser Kuss in ihm ausgelöst hatte, verführten ihn beinahe dazu, sie zu bitten, die Nacht bei ihm zu verbringen. Nur mit äußerster Willensstärke konnte er sich zügeln und diesen Gedanken verwerfen, denn er wollte sie nicht bedrängen, sondern langsam erobern. Lukas wollte es seiner Liebsten überlassen, wann sie für den nächsten Schritt bereit war.

Noch ganz benommen von der Magie dieses Kusses, legte Sarah die Stirn gegen seine Brust und atmete Lukas' herben Duft tief ein. Wie gut, dass sie fest in seinen Armen dahin schwebte, denn ihre Knie waren weich wie Pudding und sie hätte ohne ihn mit Sicherheit das Gleichgewicht verloren. Während sie seinen starken Halt sichtlich genoss, flammten Erinnerungen aus längst vergangenen Zeiten in ihr auf. Bilder von zerwühlten Betten, seines erregten Körpers und ihrer ekstatischen Liebesspiele drängten sich in ihr Bewusstsein und ließen sie vor Hitze erschauern. Ein unbändiges Verlangen entbrannte in ihrem Inneren.

Er hatte sich verändert, dachte sie, als sie mit den Fingerspitzen die Muskeln unter dem seidenweichen Stoff des Hemdes nachzeichnete. Auch seine Beine und sein Hintern waren strammer geworden. Vor ihr stand kein unerfahrener Junge mehr wie damals, sondern ein gestandener Mann.

Sarah schaute zu ihm auf. »Ich habe morgen meinen freien Tag«, hauchte sie verheißungsvoll.

Sein Herz kam aus dem Tritt, ebenso wie seine Schritte. Fast wäre er über ihre Füße gestolpert. »Dann sollte ich wohl langsam bezahlen«, raunte er mit leiser Stimme zurück.

Als sie endlich draußen an seinem Wagen standen, riss er sie stürmisch an sich. Sein Kuss brannte heiß auf ihren Lippen und die Schmetterlinge in ihrem Bauch schienen zu einem wilden Bienenschwarm anzuschwellen. Nach einer gefühlten Ewigkeit löste er sich von ihr und drückte sie fast ein wenig unsanft auf ihren Sitz. Er schloss die Autotür, umrundete schnell den Wagen und setzte sich neben sie. Völlig außer Atem saß er nun neben ihr.

»Bist du dir wirklich sicher?« Lukas hätte sich für diese unpassende Frage ohrfeigen können. Er hatte Angst, dass sie ihn doch noch ablehnen könnte. Wenn sie jetzt den Kopf schüttelte, würde sie ihn in die tiefste Hölle stoßen.

Entgegen seiner schlimmsten Befürchtungen strahlte Sarah ihn an, nickte und warf ihm einen Luftkuss zu.

Was für ein grandioser Erfolg! Alle tappten im Dunklen und überlegten fieberhaft, wer denn der Mörder dieses großspurigen Geschäftsmannes sein könnte. Ein paar mittelmäßige Dorfpolizisten hielten sich wohl für Sherlock Holmes Nachfolger, waren aber zu doof eine heiße Spur zu finden. Am lachhaftesten war das Gerücht, dass jetzt sogar die Möchtegern-Schriftstellerin ein Buch über diese Glanztat schreiben wollte. *Dies könnte mein Denkmal für die Ewigkeit werden.*

Ein verlockender Gedanke, der aber nur kurz reizvoll war und schnell der Ernüchterung wich. Keiner dieser Ignoranten konnte das Kunstwerk dahinter erkennen und so würde auch niemand diese Tat bewundern. Alle würden nur das arme Opfer sehen und die Meisterleistung des Täters verurteilen.

Langsam wurde es Zeit, den Ort des Geschehens zu verlassen, denn auch aus dem Hintergrund konnte man durchaus entlarvt werden.

Agatha-Christine hatte ihr Notizbuch auf dem Balkon ihres Hotelzimmers vor sich aufgeschlagen. Eifrig schrieb sie Wort um Wort und kreierte zu jeder Romanfigur einen kompletten Lebenslauf. Sogar die Eltern ihrer Protagonisten bezog sie darin mit ein. Meiers Vater stellte sie sich als strengen Finanzbeamten vor und seine Mutter beschrieb A.C. als brave Hausfrau, die einen hervorragenden Schweinebraten kochte.

Aus welcher Familie kam die sympathische Claudia? Sie war eine selbstsichere und unabhängige Frau. Hummelchen schloss auf eine berufstätige Mutter, die ihrer Tochter immer ein Vorbild gewesen war. Claudias Vater musste demnach ein liberaler und liebevoller Mensch gewesen sein.

Die Sonne wanderte langsam um das Haus herum und blendete die Autorin. Sie überlegte kurz, ob sie ihren Arbeitsplatz besser nach drinnen ins Zimmer verlegen sollte. Gemütlich lehnte sie sich auf ihrem Stuhl zurück, nahm die grandiose Aussicht vom Balkon bewusst in sich auf und beschloss, hier doch noch eine Weile sitzen zu bleiben.

Blümchen schien ihr Plätzchen an der frischen Luft ebenso zu genießen, selbst Brutus döste friedlich in der Sonne vor sich hin. Ihre Gedanken schweiften für einen Moment zur armen Püppi. Der Hund war unerzogen und eine Nervensäge, doch wer mochte es ihm bei dem Herrchen verdenken? A.C. fragte sich, ob Henriette ihre Drohung wahrmachen und das arme Geschöpf ins Tierheim geben würde. Eine leise innere Stimme jedoch hielt diese Lösung im Sinne aller Beteiligten für das Beste.

Hummelchen schaute voller Zuneigung zu ihrer schlafenden Hündin hinunter. Blümchen hatte es gut getroffen bei ihr und auch sie hatte mit der liebenswürdigen Dogge das große Los gezogen. Allerdings war die verschreckte Hundedame am Anfang extrem vorsichtig gewesen und hatte sich gegen andere Hunde kaum zur Wehr gesetzt. Auch heute noch war sie eine zarte Seele und vermied jede unnötige Konfrontation mit ihren Artgenossen. A.C. erschauerte bei dem Gedanken, was ihrem Schätzchen schlimmes widerfahren sein musste, bevor das Schicksal sie zusammenbrachte.

»Es wäre dir gegenüber nicht fair«, murmelte Hummelchen geistesabwesend. Die beiden Vierbeiner schauten neugierig zu ihr hoch. Ein Blick auf die Uhr verriet ihr, dass bereits einige Stunden vergangen waren. Wenn sie schrieb, verlor sie gern einmal die Zeit aus den Augen. »Wird höchste Eisenbahn für einen Spaziergang, meine Süßen. Wir sollten mal schauen, wo unsere Burgi bleibt, denn vielleicht bringt sie uns von ihrer Shoppingtour in Schliersee ja was Hübsches mit.«

Sie stand auf, streckte und dehnte ihren steifen Rücken ausgiebig. A.C. reckte die Arme hoch in die Luft und öffnete die Hände dabei weit.

»Oh!« Mit gespitzten Lippen und groß aufgerissenen Augen folgte ihr Blick dem Stift, der in einem weiten Bogen über das Geländer des Balkons flog. »Mist!«

Sie beugte sich suchend über das Geländer, um zu schauen, wo ihr liebster Glückskuli gelandet war. Blümchen stellte sich neugierig auf die Hinterbeine, denn sie wollte auch unbedingt sehen, was es da so Spannendes gab. Brutus wedelte aufgeregt um A.C. herum.

Mit einem kurzen »Klack« prallte der Kugelschreiber, gefolgt von einem mehrstimmigen, kurzen Aufschrei, unten auf und manch erschrockener Gast quietschte eher, als das er schrie. Geistesgegenwärtig zog Hummelchen den Kopf ein, um nicht entdeckt zu werden, während Blümchen weiterhin fröhlich hinabhechelte. Doch A.C. wäre nicht A.C., würde dieser hektische Rückzug nicht den nächsten Fauxpas mit sich bringen. In der schnellen Bewegung hatte sich der Sonnenhut gelöst und segelte in gemächlichen Bahnen dem Boden entgegen, um sich zu dem Kugelschreiber zu gesellen.

Hummelchen sank beschämt zu Boden und haderte mit sich selbst. Warum nur passierten immer ihr diese dämlichen Missgeschicke? Hoffentlich schaute niemand so genau hin, wenn sie jetzt nach unten ging, um ihre Sachen aufzuklauben.

»Ihr beiden bleibt mal lieber hier drinnen.« Sie ließ die Hunde in den Wohnbereich und machte sich mit einem Seufzer auf den Weg. Leise schloss sie die Türe hinter sich und huschte dann eilig zum Aufzug. Sie drückte den Knopf und es dauerte eine gefühlte Ewigkeit, bis der Lift endlich im zweiten Stock ankam. Eine ältere Dame stand bereits in der Kabine und lächelte sie freundlich an. Als ob sie nicht schon genug Peinlichkeiten erleben müsste, fuhr der Lift die alte Dame natürlich zuerst ganz nach oben, bevor er A.C. danach ins Erdgeschoss beförderte.

Kaum hatten sich die Aufzugtüren geöffnet, checkte sie möglichst unauffällig die Lage. Ein paar vereinzelte Gäste saßen im Foyer, doch niemand beachtete sie. Ohne Aufsehen erregen zu wollen, hastete sie auf leisen Sohlen durch die weitläufige Halle, düste dann draußen um die Ecke und schaute sich verstohlen nach ihren Habseligkeiten um. Irgendwo hier musste ihr Hut gelandet sein. Sie drehte sprichwörtlich jeden Stein um, suchte sogar in den Blumenrabatten, doch Fehlanzeige! Auch von ihrem Kugelschreiber fehlte jede Spur. Vorsichtig spähte sie noch unter die Ruhebänke, doch auch hier war nichts zu finden.

»Suchst du vielleicht etwas?«

Erschrocken sprang Hummelchen gefühlt einen halben Meter hoch in die Luft. Schadenfroh grinsend hielt ihr Ralf Meier den Hut vor die Nase.

»Den hier«, er hielt den entzweigebrochenen Stift hoch, »konnte ich leider nicht mehr retten.«

»Verdammt!« Agatha-Christine nahm die Gegenstände dankbar, aber mit hochroten Backen, entgegen. Immer wieder musste sie sich mit solchen peinlichen Zwischenfällen rumärgern. »Ich habe wohl mal wieder nicht aufgepasst«, versuchte sie, die unangenehme Situation zu überspielen.

»So etwas soll in den besten Familien vorkommen.« Meier amüsierte sich köstlich über die zerknirscht dreinschauende Autorin.

»Kann schon sein, aber ich bin eine wandelnde Katastrophe. Ständig verlege ich meine Schlüssel oder lasse etwas fallen. Mein Hund geht gerne mit einem gewissen Sicherheitsabstand zu mir spazieren, um nicht von meiner Pechsträhne angesteckt zu werden.« A.C. schickte einen vorwurfsvollen Blick hoch zum Zimmer, in dem die Hündin geduldig auf ihr Frauchen wartete. »Erst gestern bin ich äußerst undamenhaft auf dem Allerwertesten gelandet. Und das auch noch ausgerechnet in Gesellschaft der ehrenwerten Henriette Götzhofner«, klagte die Münchnerin ihr Leid.

»Du verkehrst mit Frau Götzhofner?« Meier wurde sofort hellhörig.

Hummelchens rote Gesichtsfarbe wurde noch einen Tick intensiver, als ihr bewusst wurde, dass sie sich mal wieder ohne nachzudenken verplappert hatte. Sie hatte schon mit Burgi gestritten, weil sie ihr von der Begegnung erzählte und das hatte ihr absolut gereicht. Doch jetzt schaute sie dieser strenge Polizist an, als hätte er sie in flagranti bei einer schweren Straftat erwischt.

Sie winkte halbherzig ab. »Ach, ich verkehre mit allen möglichen Leuten.« Das gezwungene Lächeln konnte den geschulten Blick des Herrn Kommissar wohl kaum täuschen. »Ich werde jetzt mal wieder nach oben gehen. Ich bin schwer im Schaffensprozess meines neuen Buches«, wand sie sich endgültig aus der misslichen Lage.

Meier schaute sie eindringlich an, sagte aber kein Wort. Hummelchen versuchte erst, dem Blick standzuhalten, wich ihm dann doch aus. Warum nur schienen manche Menschen mit einer Art Radar für den falschen Zeitpunkt ausgestattet zu sein? Und warum zum Teufel, hatte sie plötzlich ein schlechtes Gewissen? Weil du etwas verschweigst, du kleine Heimlichtuerin, flüsterte ihr Gewissen aus dem hintersten Eckchen ihres Kopfes.

»Dann wird eine kurze Pause umso angenehmer sein. Ich warte gerade auf meine Frau, die bei der Fußpflege und Maniküre ist. Statt hier alleine in der Gegend rumzustehen, lade ich dich lieber auf einen Kaffee ein.«

»Ich ...«, A.C. deutete zögernd zum Lift, » ... wollte gerade wieder hoch und weiterschreiben.«

»Nur ein halbes Stündchen?«, bettelte er nun regelrecht mit seinem schönsten Hundeblick.

Wie machte dieser Mann das nur? Das schlechte Gewissen in ihr führte sich in diesem Moment auf, als würde sie einem Hungernden das letzte Essen klauen. Zudem besaß ihr Kopf wohl ein Eigenleben und nickte automatisch.

Der vermeintlich begeisterte Meier hakte sie unter und zog sie, trotz ihres leichten Widerstandes, einfach in Richtung Sonnenterrasse.

Hummelchens Gefühle schwankten zwischen Verärgerung und Verblüffung. Dieser Mann hatte mir nichts dir nichts, jeglichen Widerstand ihrerseits regelrecht pulverisiert.

Keine drei Minuten später saß sie mit ihm an einem der kleinen Tische und schaute verlegen hinunter zum See.

Meier musterte sein Gegenüber mit einem dezenten Schmunzeln. Diese Frau wollte irgendetwas verbergen und glaubte allen Ernstes, sie käme damit bei ihm durch.

»Wie geht es denn voran mit deinem Buch?«, begann er das Gespräch.

Musste Ralf denn jetzt wirklich damit anfangen? Konnte er nicht einfach nur übers Wetter reden? Sie konnte ihm doch schlecht erzählen, dass sie das Genre gewechselt hatte und jetzt einen Krimi schreiben wollte und das ausgerechnet über den Mord in diesem Hotel.

»Na, ja, ich entwickle gerade die Handlung und arbeite die Figuren heraus. Nichts, ... rein gar nichts wirklich Spannendes«, stotterte A.C. und bemühte sich dabei, das angeschnittene Thema möglichst langweilig erscheinen zu lassen.

»Das ist dieses Plotten, oder? Das musst du mir mal genauer beschreiben«, ließ er sie mit geheucheltem Interesse nicht vom Haken.

»Nun ja, man überlegt sich zuerst einen Handlungsablauf, versucht dann, einen Spannungsbogen zu entwickeln und gibt den Protagonisten ein Gesicht«, fasste sie kurz und knapp zusammen.

»Sehr interessant«, log Meier, ohne mit der Wimper zu zucken. Im Krieg, der Liebe und einer Mordermittlung ist alles erlaubt - zumindest fast. »So eine Liebesgeschichte, die am Spitzingsee spielt, wird bestimmt viele Leserinnen neugierig machen.«

Das Blut schoss vehement in Hummelchens Wangen zurück, die, nachdem ihr Teint sich eigentlich gerade wieder normalisiert hatte, erneut tiefrot anliefen. Aufgeregt fächelte sie sich mit der Hand Luft zu. »Diese Hitze heute und dann noch diese verdammten Wechseljahre!«, versuchte sie, unauffällig abzulenken.

Unwillkürlich zog Meier die Brauen nach oben. Hatten die Damen sich nicht erst kürzlich über eben dieses Thema ausgelassen? Er erinnerte sich noch gut daran, wie sehr Claudia und auch Burgi die Autorin beneidet hatten, weil diese bisher unter keinem der üblichen Symptome litt.

Auch Hummelchen dachte in diesem Augenblick an dieses Gespräch zurück und schaute dabei direkt in Meiers Augen. Sie fühlte sich schrecklich. Da lernte man endlich mal interessante Leute im Urlaub kennen, mit denen man gerne den Kontakt halten würde und dann log man ihnen einfach mitten ins Gesicht. Und wegen was? Wegen eines Romans, den die beiden hinterher sowieso kaufen konnten. Dann würden sie genau wissen, wie verlogen sie in Wirklichkeit war.

A.C. seufzte gequält auf und überließ ihrer ehrlichen Natur die Oberhand. »Ich schreibe einen Krimi«, platzte es schuldbewusst aus ihr heraus.

Wenn Meier die Augenbrauen noch ein klein wenig höher zog, könnten sie locker seine Glatze kaschieren, dachte sie leise. Gespannt auf seine Reaktion nach ihrem plötzlichen Geständnis, beobachtete sie intensiv jede Regung seines Gesichts. Doch Meier verzog keine Miene und schwieg. Nervös winkte Hummelchen eine Bedienung an den Tisch. Sie brauchte jetzt dringend etwas zu trinken. Während Meier sich einen Kaffee bestellte, wählte sie lieber ein prickelndes Wasser. Ihre Kehle war wie ausgedörrt.

Die Getränke waren schnell serviert und während Meier scheinbar planlos in seinem schwarzen Kaffee rührte, trank A.C. einen großen Schluck, der ihr dank der Kohlensäure in der Nase kitzelte.

»Du kommst auch in meinem Buch vor«, brach sie das unerträgliche Schweigen mit einem leisen Geständnis, das Meier ein herzliches Lachen entlockte.

»Nicht dein Ernst, oder?« Sie hatte es geschafft, ihn zu verblüffen. Ein Tatbestand, der nicht so einfach zu erreichen war. »Du schreibst über den Mord hier? So ganz ohne Täter?«, fragte er, noch immer amüsiert von Hummelchens Geständnis.

»Ich bin ja Buchautorin. Da setzt man schon ein wenig Fantasie voraus. Bei mir kann jeder der Täter sein. Das liegt ganz in meinem Ermessen.« Der Scherz kam nicht an, das konnte sie deutlich sehen. Der Mann dachte angestrengt nach und das gefiel Hummelchen noch weniger.

»Du wirst hier nicht die Ermittlerin spielen, meine Liebe!« Sein Zeigefinger war direkt auf ihre Brust gerichtet und sein Blick fixierte sie wie die Schlange das Kaninchen. Von dem vormals belustigten Tonfall war nichts mehr übrig geblieben.

Schuldbewusst schaute sie auf den Terrassenboden. »Ich ermittle ja nicht. Ich unterhalte mich nur mit ein paar Leuten«, nuschelte sie kleinlaut.

»Von denen einer der Mörder sein könnte! Und dieser ist vielleicht nicht ganz so begeistert von deiner amateurhaften Fragerei und bringt dich womöglich auch noch um!«

Er war ärgerlich – nein – er war stinkesauer, das hörte man in jeder Silbe seiner Ansage. Hummelchens Widerstand regte sich leise.

»Na ja, ich habe mich bisher nur mit Sarah Gruber und Henriette Götzhofner unterhalten.«

»Und dabei ist dir in den Sinn gekommen, dass eine davon die Mörderin sein könnte? Oder gibt es womöglich einen anderen Tatverdächtigen, den du dir noch zur Brust nehmen möchtest?«

»Nein, aber könnte es nicht sein, dass einer der Verdächtigen einen Auftrag zum Mord gegeben hat?«, warf sie ihre neueste Erkenntnis in die Waagschale.

Meier schwieg und winkte dann nur vage ab. Diese Möglichkeit hatte er auch schon in Erwägung gezogen und dann wieder verworfen. Doch ein kleiner Zweifel war immer geblieben. Könnte es sich bei Frau Götzhofner um eine schwarze Witwe handeln, die ihren Mann zum Abschuss freigegeben hatte? Oder war der Mord geschäftlich motiviert und der Auftraggeber saß irgendwo, aber nicht hier? Um Hummelchen nicht weiter zu animieren, an der Sache dran zu bleiben, beschloss er, lieber das Thema zu wechseln, und erkundigte sich nach dem Befinden der Hunde.

Kapitel 13

»Leitner.« Wortkarg widmete sich Meier sogleich wieder seinem Kaffee und rührte scheinbar konzentriert um.

»Meier.« Auch der noch müde dreinblickende Kollege zeigte sich nicht gerade gesprächig. Er schwelgte noch in der intensiven Erinnerung an den gestrigen Abend. Die wilden Küsse und die begierig forschenden Finger, die nach all der langen Zeit nichts mehr wollten, als den Körper des anderen Zentimeter für Zentimeter zu erkunden. Nur mit Mühe wandte er Meier seine Aufmerksamkeit zu. Ehrlich gesagt, verspürte er jetzt keinerlei Lust, mit dem Münchner über den Mordfall zu reden. Lukas' Gedanken schweiften immer wieder zu seinem neuerwachten Liebesglück und er wollte sich lieber diesen Gefühlen hingeben, als zum tausendsten Mal das Mordszenario durchzuspielen oder Spuren zu folgen, die am Ende doch im Sand verliefen. Der Anruf des Kommissars kam ihm ehrlich gesagt äußerst ungelegen und torpedierte seine Tagesplanung, denn eigentlich hatte er vorgehabt, früher Schluss zu machen und die Zeit mit Sarah zu verbringen.

Missmutig setzte sich Lukas zu seinem Kollegen an den Tisch und nahm den heißen Kaffee in Empfang, den ihm eine freundliche Bedienung servierte. Tief inhalierte er den Duft des heißen Gebräus. Zumindest bekam er hier einen besseren Kaffee als in seiner Dienststelle.

»Okay, Meier, Sie haben angerufen und etwas von einer wichtigen Information gefaselt«, eröffnete er wenig begeistert das Gespräch, um die Sache schnell hinter sich zu bringen.

Meier bedachte ihn über den Brillenrand hinweg mit einem strengen Blick. »Um eins gleich mal klarzustellen: Ich fasle nicht!«

Verlegen räusperte sich Lukas, eine Erwiderung oder gar Entschuldigung blieb er aber schuldig.

»Gestern Abend hatte ich ein interessantes Telefonat mit Schäfer, meinem Kollegen bei der Münchner Kripo.«

»Hat der arme Mann auch mal Freizeit oder muss er in ihrem Auftrag tatsächlich rund um die Uhr malochen?«, unterbrach ihn Leitner sarkastisch.

Erstaunt über die freche Ansage des jungen Kollegen, stellte Meier mit Nachdruck seine Kaffeetasse auf den Unterteller zurück und unterbrach damit geräuschvoll die Stille, die den provokanten Worten gefolgt war. Der Hauptkommissar lehnte sich zurück, verschränkte die Arme und schüttelte missbilligend den Kopf. Dass der Jungspund grantig war, konnte er sogar ohne Brille erkennen.

»Dann drücken wir es mal anders aus. Schäfer hat mich gestern Abend noch angerufen, weil er neue Hinweise zu Ihrem Fall hat. Er bat mich um eine Einschätzung dieser neuen Tatbestände und hat sich daher die Freiheit genommen, mich in meinem wohlverdienten Urlaub zu stören.«

Lukas spürte die verbale Ohrfeige deutlich, sogar den leichten Knall glaubte er zu hören. Vielleicht war es besser einen Gang zurückzuschalten, kam es ihm in den Sinn. Allerdings verwunderte ihn ein kleines, aber feines Detail.

»Nun gut, aber ich bin etwas irritiert, dass Sie mich kontaktieren und nicht meinen Vorgesetzten.«

»Das liegt daran, dass ich bisher noch nicht einschätzen kann, welche Rolle ihr Chef in dieser ganzen Geschichte spielt und ihm daher nicht vertraue.«

Verblüfft hielt Lukas beim Umrühren des Kaffees inne. Sollte er mit dem unguten Gefühl, das ihn während des Gesprächs mit Gruber beschlichen hatte, doch nicht so falsch gelegen haben? »Wie darf ich das verstehen?«

Meier, ein Meister der Beobachtung, registrierte Erstaunen, aber auch Unwohlsein in der Mimik seines Gegenübers. Was wusste der Bursche? Er beschloss, das Risiko einzugehen, denn viel konnte er nicht verlieren. Die Aufklärung eines Mordes stand im Raum und hatte oberste Priorität.

»Götzhofners Konten wurden gefilzt. Dabei fielen den Kollegen ein paar Geldbewegungen auf, die etwas - sagen wir mal - außergewöhnlich waren.«

Lukas starrte ihn nur schweigend an. Meier konnte regelrecht die Gedanken in den Augen des jungen Mannes hin und her flitzen sehen. Ein ungutes Gefühl beschlich ihn.

»Können Sie mir etwas darüber erzählen?«, fragte er Lukas und gab damit unumwunden seinen Verdacht zu.

»Um Gottes willen! Nein!« Leitner hob abwehrend die Hand. »Was sollte ich mit Götzhofners Konten zu tun haben?«

Es blieb Meier nichts anderes übrig, als seinem Instinkt zu folgen, obwohl er normalerweise die auf Fakten basierende Vernunft als Ratgeber bevorzugte. »Ich will Ihnen Glauben schenken, Leitner. Doch sollten Sie dieses Vertrauen nicht wert sein, werde ich Sie zur Rechenschaft ziehen. Und das wollen Sie nicht wirklich erleben!«

Der junge Kollege starrte ihn schockiert an, schwieg und nickte nur leicht.

Meier griff zu seiner Kaffeetasse. Seine Kehle fühlte sich rau und ausgedörrt an. Es ekelte ihn an, wenn ein Polizist in Verdacht geriet.

»Götzhofner hat von seinen Auftraggebern Gelder erhalten. Diese bewegen sich alle im hohen fünfstelligen Bereich.«

Lukas brach sein Schweigen. »Sie sind sicher, dass es sich dabei nicht um Baukosten oder ähnliches handelt?«

»Auf sein Privatkonto?«, konterte Meier.

»Unwahrscheinlich«, stimmte ihm Lukas sofort zu. Er setzte aber gleich noch eine Frage hinterher, die für ihn von größter Bedeutung war. »Und was hat Forster jetzt damit zu tun?«

Meiers Anspannung zeigte sich lediglich durch ein kurzes Zögern. »Forster hat auch eine größere Zahlung von Götzhofner erhalten, die wir uns nicht erklären können.«

Mit aufgeklapptem Mund lehnte sich Lukas nicht einfach in seinem Stuhl zurück, sondern ließ sich regelrecht in die weichen Polster fallen. Die Stuhllehne knarzte protestierend unter seinem Gewicht. »Ach du Scheiße!«, entfuhr es ihm schockiert.

»Könnte man so sagen«, stimmte ihm Meier sofort zu. »Gruber ist ein Freund von Ihrem Vorgesetzten?«

Lukas nickte. Ihm schwante Übles. War womöglich Sarahs Vater in diese Geschichte verwickelt? Er hoffte, dass dies eine Fehlannahme war, denn trotz ihrer Streitereien, hing seine Freundin an ihrem einzig verbliebenen Elternteil.

Hummelchen öffnete schwungvoll die Balkontüre. Nachdem sie gestern noch lange an ihrem Plot gearbeitet hatte, hatte sie sich den Luxus gegönnt und etwas länger geschlafen. Die Hunde und Burgi konnte sie nirgends entdecken. Offenbar war ihre Freundin mit den Vierbeinern schon unterwegs.

Tief atmete A.C. die klare Bergluft ein. Der Himmel war azurblau und die wenigen Wolken über den Berggipfeln gaben ein typisches oberbayerisches Postkartenmotiv ab. Ein paar Touristen paddelten bereits mit Tretbooten auf dem See herum, während andere gemächlich die Uferpromenade entlang spazierten. In dieser idyllischen Ruhe ließ es sich aushalten. In einiger Entfernung erspähte sie ihr Blümchen. Die langsam dahintrottende Frau neben ihr konnte nur Burgi sein, die Brutus an der Leine führte.

Vorsichtig schaute sie auf den umlaufenden Balkon hinaus, der durch Strukturglasscheiben unterteilt war. Als sie niemanden entdecken konnte, wagte sie sich auf den hölzernen Boden hinaus. Sie trug nur ihr flatterndes, bunt geblümtes Nachthemd und ihre Haare waren vom Schlaf noch zerstrubbelt. Genüsslich streckte sie sich in alle Richtungen, um ihre müden Knochen in Schwung zu bringen. Hummelchen spürte das Knacken in ihren Gelenken und dachte mit einem wehmütigen Lächeln daran, dass sie halt auch nicht jünger wurde, trotzdem war sie dankbar, dass sie noch so fit war.

Agatha-Christine trat noch einen weiteren Schritt nach vorne an das Geländer und warf einen neugierigen Blick hinab. Ob der neugierige Polizeikommissar wohl auch schon unten saß? Hummelchen verspürte kein Verlangen, ihm heute schon wieder in die Fänge zu laufen. Die gestrige Unterhaltung hatte ihr vollkommen ausgereicht.

Um auch wirklich sicherzugehen, dass sie ihn nicht übersehen hatte, beugte sie sich noch ein Stück weiter nach vorne. Mit einer Hand hielt sie sich an der Balustrade fest, mit der anderen wollte sie sich abstützen. Doch Hummelchen wäre nicht das tollpatschige Hummelchen, wenn sie dabei nicht am Rand des Balkonkastens abrutschen würde. Schwups, landete ihre rechte Hand in der Blumenerde unter den üppigen Geranien.

»Scheiße!« Ruckartig zog sie ihr ungeschicktes Patschehändchen zurück und schüttelte die Erde ab. »War doch wieder so was von klar!«

Verdrossen starrte sie auf die Erde, die sie nun gekonnt auf den zuvor so sauberen Dielen verteilt hatte. Sie ging in die Hocke und versuchte, mit ihren Händen etwas von dem Dreck aufzusammeln, um ihn wieder in den Balkonkasten zu befördern. Ächzend erhob sie sich, sorgsam darauf achtend, den Schmutz nicht an ihr sauberes Nachthemd zu bringen. In dem Augenblick, als sie die Hände hob, um die Erdkrümel wieder ihrem Ursprungsort zuzuführen, nahm sie ein kurzes Aufblitzen wahr. A.C stutzte. Hatte hier jemand seinen Müll in den Geranien entsorgt?

Vorsichtig, um ja keine der Blume abzubrechen, drückte sie die leuchtend roten Blüten zur Seite. Erschrocken keuchte sie auf!

Wie lächerlich war diese Frau eigentlich? Glaubte die allen Ernstes, keiner würde merken, dass sie hier überall dumme Fragen stellte? Agatha-Christine Hummel, was für ein lächerlicher Name! Irgendwie aber passend eben zu den dämlichen Blumenkleidchen und den ausladenden Sonnenhüten.

Doch nun, liebe Frau Hummel, war der Köder zu deiner Freundin ausgelegt. Wie wirst du damit umgehen? Sie an die Polizei verraten? Oder wirst du dich ihr zur Seite stellen und vertuschen, was du gefunden hast?

Welch eine Ironie, niemanden in dieses kleine, perfide Spiel einweihen zu können. Der Perfektionismus verlangte eben seine Opfer. Eigentlich wurde es Zeit, die Zelte hier abzubrechen, doch es machte solch einen Heidenspaß all diese Stümper zu beobachten.

Die zitternden Hände im Schoß verschränkt, saß Hummelchen in dem gemütlichen Sessel ihres Zimmers. Sie wirkte etwas verloren in dem üppigen Möbelstück. Ob es ihrer zierlichen Statur oder der kauernden Haltung geschuldet war, vermochte man kaum festzustellen.

Während ihr Körper vor Aufregung noch bebte, arbeitete ihr Kopf bereits auf Hochtouren. Da draußen, im dichten Grün der blühenden Geranien, lag ein Messer. Nicht etwa ein haushaltsübliches Schneidewerkzeug, nein, dies war ein automatisches Klappmesser. Eine richtige Waffe!

Für ihren Roman hatte sie gestern Nacht noch alle möglichen Mordwerkzeuge im Internet recherchiert, darunter auch ein solches Spezialmesser. Dort draußen lag die Tatwaffe, dies war für sie so sicher wie das Amen in der Kirche.

Vor ihr, auf dem kleinen Beistelltisch, lag ihr Handy und ihre Vernunft riet ihr, sofort die Polizei zu rufen, doch sie konnte es nicht. Noch nicht! Zuerst musste sie sich selbst einige Fragen beantworten. Sie wollte auf keinen Fall unvorbereitet mit den Beamten reden.

Wer hatte die Waffe im Blumenkasten platziert? Wann war dies geschehen? Und zu guter Letzt, warum ausgerechnet hier auf ihrem Balkon?

Zum Teufel nochmal, was für eine verfahrene Situation!

Das wer, ließ sich recht einfach beantworten: Der Mörder! Vielleicht auch die Mörderin, korrigierte sie sich in Gedanken.

Wann? Ein verdammt großes Zeitfenster tat sich auf. Vom Tag des Mordes bis heute. Allerdings glaubte Hummelchen eher, dass dies erst in den letzten Stunden geschehen war, womöglich, als sie beide tief geschlafen hatten. Ein beängstigender Gedanke!

Dieser Schluss trug sie wie von selbst zur nächsten Frage: Warum?

Weil du neugierige Amsel überall dämliche Fragen gestellt hast! Dies war die einzige Erklärung, die ihr dazu einfiel. Ein sanfter Zweifel ließ Burgi kurz in ihren Gedanken aufblitzen, die leider auch des Mordes verdächtigt wurde, aber diese Eingebung verbannte A.C. sofort aus ihrem Kopf.

Wen hatte sie befragt und damit so nervös gemacht, dass er, oder sie, die Aufmerksamkeit auf Burgi lenken wollte?

Zuerst musste sich Burgi ihrer Neugier und einer intensiven Befragung stellen. Von ihr wusste sie jetzt endlich alles Wichtige über den Toten. Die wenigen Informationen, die ihre Freundin so widerwillig preisgegeben hatte, waren scheinbar nur die Spitze des Eisberges. Götzhofner musste ein absolutes Arschloch gewesen sein, daran konnte man nach Walburgas Schilderung nicht mehr zweifeln.

Doch selbst so ein Typ hatte eine Frau abbekommen. Henriette Götzhofner, eine manipulative Intrigantin, die mit ihrer Hochzeit endlich in lang angestrebte gesellschaftliche und finanzielle Kreise aufstieg. Doch was genau brachte ihr der Tod des eigenen Gatten?

Sie war die Alleinerbin des Vermögens eines Mannes, der sie nach Strich und Faden betrogen hatte. Wenn das mal kein Motiv war. Doch die Triebfeder für einen Mord machte noch keine Gelegenheit.

Wie sah es eigentlich mit der Geliebten des Mordopfers aus? A.C. erinnerte sich an eines ihrer Gespräche mit Sarah, die sich für sie als Quelle vieler Informationen erwiesen hatte. Nach Sarahs Schilderungen war die Autorin sich sicher, dass die langbeinige Schönheit mit der blonden Mähne tatsächlich die Geliebte des Ermordeten gewesen war.

Konnte es sein, dass diese tatsächlich gar nichts erbte oder hatte der Tote sie zumindest mit einem Vermächtnis bedacht? Lag es daran, dass er noch nicht lange genug mit ihr zusammen gewesen war, um ein Testament zu ihren Gunsten zu schreiben?

Natalia Orlowa, wie ihr Sarah verraten hatte, befand sich zur Tatzeit im Hotel. War die Russin aber überhaupt kaltblütig genug, dem eigenen Lover die Kehle so mir nichts dir nichts durchzuschneiden? Zumindest war sie Stammgast im Wellnessbereich und besuchte regelmäßig die Abteilung Schönheit und Gesundheit.

»Erde an Hummelchen!«, drang es wie durch einen Schleier an Agatha-Christines Ohr. Burgi stand mit den Hunden direkt vor ihr und wedelte mit einer Hand vor ihrem Gesicht herum. »Ist alles in Ordnung mit dir?«, fragte sie die tief in Gedanken versunkene Autorin.

Es gestaltete sich schwierig, gleichzeitig zu nicken und mit dem Kopf zu schütteln. Heraus kam dabei ein wildes Kreisen, das ein wenig an unkoordinierte Gymnastikübungen erinnerte.

»Was denn jetzt?«, klang Walburga inzwischen deutlich besorgter. »Hast du lediglich einen Anfall von schriftstellerischer, geistiger Abwesenheit oder muss ich den Arzt rufen, weil dir wirklich etwas fehlt?«

»Dort draußen liegt die Tatwaffe«, presste A.C. noch immer geistesabwesend hervor und deutete mit einer vagen Handbewegung in Richtung des Fundortes.

Völlig überrumpelt von dieser Aussage, konnte Burgi die Tragweite des Gesagten noch nicht richtig erfassen.

»Meinst du wirklich, es wäre sinnvoll, die Tatwaffe auf dem Balkon zu verstecken? Das macht doch keinen Sinn. Die Leserinnen und natürlich auch die Leser werden dir spätestens da aussteigen«, wiegelte Burgi ab.

Hummelchen stöhnte genervt. »Die richtige Tatwaffe des richtigen Mordes wurde vom richtigen Täter da draußen deponiert!«, half sie ihrer begriffsstutzigen Freundin auf die Sprünge.

Burgi zuckte bei jedem »richtig« ein klein wenig mehr zusammen. »Das ist nicht dein Ernst!«, stieß sie voller Entsetzen aus.

»Da kannst du von ausgehen! Ich habe im Leben noch nie etwas ernster gemeint. Wirf einfach einen Blick in den Blumenkasten und überzeug dich selbst.«

Walburgas Füße fühlten sich an wie Blei, während sie zögernd auf den hölzernen Vorbau trat. Gerade als sie die Blumen beiseiteschob, um sich selbst zu vergewissern, drang Hummelchens schrille Stimme an ihr Ohr. »Fass aber bloß nichts an.«

Der Anblick des Mordgerätes ließ Burgi schaudern. Sie trat sofort einen Schritt zurück und hielt sich leise wimmernd die Hand vor den Mund. Als sich eine Hand sanft auf ihre Schulter legte, machte sie vor Schreck fast einen Satz in die Luft.

»Ganz ruhig, ich bin's bloß«, flüsterte Hummelchen tröstend. »Wir müssen die Polizei rufen!«

Die Autorin nahm ihre vor Schreck gelähmte Freundin an die Hand und führte sie zurück ins Zimmer.

Hummelchen hatte nicht bedacht, dass Burgi über den Fund vielleicht noch erschrockener sein könnte als sie selbst.

»Es tut mir leid, Süße. Ich hätte dich nicht da rausgehen lassen sollen. Das war unbedacht von mir. Setz dich erst mal. Ich bringe dir ein Wasser«, redete A.C. auf die totenstille Burgi beruhigend ein.

Als Burgi auf ihr Drängen ein paar Schlucke aus der Flasche getrunken hatte, kniete sich Hummelchen vor sie hin und nahm ihre Hände.

»Ich werde jetzt nach nebenan gehen und schauen, ob die Meiers da sind. Ich möchte Ralf gerne dabei haben, wenn die hiesigen Beamten kommen. Diesen Forster kann ich nicht leiden und ich will verhindern, dass sie dir was in die Schuhe schieben!«

Meier schaute sich die Tatwaffe genau an, die ihm der Kollege von der Spurensicherung unter die Nase hielt. Es handelte sich tatsächlich um ein Automatikmesser, wie ihm Agatha-Christine schon lang und breit erklärt hatte.
Momentan befand sich die Klinge im Inneren des Griffes. Mit einem kleinen Schiebeknopf konnte man diese jedoch blitzschnell herausspringen lassen. Dann hatte man eine Stichwaffe in der Hand, die insgesamt gute zwanzig Zentimeter maß.
Meier verwettete seine Seele darauf, dass es sich bei der rostroten Farbe, die in winzigen Flecken an den Schrauben der Griffschale sichtbar waren, um das getrocknete Blut des Mordopfers handelte. Sie hatten endlich die Tatwaffe gefunden.

»Seltsamer Zufall und ein noch eigenartigeres Versteck für dieses wichtige Indiz, meinen Sie nicht?« Lukas stand neben ihm und begutachtete mehr die Umgebung als den Fund selbst.

»Hier will uns jemand kräftig verarschen!« Meiers Stimme klang gefährlich leise, doch in seinem Timbre schwang die Wut mit. »Nie und nimmer lag die ...«, er deutete auf das Mordinstrument » ... schon seit dem Mord hier rum.«

»Nachträglich hinterlegt, um eine falsche Fährte zu legen?«, kombinierte Leitner aus Meiers Äußerung.

»Eine ganz hinterhältige Tour!«, wetterte der Hauptkommissar. »Wo ist überhaupt Forster? Sollte der Chef bei solchen Ermittlungsarbeiten nicht an vorderster Front stehen?«

»Der musste heute Morgen dringend nach München«, erklärte Lukas. »Irgendeine totwichtige Angelegenheit, die seine persönliche Anwesenheit erforderte. Zumindest wurde mir das so vor einer Viertelstunde mitgeteilt.«

Meiers Blick über den Brillenrand hinweg war eiskalt. »Dann werde ich Ihnen jetzt zur Seite stehen. Ich hoffe, dies stellt kein Problem für Sie dar?«

Leitner zuckte nur mit den Schultern. Ihm war es, ehrlich gesagt, lieber so. Der Münchner hatte die nötige Erfahrung, die ihm noch fehlte. Ob dies nun von Dienstwegen her korrekt war, ignorierte er in diesem Moment ganz bewusst.

Ralf Meier wartete erst gar keine Antwort ab, denn für ihn war das keine Frage, sondern eine Feststellung. »Diese Fundstelle soll mal wieder auf Frau Wagner als Täterin hinweisen. Ich glaube das allerdings immer noch nicht. Weder der zeitliche Ablauf der Tat noch das Motiv passen zu dieser absurden Inszenierung.«

»Sehe ich ähnlich«, stimmte ihm Lukas vorbehaltlos zu.

»Wir sollten also wieder mal alle Verdächtigen abklappern. Alle, die heute hier oben waren, müssen befragt werden. Die Gäste in den nebenan liegenden Zimmern ebenso, wie sämtliche Angestellte. Der Täter muss in die Enge getrieben werden, damit er endlich den entscheidenden Fehler begeht!«

Der Hauptkommissar wandte sich der Balkontür zu, doch bevor er sie öffnete und eintrat, wandte er sich noch einmal an Lukas. »Wir setzen uns mit jedem zusammen, der auch nur annähernd ein Tatmotiv hat. Er wird uns weder täuschen, noch entkommen!«

Diese Kampfansage machte Lukas Mut. Ehe sie sich um die ganzen Verdächtigen kümmern konnten, musste er jedoch mit den beiden Finderinnen sprechen.

»Ich bewundere euch beide, weil ihr nicht einfach abreist.« Mitleidvoll tätschelte Claudia Burgis Hand, während A.C. nachdenklich an ihrer Kaffeetasse nippte. Wie so oft in den letzten Tagen, saßen die Damen miteinander auf der großen Sonnenterrasse.

»Und damit kapitulieren?« Energisch schüttelte Walburga den Kopf. »Ich bin früher ja gerne vor allem davongelaufen, aber heute sehe ich das überhaupt nicht mehr ein. Ich habe nichts verbrochen und werde daher einen Teufel tun und einfach abhauen.«

»Warum nur meint der Mörder - oder die Mörderin - dass er den Verdacht auf uns lenken müsste? Es macht doch überhaupt keinen Sinn!« Diese Frage geisterte schon die ganze Zeit in Hummelchens Gedanken herum. Ihr wollte partout nicht einfallen, was der Täter damit bezweckte.

Burgi schnaufte zornig. »Ist dir vielleicht schon einmal die Idee gekommen, dass deine nervige Fragerei daran schuld sein könnte?«

Hummelchen blieb ihr eine Antwort schuldig. Sie hatte keine Lust mehr, diesen Vorwurf zu kommentieren. Immerhin hatten bereits der liebe Kommissar Meier und sein werter Kollege dies in ihrer Befragung ausführlich thematisiert und sie selbst zermarterte sich das Hirn auch schon über diese Frage. Doch das konnte sie nicht auf sich sitzen lassen und bei ihrer Erwiderung heute Morgen hatten die Herren ebenso geschluckt, wie die verärgerte Burgi: »Jemand ermordet einen Fiesling, lenkt die Aufmerksamkeit auf uns und ich bin jetzt die Schuldige? Meine Herren, Sie machen sich das aber etwas einfach. Sie sollten vielleicht lieber den Täter finden und ihn fragen, was in seinem Hirn falsch läuft.« Meiers Stirnrunzeln hatte sie bei ihrer Ansage komplett ignoriert. Wütend hatte sie ihre Tirade fortgeführt. »Außerdem sollten Sie sich durchaus fragen, ob ich vielleicht die richtigen Fragen an die richtigen Personen gestellt habe und dabei gleich Ihre eigene Arbeit noch einmal gründlich überdenken.«

A.C. verzichtete in dem Gespräch absichtlich darauf, Meier zu duzen. Als sie so über die Situation nachdachte, fragte sie sich, warum die beiden Polizisten nach diesem

Geplänkel und der Aufnahme der Aussagen sofort verschwanden. A.C. war sich zu hundert Prozent sicher, dass die Polizei eine neue Spur verfolgte.

»Wo ist denn dein Mann abgeblieben? Ich hoffe, er lässt dich nicht alleine hier sitzen und ermittelt in seinem Urlaub fröhlich vor sich hin«, lenkte sie unauffällig das Thema auf Meier, in der Hoffnung, einige brauchbare Informationen zu erhaschen. Wenn man eine Polizistengattin schon greifbar hatte, sollte man die Gelegenheit beim Schopfe packen, lautete Hummelchens Devise.

Claudia zog einen Flunsch. »Das wüsste ich ehrlich gesagt auch gerne. Ich habe meinen werten Gatten beim Frühstück heute Morgen zuletzt gesehen.«

»Der mordende Sauhund verdirbt uns allen den Urlaub, aber so was von gründlich. Hoffentlich haben sie ihn bald am Wickel«, keifte Burgi.

Claudia konnte sich bei der unkonventionellen Wortwahl ein Schmunzeln nicht verkneifen. »Ich werde es Ralf genau so weitergeben.«

Burgi warf einen Blick auf ihre Armbanduhr. »Oh, schon so spät. Ich muss los. Bei dem ganzen Stress hätte ich doch beinahe meinen Massagetermin verpasst. Und den kann ich jetzt mehr als nur gut gebrauchen. Macht's gut, ihr beiden. Vielleicht sehen wir uns ja nachher. Ich überlege nämlich, mir später einen dieser unanständig leckeren Kuchen zu gönnen«, rief sie den zwei Frauen im Weggehen noch zu.

Keine halbe Stunde später glitten die Hände des Masseurs erst sanft über ihren verspannten Nacken, um dann mit kräftigem Druck einen der verspannten Muskeln zu traktieren. Jetzt hatte er schon wieder einen der harten Knoten ertastet, die sie mit Sicherheit der ganzen Aufregung von heute zu verdanken hatte. Während der Knet-Guru seine Fingerfertigkeit wieder einmal vortrefflich unter Beweis stellte, fiel der ganze Stress von Burgi ab. Dieser Mann konnte zaubern.

»Ist es so gut?« Seine Stimme klang leise und melodiös und stand dabei im krassen Gegensatz zu seinen kräftigen Händen.

»Mmmhmm.« Dieser eine Laut drückte mehr Wohlgefallen aus, als jedes Lob es gekonnt hätte.

»So langsam habe ich jeden Punkt gefunden, der Ihnen Missbehagen bereitet. Ich hoffe, dass Sie jetzt so relaxed bleiben«, säuselte er dicht neben ihrem Ohr.

»Oh, glauben Sie mir, das wünsche ich mir noch viel mehr, als Sie sich das vorstellen können.« Burgi konnte nicht verhindern, dass schon wieder unangenehme Gedanken auf sie einströmten. »Aber ich gehe davon aus, dass mir dieser Urlaub noch einige unangenehme Erlebnisse bescheren wird.«

»Diese schreckliche Tat!«, entfuhr es dem Masseur und seine Hände packten einen Moment etwas kräftiger zu. Burgi zuckte unter dem unerwarteten Druck kurz zusammen. »Und das auch noch direkt neben meinem Arbeitsplatz. Sie glauben gar nicht, welch psychische Belastung es ist, einfach so an diesem Ort weiterarbeiten zu müssen.«

»Das glaube ich Ihnen sehr gerne«, stimmte ihm Burgi verständnisvoll zu. »Wie schaffen Sie das nur?«

»Mein großer Vorteil ist, dass ich den Mann nicht gekannt habe. Das erleichtert mir die Situation ungemein.« Die Stimme hielt kurz inne, wurde dann um einige Nuancen leiser. »Sie kannten den Toten, nicht wahr?«

Burgi versuchte die Frage mit einem Nicken zu beantworten, was bäuchlings auf einer Massageliege platziert, gar nicht so einfach war.

»Sie sind wegen dieser sehr persönlichen Frage hoffentlich nicht verstimmt. Es liegt mir fern, Sie vor den Kopf zu stoßen«, prüfte der Mann ihre Stimmungslage. Offenbar war er heute in Plauderlaune.

»Nein, bin ich nicht«, log sie. »Es ist ganz verständlich, dass ein Mord am Arbeitsplatz nicht so einfach zu verdrängen ist und man dadurch Redebedarf hat.«

»Bestimmt einfacher, als mit einem Mordopfer befreundet gewesen zu sein«, fühlte der Masseur ihr auf den Zahn.

Burgi lachte spöttisch. »Wir waren alles Mögliche, aber mit Sicherheit nicht befreundet.«

Die Hände hielten einen Moment inne. Die Münchnerin hätte fast protestierend aufgestöhnt, denn soeben hatten sie eine besonders schmerzende Stelle wohltuend bearbeitet.

»Ach waren Sie nicht? Dann habe ich da wohl etwas falsch verstanden.« Der Masseur beugte sich zu ihrem Ohr herab und flüsterte: »Mir wurde sogar zugetragen, Sie würden von der Polizei verdächtigt.«

»Ach, ist Henriette Götzhofner etwa auch bei Ihnen in Behandlung?«, wagte Burgi einen Schuss ins Blaue.

Wieder bemerkte sie sein dämliches Zögern. Diese Massage verursachte ihr heute fast mehr Unbehagen, als sie zuvor verspürt hatte. Den Termin konnte sie sich künftig wohl sparen.

»Ja«, kam es nach einer kurzen Pause. »Die Witwe hat tatsächlich den Mut aufgebracht, hier zum Tatort zu kommen. Sie benötigte danach ein paar seelische und körperliche Streicheleinheiten.« Noch einmal stockte er. »Diese Dame kennen Sie also auch?«

»Wir waren Kolleginnen«, seufzte Burgi, die sich langsam um ihre wohltuende Massage betrogen fühlte.

»Aber Sie sind doch mit einer anderen Freundin da, oder? Sie schreibt Bücher, nicht wahr?« Offenbar bemerkte der Sprecher nicht, dass sie mittlerweile genug von dieser Fragerunde hatte.

»Ja, das bin ich und nochmal ja, sie schreibt Romane. Das wird jetzt wohl ein Krimi. Stoff genug findet sich ja in diesem Haus.« Ihr Ton zeigte deutlich, dass es reichte. »Wie lange haben wir noch?«, fragte sie entnervt.

»Oh, jetzt sind Sie doch verstimmt. Das war nicht meine Absicht. Entschuldigen Sie bitte!« Der Angestellte trat ein Stück von der Liege zurück. »Ihre Zeit ist um«, fügte der Masseur noch zweideutig an.

Burgi lief ein eiskalter Schauer den Rücken hinunter und sie blieb erschrocken, auf den Todesstoß wartend, liegen.

Kapitel 14

Eine zart besaitete Person hätte den fast schwarz daliegenden See und die dunklen Berge vielleicht als unheimlich empfunden. A.C. hingegen genoss die Ruhe der Dämmerung. Ihre Hündin trottete brav neben ihr her und schaute ab und an mit ihren dunklen Augen zu ihr hoch. Sie war immer erstaunt, welche Gefühlsregungen man in einem Hundeblick erkennen konnte: Liebe, Vertrauen, bei Blümchen auch das ein oder andere mal geduldige Nachsicht.

Die Autorin fokussierte ihre Gedanken auf das Buchprojekt und damit zum wiederholten Male auf den Mord. Sie, die sonst eher vertrauensselig und verträumt war, musste nun hinter die Fassade der Menschen um sie herum schauen. Diese Erfahrung machte zum einen die Welt ein wenig düsterer, denn in den Abgrund zu blicken, war etwas, auf das man gut verzichten konnte. Andererseits gab es ihr aber auch die Chance, Unschuldige aus dem Schussfeld zu nehmen. Wer weiß, vielleicht schaffte sie es ja sogar, den Mörder zu entlarven.

Langsam lief ihr die Zeit davon. Ihr Aufenthalt im Hotel endete bereits in zwei Tagen. Hummelchen bezweifelte, dass sie in München weiterhin so nah an den

Ermittlungsarbeiten dran bleiben konnte. Sie schätzte die Lage eher so ein, dass irgendwann unverhofft eine Vorladung für eine Gerichtsverhandlung im Briefkasten liegen würde. So lange wollte sie auf keinen Fall mit der Veröffentlichung ihres Buches warten.

Agatha-Christine stand vor einer schweren Entscheidung. Sie könnte eine fiktive Mordgeschichte zum Grundgerüst des Erlebten niederschreiben. Alleine der Gedanke ließ sie energisch den Kopf schütteln. Ihre ursprüngliche Idee, die Realität so weit wie nur irgend möglich in ihre Story einfließen zu lassen, konnte sie unmöglich einfach beiseiteschieben. Sie musste also dranbleiben und alle Alternativen ausschöpfen, die ihr in den letzten Tagen zur Recherche noch bleiben. A.C. beschloss, ihre kompletten und äußerst umfangreichen Notizen noch einmal ganz in Ruhe durchzugehen. Womöglich hatte sie etwas Entscheidendes übersehen, das zum Ermittlungserfolg führen konnte.

Sie blieb kurz stehen und atmete tief durch, denn zuerst musste sie noch etwas anderes erledigen.

»Verdammt nochmal, was soll der Mist?« Erbost fuchtelte Gruber mit den Händen wild in der Luft herum. »Wissen Sie, was ich mit diesem Toten im Hotel schon an Umsatz eingebüßt habe?«

Der Hotelier erhob sich so schwungvoll von seinem Drehstuhl, dass dieser gegen die dahinter platzierte Regalwand stieß. Eine Vase wackelte bedenklich, hielt sich jedoch glücklicherweise auf ihrem Platz. Der erboste

Mann baute sich vor Lukas auf und bohrte ihm bei seiner Schimpftirade den Finger schmerzhaft in die Brust.

»Und du, kleiner Scheißer, lässt gefälligst die Finger von meiner Tochter! Du willst mich ja nur als Täter abstempeln, damit du freie Bahn bei Sarah hast. Aber nur über meine Leiche!«

Meier, der den Tobenden bisher nur in aller Ruhe betrachtet hatte, stand auf und legte Gruber die Hand mahnend auf die Schulter. »Sie sollten sich jetzt gut überlegen, was Sie so von sich geben. Eine Anzeige wegen tätlichem Angriff ist ganz schnell geschrieben und würde kein gutes Licht auf Sie werfen.«

Wütend fuhr Gruber herum. »Welche Rolle spielen Sie überhaupt in dieser Geschichte? Ständig tauchen Sie irgendwo auf und sind mitten im Geschehen.«

»Ich bin Gast in Ihrem Hotel und in einen Mord geraten.« Meier blieb äußerlich völlig gelassen. »Heute unterstütze ich meinen jungen Kollegen hier mit meiner langjährigen Erfahrung als Kommissar. Im Moment würde ich ihm den Rat geben, Sie zur Polizei mitzunehmen und dort das Verhör offiziell weiterzuführen.«

Grubers Gesicht verfärbte sich ungesund und er blies seine hochroten Backen bedenklich auf.

Lukas meldete sich nun selbst zu Wort: »Setzen Sie sich, Herr Gruber. Ich möchte Ihnen in aller Ruhe nur ein paar Fragen stellen.«

Wider Erwarten drehte sich der Hotelchef um und trat langsam zurück hinter seinen Schreibtisch. Gruber setzte sich nicht hin, sondern lehnte sich lediglich mit verschränkten Armen gegen das Bücherregal.

»Nun gut, dann möchte ich jetzt hören, was Sie zu sagen haben. Danach verschwinden Sie beide aus meinem Haus.«

Meier zuckte fast unmerklich mit den Schultern, verlor aber kein Wort über den Rauswurf. Wie er das seiner Frau erklären sollte, musste er sich nachher überlegen.

»Wir wurden vom Polizeipräsidium München informiert, dass Sie eine Summe von zehntausend Euro auf das private Konto von Herrn Götzhofner überwiesen haben«, ließ Lukas diese Ansage wie eine Bombe in die Stille platzen.

Die Augen der Polizisten waren fest auf den Verdächtigen gerichtet, doch der blieb völlig regungslos. Lukas konnte noch nicht einmal ein Augenblinzeln seines Gegenübers feststellen und fragte sich, ob dies nun eine Schockstarre oder pures Erstaunen war.

»Können Sie uns etwas über diese Zahlung sagen? Wir konnten dieser Leistung keinerlei Bauvorhaben zuordnen. Das wirft natürlich einige Fragen auf«, schaltete sich Meier wieder ein.

Grubers Hände ballten sich für eine Sekunde zu Fäusten, dann entspannte er sich und zog seinen Stuhl heran, um sich zu setzen. »Der Scheißkerl hat mich betrogen!«

Diese Aussage stand zunächst wie eine dunkle Wolke im Raum. Lukas' Herz krampfte sich beim Gedanken an Sarah zusammen. Er war sich sicher, dass die Verhaftung ihres Vaters einen Keil zwischen sie treiben würde. Aber wie es im Moment aussah, blieb ihm keine Wahl.

Gruber rieb sich scheinbar resignierend die Augen. Langsam beugte er sich nach vorne, öffnete die oberste Schreibtischschublade und griff hinein.

Alarmiert sprangen die Polizisten auf!

Zögernd streckte Hummelchen eine Hand nach dem Türgriff aus, während sie in der anderen ihre Sandalen hielt. Die Hemmschwelle an diesen tragischen Ort zurückzukommen, war enorm.

»Reiß dich zusammen, Agatha-Christine!«, murmelte sie fast unhörbar. »Willst du nun einen Bestseller schreiben oder nicht?«

Sie wollte, und wie! Also hieß es, Zähne zusammen beißen und durch. Ein tiefer Atemzug, den Griff energisch nach unten drücken und die Türe vorsichtig aufschieben. Eigentlich war das ganz simpel.

Obwohl der Chlorgeruch dominant in der Luft hing, hatte Hummelchen das Gefühl, den leicht metallischen Duft von Blut wahrzunehmen. Da ist kein Blut, da ist kein Blut, betete sie sich mantraartig immer wieder vor. Das Schwimmbecken lag ruhig und in einem intensiven blau schimmernd vor ihr. Sie war alleine. Dieser Umstand wunderte Hummelchen zuerst, denn der ansprechende und luxuriöse Bereich war normalerweise der beliebteste Anlaufpunkt für die Gäste hier im Hotel. Aber das schöne Wetter und die traumhafte Aussicht von der Sonnenterrasse erklärten die vorherrschende Leere ebenso, wie das ungute Gefühl, das nach dem doch recht aufsehenerregenden Mordfall in so manchem Kopf noch rumgeisterte.

A.C. ließ den Blick über die friedliche Poollandschaft schweifen. Vor der großen Fensterfront waren noch immer die Ruheliegen aufgereiht. Unwillkürlich dachte sie darüber nach, ob eine davon diejenige war, auf der Götzhofner ums Leben kam.

Schaudernd wandte sich Hummelchen ab, um ihre Erkundungstour fortzusetzen. Diesmal tappte sie barfuß über die vor Sauberkeit blitzenden Fliesen am Beckenrand entlang. Irgendwo im Hintergrund schlug eine Tür zu. A.C. zuckte bei dem unerwarteten Geräusch merklich erschrocken zusammen und mit einem lauten Platschen landeten ihre Schuhe im Wasser. Nachdem sie sich versichert hatte, dass sie noch immer alleine war, schaute sie verdutzt den Latschen hinterher und lachte hysterisch auf. Ihr rasendes Herz beruhigte sich langsam wieder, als sie die Sandalen beim Hinabsinken auf den Grund beobachtete.

»So eine verdammte Scheiße!«, fluchte sie. Hummelchen spielte kurz mit dem Gedanken, ihrem Schuhwerk hinterherzutauchen, verwarf die Idee aber sofort wieder. »Na ja, hinüber sind sie jetzt eh schon«, seufzte sie resigniert.

A.C. wandte sich lieber wieder den wichtigeren Dingen zu. Am Pool vorbei ging es in den hinteren Bereich, mit den Whirlpools, der Sauna und den Massageräumen samt Duschen. Um die Ecke fand man dann auch den Ruheraum mit den Wasserbettliegen. Hier hatte Burgi nach dem Saunabesuch selig geschlafen. Jetzt hielten die Vorhänge nicht das blendende Tageslicht, sondern den Blick in die Dunkelheit ab. Lauschig war es hier hinten. Wahrhaft ein gemütliches Plätzchen, aber auch hier absolut keine Menschenseele anzutreffen, stellte Hummelchen verwundert fest.

Sie strich bedächtig mit den Fingerspitzen über die Wassermatratze und genoss deren sanfte Nachgiebigkeit. Die Verlockung, mit einem Satz auf die bequeme Liege zu springen, war groß und nach kurzem Zögern erlag sie mit einem Seufzen der Versuchung. Das Gefühl von purer Entspannung durchflutete sie, als sie sich der Länge nach auf dem Wasserbett räkelte. Es war in dieser wohligen Situation so einfach, die Augen zu schließen und bei einem kleinen Nickerchen in die Welt der Träume abzudriften. Kaum hatte sie diesen Gedanken zu Ende geführt, war sie auch schon eingeschlafen.

»Himmel Herrgott!«, kreischte eine Stimme urplötzlich schrill auf.

Hummelchen, aus dem Schlaf gerissen, erstarrte augenblicklich zu einer liegenden Salzsäule. Ihr Herz pochte rasend und das Blut rauschte in den Ohren.

»Wir hatten eine geschäftliche Abmachung! Du Flittchen solltest lediglich testen, wie willig mich mein Mann betrügen würde. Von tatsächlich mit ihm in die Kiste springen, war nie die Rede!«

»Tja, was kann ich dafür? Ihr werter Gatte war nicht so leicht abzuspeisen, nachdem ich mich an ihn rangemacht habe. Außerdem lautete der Auftrag auf Überführung des Ehebruchs. Ich bin also in vollem Umfang der Vereinbarung nachgekommen. Und Sie dürfen mir glauben, es gab angenehmere Aufträge als diesen.«

Das hysterische Organ gehörte eindeutig zu Henriette Götzhofner. Das leicht rauchige Timbre der anderen Stimme konnte Hummelchen nicht sofort zuordnen. Unwillkürlich tauchte das Gesicht der blonden Russin vor ihrem inneren Auge auf. Akzent und Aussage passten zu der Geliebten.

»Und du glaubst jetzt allen Ernstes, dass ich dich vollständig bezahle, nach allem, was passiert ist?« Henriettes spöttisches Lachen ging der Autorin durch Mark und Bein.

»Oh ja, davon gehe ich aus«, entgegnete die Gegenspielerin mit drohender Stimme.

Hummelchens Gedanken rasten. Sie erinnerte sich an einen Artikel über Agenturen, bei denen man seinen Partner auf Untreue testen konnte. War es möglich, dass diese Geliebte in Wahrheit für so einen Dienstleister arbeitete und Henriette sie gebucht hatte?

»Und mit was willst du mir drohen?«, spöttelte die Witwe.

»Die Herren von der Polizei sind sicher sehr daran interessiert, wer den Mordauftrag für den tragisch dahingeschiedenen Ehegatten erteilt hat«, kam es eiskalt über die Lippen der Russin.

Zwischen den Streitenden breitete sich eisernes Schweigen aus und Hummelchen vernahm kurz darauf das arrogant wirkende Klack-klack der sich langsam entfernenden Schuhe.

Agatha-Christine zwang sich weiterhin, ruhig liegenzubleiben. Wenn ihr Gehör sie nicht täuschte, hatte sich nur eine Person entfernt. Auf keinen Fall wollte sie irgendjemanden darauf aufmerksam machen, dass sie anwesend war. In Anbetracht der brisanten Informationen über ein Mordkomplott, die sie belauscht hatte, wäre es fatal gewesen, entdeckt zu werden.

Platsch, platsch, platsch! Die schlurfenden Schritte, die an eine watschelnde Ente erinnerten, näherten sich unaufhaltsam. Flip-Flops, schoss es durch Hummelchens Kopf. Platsch, platsch, platsch! Bitte lass sie nicht hierher kommen!. Panik kam in ihr hoch Eine Türe öffnete sich geräuschvoll und fiel kurz darauf wieder ächzend ins Schloss. Erneut breitete sich eine unheimliche Stille aus. Nur das monotone Geräusch der Poolpumpe durchbrach die Ruhe.

Die Autorin lauschte ein letztes Mal intensiv nach verdächtigen Bewegungen und nahm, als sie nichts Auffälliges bemerken konnte, ihren ganzen Mut zusammen. In einer für sie geschmeidigen Bewegung rollte sie sich vom Wasserbett, krabbelte unbeholfen auf allen Vieren um die Ecke und linste vorsichtig in die verwaiste Badelandschaft. Die Luft war rein! Schnaufend raffte sie sich auf und floh schnellen Schrittes aus der friedlich daliegenden Wellnessoase.

Die große Gestalt in ihrem Rücken, die an der Türe zur Sauna gelehnt stand, bemerkte sie jedoch in ihrer Eile nicht mehr.

Gruber hob erschrocken beide Hände und starrte die Beamten fassungslos an. Der Blick in Lukas' Pistolenmündung schockierte ihn mehr als alles andere.

»Ok, Gruber! Treten Sie weg von der Schublade«, forderte der junge Polizist ihn mit eiskalter Stimme auf.

Außer sich vor Angst, sprang er mit in die Höhe gestreckten Armen auf, sodass sein Schreibtischstuhl mit voller Wucht gegen das Regal polterte. Die Vase, die der letzten Erschütterung standhaft entgegengehalten hatte, schwankte bedenklich, neigte sich Stück um Stück nach vorne und landete mit einem lauten Scheppern auf dem Boden.

Gruber war wie erstarrt. Im Geiste spürte er bereits die tödliche Kugel eindringen. Lukas blieb angespannt stehen und visierte den vor ihm stehenden Mann mit zusammengekniffenen Augen an.

»Meier, wären Sie so nett, einen Blick in die Schublade zu werfen?«, wies er den älteren Kollegen mit gespielter Coolness an.

Der Beamte umrundete den Tisch und griff beherzt hinein. Ein Bündel Papiere in der Hand haltend, ging er zu seinem Stuhl zurück. »Unbewaffnet«, murrte er nur kurz.

Lukas nickte, steckte die Waffe weg und setzte sich wieder. Gruber harrte noch, wie ein in Stein gemeißeltes Denkmal, mit erhobenen Händen aus.

»Sie können wieder atmen und sich hinsetzen«, sagte Lukas ruhig. Meier konnte sich bei den trockenen Worten seines Kollegen nur mühsam ein Grinsen verkneifen. Der Junge machte sich.

Erleichtert stieß Gruber die mühsam angehaltene Luft aus und ließ sich auf den Schreibtischstuhl fallen. Es herrschte Schweigen im Raum, denn jeder der Anwesenden musste sich erstmal in Ruhe sammeln. Ein leises Klopfen an der Tür durchbrach die Stille irgendwie unverhältnismäßig laut.

»Herein!« Da Gruber offenbar noch nicht fähig war, sich zu artikulieren, übernahm Meier dies für ihn.

Überraschenderweise stand Forster im Türrahmen und trat energisch in den Raum. Als erstes bedachte er Lukas mit einem finsteren Blick und nickte dann Gruber beruhigend zu. Meiers Anwesenheit nahm er irritiert zur Kenntnis, beschloss aber, ihn vorerst zu ignorieren

»Grüß Gott, die Herren! Ich hoffe, ich störe Sie nicht.«

»Das kommt ganz darauf an.«

Lukas Leitners scharfer Ton ließ seinen Chef stutzen, doch er ging nicht weiter darauf ein. Da kein Stuhl mehr frei war, nahm er seelenruhig auf der Tischkante Platz.

»Ich glaube, hier liegt ein ganz großes Missverständnis vor«, eröffnete er beschwichtigend das Gespräch.

Meier wiegte den Kopf leicht hin und her. »Ich würde mal sagen, hier liegt ein Mord zur Aufklärung vor. Was soll daran missverständlich sein?«

Forster lachte kurz auf. »Das auch, aber dieser Mann hier«, er deutete dabei auf Josef Gruber, »ist nicht der Täter, wie Sie möglicherweise vermuten.«

»Dann lassen Sie uns doch vielleicht mal an Ihrem Wissen teilhaben«, forderte Lukas seinen Chef mit gerunzelter Stirn auf. Sein Zorn war deutlich spürbar.

Forster nickte bedächtig und schaute dann zu Gruber. »Wir beide sind schon seit einiger Zeit befreundet und ich bin sehr froh, dass du mich ins Vertrauen gezogen hast.«

Nach diesen kryptischen Worten stand der Kommissar auf und begann eine ziellose Wanderung durch das Büro des Hoteliers. Den Kopf gesenkt und die Hände hinter dem Rücken verschränkt, wirkte er fast wie ein Heerführer aus alten Tagen, der seinem Stab eine neue Strategie erklären wollte.

»Reinhold Götzhofner hat Herrn Gruber nach Strich und Faden betrogen!«, begann er mit seiner Erklärung. Forster blieb stehen und sah Lukas bei seinen Worten eindringlich an. »Ich habe in dieser Sache eng mit dem Hauptzollamt zusammengearbeitet, denn es geht dabei um das Thema Schwarzarbeit.«

»Götzhofner hatte also Dreck am Stecken?« Leitners Frage war rein rhetorischer Natur.

»Allerdings!« Forster lachte laut auf. »Die grandiose Sonnenterrasse wurde von einer Firma gebaut, die Schwarzarbeiter beschäftigte.«

Meier pfiff anerkennend durch die Zähne. »Dafür ist sie aber offenbar ganz gut geworden.«

»Es fing damit an, dass Götzhofner auf Herrn Gruber zukam und anfing, ihn wegen besagter Terrasse zu bequatschen. Er stellte ihm Preisnachlässe in Aussicht und schwärmte in höchsten Tönen von den Vorteilen dieses Geschäfts. Josef wurde hellhörig, ließ sich jedoch nur zum Schein auf Götzhofners mündliches Angebot ein und rief mich noch am selben Abend an.«

»Sehr gute Entscheidung«, lobte Meier anerkennend.

»Gemeinsam tüftelten wir einen Plan aus, wie wir Götzhofner überführen könnten. In Absprache mit dem Hauptzollamt unterschrieb Josef einen grenzwertigen Vertrag und die Ermittlungen konnten beginnen. Götzhofners Firma stand schon länger im Verdacht, die

Finger in solchen Gaunereien zu haben. Das Unternehmen konnten wir im Zuge unserer verdeckten Ermittlungen von jeglichem Verdacht freisprechen, denn Götzhofner hatte in dieser Sache brav in die eigene Tasche gewirtschaftet.«

»Doch warum ist er jetzt tot? Wer steckt dann hinter dem Mord?« Lukas klopfte ungeduldig mit den Fingern auf den Tisch.

Forster breitete in einer hilflosen Geste die Arme aus. »Ich weiß es leider nicht. Was ich sagen kann ist, dass Josef Gruber kein Tatmotiv hatte. Im Gegenteil! Mit seiner Hilfe haben wir nicht nur Götzhofner, sondern auch ein paar Schwarzarbeiter und mehrere angeschlossene Unternehmen erwischt. Der Gauner hat diese Masche auch bei einem anderen Bauvorhaben durchgezogen. Die weiteren Hintermänner konnten heute dingfest gemacht werden.«

»Und was ist mit dieser ominösen Zahlung, die Sie von Herrn Gruber erhalten haben?«, stellte Lukas die Frage, die ihm noch auf der Seele brannte.

Forster schaute ihn verblüfft an, doch Gruber kam ihm mit seiner Antwort zuvor. »Der Bernd hat mir seine Harley verkauft. Ich wollte das Gerät schon seit ewiger Zeit haben, doch er hat sich da stur gestellt.«

»Oh, hallo, Frau Hummel!« Sarah blickte der vorbeirauschenden Autorin verdutzt hinterher. Die Dame wirkte irgendwie verwirrt und war in ungewohntem Eiltempo an ihr blindlings vorbeigerannt. Unweigerlich fragte sich die junge Frau, ob schon wieder etwas

Schreckliches passiert war? Als sie zudem entdeckte, dass A.C. barfuß lief, eilte sie Hummelchen sofort hinterher.

»Frau Hummel!« Sarahs entschlossener Ruf stoppte die Autorin. »Ist alles in Ordnung mit Ihnen?«, fragte Sarah mit besorgter Miene.

Hummelchen, die sich aufgrund der Geschehnisse im Wellnessbereich äußerst zittrig fühlte, bemerkte den irritierten Blick der Empfangsdame auf ihre nackten Füße.

»Ich habe meine Schuhe im Pool verloren.« Hummelchen erkannte ihre eigene Stimme kaum wieder, so brüchig kamen die erklärenden Worte über ihre Lippen.

Behutsam ergriff Sarah ihren Arm. »Kommen Sie, wir setzen und erst einmal kurz hin.«

»Nein, ich habe für so etwas jetzt keine Zeit. Ich muss nachdenken!«, brach es unwirsch aus Hummelchen heraus.

»Worüber denn?« Sarah schaute sich die abwesend wirkende A.C. genauer an. »Und wie kommen Ihre Schuhe überhaupt in den Pool?«

Hummelchen winkte nur ab. »Ich wollte mir den Tatort noch einmal anschauen.« Sie drückte kurz Sarahs Hand. »Jetzt muss ich schnell hoch und schauen, ob Ralf da ist. Die Polizei muss es unbedingt sofort wissen.«

Hummelchen eilte, ohne weiter auf Sarah zu achten, davon. Die junge Frau schaute ihr kopfschüttelnd nach. Sie wusste nicht, wie sie diese Begegnung einschätzen sollte. So aufgelöst hatte sie die Autorin nur direkt nach dem Mord erlebt. Diesen Gedanken schob sie schnell wieder beiseite, denn sie sollte sich lieber sputen und die Schuhe aus dem Hotelpool fischen, bevor das noch Ärger gab.

Schnell rief sie der Autorin noch hinterher: »Keine Sorge, ich kümmere mich um Ihre Schuhe!«

Agatha-Christine nahm gar nicht erst den Aufzug, sondern stürmte die Treppe nach oben. Hoffentlich war Meier da, dachte sie beim ersten Treppenabsatz. Eigentlich hätte sie auch Sarah nach dem wirklich sehr hübschen Lukas Leitner fragen können, kam es ihr kurz in den Sinn. Da hätte sie quasi gleich ein wenig Recherche für das Liebespaar ihres Buches gehabt.

Sarah! Die Schuhe! Schoss es ihr unvermittelt durch den Kopf. Ihre Intuition sagte ihr, dass es besser wäre, wenn Sarah jetzt nicht alleine den Wellnessbereich betrat. Ihre dämlichen Sandalen waren sowieso nicht mehr zu retten.

Die abrupte Wendung auf der Treppe glich schon fast einer Pirouette und wäre zudem beinahe schiefgegangen. Sie erwischte im letzten Moment noch das Treppengeländer, bevor es steil bergab ging. Mit einem: »Puh, nochmal Glück gehabt«, sauste sie im Eiltempo die Stufen wieder hinab.

Sarah war nirgends mehr zu sehen, dafür kam ihr Claudia entgegen. Ein Geschenk des Himmels!

»Claudia, du kommst wie gerufen! Ich brauche ganz dringend deinen Mann!«

Die Polizistengattin riss erschrocken die Augen auf. »Ist etwas passiert?«

»Nein, aber ich habe einen Hinweis auf die Mörderin! Kannst du ihm bitte Bescheid geben? Ich versuche nur schnell, die liebe Sarah noch zu erwischen.«

»Was hat denn Sarah damit zu tun?«, fragte Claudia verdutzt.

Hummelchen winkte ab und wandte sich zum Gehen um. »Gar nichts. Sie will nur meine Schuhe aus dem Pool retten.«

Claudia konnte ihr nur perplex hinterherstarren.

Kapitel 15

»Hallo, Ivan!« Sarah grinste den attraktiven Russen freundlich an. »Immer noch fleißig heute Abend?«

»Ich tue mein Bestes, wunderschöne Sarah.« Der Masseur war ein Süßholzraspler vor dem Herrn, fand Sarah. Aber er war nicht ihr Typ und so ignorierte sie die Charmeoffensive jedes Mal.

»Wenn du noch da bist, könntest du mir vielleicht kurz helfen. Einer unserer Gäste hat ihre Schuhe im Pool verloren«, überging sie das Kompliment auch heute wieder kommentarlos.

Ivan zog nur erstaunt die Augenbrauen hoch. »Schuhe im Pool?«

»Nun ja, eine zerstreute Buchautorin, die einen Krimi über den Mord hier schreiben möchte. Sie hat wohl irgendeine neue Idee.«

»Die Dame kann aber hoffentlich schon Fiktion und Realität unterscheiden?«

Sarah lachte und marschierte zum Pool. Tatsächlich, am Grund des Schwimmbeckens dümpelten ein paar grüne Sandaletten friedlich vor sich hin. Gerade, als sie zu ihrer Bitte ansetzen wollte, sprang Ivan bereits mit einem eleganten Hechtsprung in das kühle Nass. Der athletische Mann holte noch einmal tief Luft, bevor er nach den Schuhen tauchte.

»Sarah?« Hummelchen schaute äußerst vorsichtig in die große Halle. Als sie die junge Frau erblickte, atmete sie erleichtert auf. »Da bist du ja. Lass die Schuhe. Ich möchte zuerst mit der Polizei reden.«

Just in diesem Moment durchpflügte der Kopf des Masseurs die Wasseroberfläche. Unwillkürlich erinnerten sich die beiden Frauen an irgendeine Werbung, in der ein Traummann aus dem Wasser entstieg. Bewundernd starrten sie den Russen an, der mit den Schuhen in der Hand den Beckenrand erklomm.

»Wow!«, hauchte Hummelchen. Bei näherer Betrachtung kam ihr der Mann irgendwie bekannt vor. Plötzlich dämmerte es ihr. »Sie sind ja der Freund der Geliebten!«, entfuhr es ihr ungewollt.

Ivan erstarrte augenblicklich zur Salzsäule. Sein Blick durchbohrte A.C. wie ein Messer. Der Mann bewegte sich blitzschnell! Er griff nach Sarah, die unmittelbar vor ihm stand und irritiert zwischen den beiden hin und her schaute und zog sie grob an sich. Mit einem seiner muskulösen Arme umschlang er ihren Hals, während er mit der anderen Hand gegen ihren Kopf drückte.

»Es dauert nicht länger, als einen Herzschlag und ich breche ihr Genick wie einen Strohhalm«, zischte er bedrohlich.

Sarah wimmerte entsetzt auf. Sie verstand überhaupt nicht, um was es hier ging. Das alles musste ein schrecklicher Alptraum sein.

Noch bevor A.C. mit ihrer ausgetrockneten Kehle auch nur einen Ton erwidern konnte, öffnete sich die Türe zur Schwimmhalle.

Meier überblickte die Situation mit seiner langjährigen Erfahrung sofort. Er sah den Mann zwar zum ersten Mal, doch alleine die gestählt wirkenden Muskeln und die Art und Weise, wie er Sarah festhielt, verriet einen geübten Kämpfer.

Zügig bewegte sich Ivan mit der zu Tode erschrockenen Sarah rückwärts in Richtung seines Massageraumes. A.C., wie so oft kopflos, versuchte sich ihm entgegenzustellen. Doch so ein Krischperl wie sie, war ein lachhaftes Hindernis für diesen Mann. Ivan behielt Sarah im Schwitzkasten, nahm lediglich die zweite Hand von ihrem Kopf und packte damit A.C. grob am Arm, um sie ebenfalls hinter sich herzuzerren. An seinem Ziel angekommen, stieß er die beiden Frauen durch die geöffnete Türe.

Meier hatte keine Möglichkeit, ihn und die Frauen einzuholen und konnte nur hilflos mitansehen, wie sich die Türe hinter dem Mann und seinen Geiseln schloss. Er stürmte umgehend aus der Schwimmhalle, zog im Laufen sein Handy und wählte die Notrufnummer.

»Der komplette Bereich ist abgesperrt.« Forster warf Lukas einen abschätzenden Blick zu. »Es würde ihm nichts nützen, den Frauen etwas anzutun.«

»Vorerst«, antwortete der junge Mann düster. Die beiden älteren Polizisten ließen dies unkommentiert, während er die großen Fenster zur Schwimmhalle finster anstarrte.

Irgendwo dort drinnen saß Sarah mit dem mutmaßlichen Mörder in einem Raum gefangen. Nur mit aller Kraft konnte er die Angst um sie zur Seite schieben. Meier beobachtete ihn genau und konnte sehen, wann die Panik aus seinen Augen konzentrierter Anspannung wich.

Im Hintergrund wurden die Gäste des Hauses evakuiert und in umliegende Häuser in Sicherheit gebracht. Er rieb sich mit der Hand über die Stirn. Dies war nicht seine erste Geiselnahme, doch die persönliche Beziehung des jungen Kollegen zu einer der Geiseln, sorgte für zusätzlichen Zündstoff und eigentlich müsste er den jungen Mann vom Schauplatz des Verbrechens entfernen.

»Leitner, ich habe große Vorbehalte, dass Sie an dieser Operation teilnehmen. Sie sind zu sehr persönlich involviert«, sprach nun Forster Meiers Gedanken an Lukas gewandt aus.

Dieser wirbelte wütend herum. »Ich werde hier bleiben, verstanden? Sie müssen mich schon gewaltsam entfernen lassen!«

Meier trat an die beiden Kollegen heran. »Es bringt gar nichts, wenn Sie beide sich jetzt hier in die Haare kriegen. Wir sollten das Ganze zu einem zügigen und erfolgreichen Abschluss bringen. Wer wird beim Geiselnehmer anrufen und mit ihm verhandeln?«

»Es wäre mir sehr recht, wenn Sie das übernehmen könnten, Meier.«

»Haben wir die richtige Nummer?«, fragte Meier noch während er Forster zustimmend zunickte, seine Überraschung geschickt verbergend.

Lukas inspizierte indes die Umgebung und suchte nach einer Möglichkeit, unauffällig hineinzugelangen.

Stöhnend rieb sich Hummelchen die schmerzende Schulter. Sie war damit punktgenau an der Kante der Massageliege gelandet. Unsanft schubste Ivan nun auch Sarah zu ihr. Er selbst trat zu einem der Schränke. Fassungslos beobachtete A.C. wie er aus einer der Schubladen eine Handfeuerwaffe entnahm und mit geübten Händen durchlud. Die Routine der Bewegungsabläufe und die Selbstverständlichkeit, mit der er agierte, ängstigten Hummelchen zutiefst.

Sarah schluchzte leise auf. »Haltet euren Mund! Ich will nichts von euch hören«, schnauzte Ivan die Frauen an.

Sein kaltes und selbstgefälliges Lachen ließ Agatha-Christine erschauern. Betont langsam drehte er sich zu seinen verängstigten Geiseln um. »Die da draußen glauben, mich festgenagelt zu haben. Ihr beide seid meine Garantie dafür, dass ich von hier wegkomme. Im Endeffekt bräuchte ich nur eine von euch, also benehmt euch entsprechend«, gab er heiser lachend zu bedenken.

Doch auch an ihm schien die Nervosität zu nagen, denn sein Blick geisterte wild durch den Raum und verriet, dass sein siegessicheres Auftreten nicht ganz so souverän war, wie er sie glauben machen wollte. Hummelchen nahm die Hände der zitternden Empfangsdame in die ihren und streichelte ermutigend Sarahs eiskalte Finger.

»Hören Sie....«, setze Hummelchen an.

»Halt deine Schnauze!« Er drehte sich einmal um sich selbst. »Ich muss nachdenken.«

Sarah fuhr erschrocken hoch, als das Telefons auf dem Schreibtisch in der Ecke läutete. Ivan starrte den Apparat zuerst nur an. Offenbar überlegte er noch immer, welche Forderungen er stellen sollte, dachte sich Hummelchen. Sie hatte Angst, doch ihr wurde mit jeder Minute die verstrich klarer, dass Panik der falsche Weg war. Im Moment waren Sarah und sie auf sich alleine gestellt. Dort draußen stand Hilfe bereit, doch jetzt zählten nur sie beide.

Das Telefon läutete immer noch. Betont langsam ging Ivan auf das Gerät zu und hob den Hörer ab. »Ja?«

»Hier ist Hauptkommissar Meier von der Münchner Kripo. Sind Sie bereit, mit uns zu verhandeln?«

»Was heißt hier verhandeln?« Ivans Lachen jagte Hummelchen einen Schauer über den Rücken und Sarah schluchzte leise auf. »Ich habe einige Forderungen an Sie.«

»Über diese Forderungen können wir sprechen, doch zuerst möchte ich wissen, wie es den beiden Frauen geht.«

»Es geht ihnen hervorragend«, versicherte Ivan kühl.

»Nehmen Sie es nicht persönlich, aber ich möchte mich selbst davon überzeugen.«

Ivan überlegte kurz und winkte dann A.C. mit der Pistole zu sich heran. Mit einem warnenden Blick hielt er ihr den Hörer an das Ohr.

»Hallo?«, hauchte die Autorin sichtlich überfordert hinein.

»Agatha-Christine, seid ihr in Ordnung? Seid ihr noch im Massageraum?« Meier hörte die Verzweiflung in ihrer Stimme und das leise Weinen Sarahs im Hintergrund.

A.C. schluckte schwer. Sie musste sich zusammenreißen. »Ja, das sind wir. Wir sind soweit ok.«

Ivan drückte A.C. die Waffe an die Schläfe. Seltsamerweise fühlte sich das Metall nicht kalt an, doch vielleicht lag das auch an der Hitze, die sie durchströmte. »Er hat eine Pistole.«

Der Russe holte wütend zu einem Schlag mit der Waffe gegen ihre Schläfe aus, doch sie konnte im letzten Moment soweit ausweichen, dass er nur ihre Wange streifte. Sie stürzte unter der Wucht des Hiebes zu Boden und kroch leicht benommen zu Sarah zurück.

»So, und nun zu meinen Bedingungen. Ich erwarte einen Helikopter, der mich von hier wegbringt. Eine der Geiseln wird mich begleiten, das andere Weib könnt ihr behalten. Sobald ich mein Ziel erreicht habe, bekommen Sie auch die Zweite zurück.«

»Wir werden Ihnen den Heli besorgen, aber das braucht etwas Zeit.«

»Sie haben eine Stunde!«

»Ich muss den Hubschrauber anfordern. Bis der startbereit ist, dauert es ein Weilchen. Außerdem brauchen wir erst einen geeigneten Landeplatz.«

»Nun gut, zwei Stunden und keine Sekunde mehr!«

Ivan pfefferte zornig den Hörer auf die Telefonanlage und begann ziellos im Raum auf und ab zugehen. Beim Vorbeigehen streifte er jedes Mal die Füße seiner Gefangenen, da sie sich wegen der Enge des kleinen Massageraums nicht weiter zurückziehen konnten. Hummelchen schloss die Augen und weinte stumm. Wie lange hatte sie schon nicht mehr gebetet und gerade jetzt, wo sie es so dringend wollte, fiel ihr nicht eines der frommen Gebete ihrer Kindheit ein, dachte sie deprimiert, während ihr die Tränen ungehindert über die Wangen liefen.

Lukas wandte sich ab und raufte sich verzweifelt die Haare. Was waren schon zwei Stunden? Vielleicht zu wenig Zeit, um die Geiseln zu befreien, aber für Sarah und Frau Hummel eine Ewigkeit in der Hand eines Mörders.

»Okay, Leute!«, versammelte Forster sie alle an dem kleinen Tisch, auf den er seinen Laptop gestellt hatte. »Ich habe hier einige Informationen zu unserem Geiselnehmer. Sein Name ist Ivan Borissow. Geboren wurde er in Berlin. Die Mutter ist Deutsche, der Vater Russe. Er ist fünfunddreißig Jahre alt, hat einige Jahre in Asien gelebt. Was er in den letzten Jahren hier in Bayern getrieben hat, ist weitgehend unbekannt. Seine Ausbildung zum Masseur hat er den Bewerbungsunterlagen nach in Bangkok absolviert. Näheres ist über den Mann nicht bekannt. Zumindest ist er nie polizeilich in Erscheinung getreten.«

»Können wir ihn mit dem Mordfall in Verbindung bringen?«, fragte Meier nach. »Ich bin mir sicher, auch wenn er polizeilich noch unbekannt ist, hat der einen Haufen Dreck am Stecken, sonst hätte er hier nicht einige Geiseln genommen.«

»Wir können keinerlei Kontakte zu Götzhofner finden«, beantwortete Forster seine Frage.

»Ein gut getarnter Auftragsmörder?«, hakte Lukas nach. Alleine bei diesem Gedanken wurde ihm übel. Er drehte sich um und wäre beinahe mit Josef Gruber kollidiert. Der starrte ihn nicht weniger entsetzt an, als Lukas sich fühlte. »Ich hole sie da raus!« Die Worte hatten sich verselbstständigt, bevor er auch nur darüber nachdenken konnte. Gruber, der um Jahre gealtert schien, nickte nur.

»Der Typ ist mit den beiden Frauen im Massageraum. Wie viele Zugänge gibt es? Können Sie ihn mir detailliert beschreiben?«, wollte der junge Polizist vom Hotelier wissen.

Der Vollblutgastronom, zog schnell einen Kellnerblock aus seiner Westentasche und trat zu einem kleinen Tisch. Flink zeichnete Gruber den Grundriss mitsamt dem Mobiliar auf das Papier und reichte es Lukas mit den Worten: «Kein Fenster, aber Glastüren.«

Forster und Meier gesellten sich zu ihrem jungen Kollegen. Gemeinsam entwickelten sie eine Strategie zur Erstürmung des Raumes. Ohne es auszusprechen, war ihnen klar, dass der Täter eine Geisel tot hinterlassen könnte. Sie mussten handeln, ohne wenn und aber.

»Wir brauchen Leute, hier und hier.« Forster deutete auf einige Punkte im Grundriss. »Schussbereit, aber auf Distanz. Besser wäre es allerdings, auf das SEK zu warten. Wir haben immerhin zwei Stunden.«

»Das mag sein, doch es besteht die Möglichkeit, dass er schon vorher durchdreht und sich einer der Geiseln entledigt.« Lukas konnte das nicht riskieren. Er überprüfte seine Dienstwaffe. »Also, auf geht's!«

Hummelchens Tränen versiegten allmählich und sie versuchte, sich selbst zu beruhigen. Was würde wohl Burgi in diesem Fall zu ihr sagen? Die wäre sicher auch durch den Wind, dachte sich die Autorin, doch wahrscheinlich würde sie darauf setzen, dass der Kampfgockel oder besser die Kampfhenne in mir erwacht. A.C. konnte und wollte sich nicht so ausgeliefert fühlen. Zu der Angst, die ihr Inneres erzittern ließ, gesellte sich nach und nach immer mehr Wut.

Es war gar nicht so einfach, sich zur Ruhe zu zwingen, wenn dieses explosive Gefühlschaos in ihr tobte. Sie musste ihren Kopf klarkriegen, nachdenken und einen Ausweg suchen. Das Zimmer, in dem möglicherweise ihr Leben ein jähes Ende nehmen könnte, erschien von Minute zu Minute kleiner. Langsam rappelte sie sich auf und warf Sarah einen beschwörenden Blick zu.

Auch die junge Frau fand langsam zu sich zurück. Zumindest weinte sie nicht mehr, doch ihr Gesicht hatte jegliche Farbe verloren und war kreideweiß.

»Sarah braucht etwas zu trinken!« Hummelchen deutete auf das Waschbecken an der gegenüberliegenden Wand. »Kann ich ihr ein Glas Wasser geben?«

Sein Knurren fasste Hummelchen kurzerhand als Zustimmung auf und erhob sich vorsichtig. In einem Glasschrank über dem Waschbecken entdeckte sie Gläser, doch ihr Blick suchte verzweifelt etwas, das sie als Waffe benutzen konnte. Dort hinten lag eine Schere, die Glaskanne kam ihr in den Sinn und dann sah sie die Dose, die harmlos in Schwarz und mit maskuliner Aufschrift direkt vor ihr stand. Ihr Herz klopfte so heftig, dass es eigentlich jeder im Raum hätte hören müssen. Würde sie den Mumm aufbringen, es zu tun? Und würde sie die Tat überleben?

Sie nahm ihren ganzen Mut zusammen. »Warum haben Sie uns als Geiseln genommen?«

Ivan lachte höhnisch auf. »Weil mir so eine dämliche Kitschschreiberin mit ihrer Drecksneugier in die Quere kam.«

Ihre Stimme war kaum mehr als ein Krächzen. »Sie haben Götzhofner umgebracht! Aber warum denn?«

»Aus zwanzigtausend überzeugenden Gründen, die sich gut auf meinem Bankkonto machen.«

Sarah trafen Ivans Worte eiskalt und zerschlugen ihre ganzen Hoffnungen. Panisch und mit wild aufgerissenen Augen versuchte sie, das eben gehörte und die daraus resultierenden Tatsachen zu begreifen. Ein Mörder hatte sie in seiner Gewalt. Ob Lukas wohl schon ihre Befreiung plante? Sie hoffte und sie befürchtete es. Ihr angstverzerrter Blick traf Frau Hummel, die die Ruhe selbst zu sein schien. Staunend beobachtete sie die mutige, kleine Frau und schämte sich so sehr für ihre eigene Furcht.

»Götzhofner war seiner Frau ein Dorn im Auge. Nicht nur, dass er sie betrog, nein, er war offenbar auch in einige unsaubere Geschäfte verwickelt. Daher beschloss sie, dem Elend ein Ende zu setzen.«

»Was für unsaubere Geschäfte denn?«, fragte Sarah alarmiert und ihre Panik wich nach und nach einer unguten Vorahnung. Immerhin hatte ihr eigener Vater eine Geschäftsverbindung mit diesem Gauner gehabt.

»Es hatte mit Schwarzarbeit zu tun. Die liebe Henriette befürchtete, dass er auffliegen könnte und das ganze schöne Geld damit weg wäre.«

»Schwarzarbeit? Womöglich auch hier am Hotelbau?«, keuchte Sarah, der die Tragweite dieser Aussagen immer deutlicher bewusst wurden.

Ivan lächelte sie charmant an. »Es scheint so. Er war wohl gekommen, um mit ihrem Vater abschließend noch etwas zu klären.«

Übelkeit stieg in der jungen Frau auf. Ihr Vater verwickelt in unlautere Geschäfte?

Hummelchen schaute zu Ivan hinüber. Der lächelte noch immer siegessicher und hatte seine gesamte Aufmerksamkeit auf Sarah gerichtet. Schnell griff sie nach der kleinen Dose und steckte sie in die Tasche ihres Kleides. Anschließend füllte sie Wasser in ein Glas und trat auf Sarah zu, um es ihr zu reichen. Die Empfangsdame leerte es in einem Zug und behielt das Glas wie ein Schutzschild in der Hand.

»Ich brauche auch einen Schluck Wasser.« A.C. ging zurück zum Becken. »Möchten Sie auch etwas trinken?«

»Oben im Schrank steht eine Flasche Cola. Bring die rüber zu mir! Ich werde mit Sicherheit kein Leitungswasser trinken.«

Folgsam wollte A.C. die Flasche aus dem Schrank holen, doch es fehlten etliche Zentimeter, damit sie rankam. Bedauernd drehte sie sich zu ihm um, doch er hatte das Dilemma schon erkannt und stand auf, um sich das Getränk selbst zu holen.

Mühsam hielt Hummelchen ihre Hände unter Kontrolle. Sie hatte nur die eine Chance und durfte jetzt keinen Fehler machen. Der Hüne hielt die Waffe nur locker in der Hand, als er neben sie trat. Offenbar betrachtete er die

Frauen als völlig ungefährlich. Seine Augen visierten zwischendurch immer wieder die beiden Glastüren, die zwar mattiert waren, aber zumindest Umrisse von draußen erkennen ließen.

Er griff blind nach oben, nahm die Cola und drehte sich in Hummelchens Richtung. Mit ihrer Hand hielt sie unauffällig die Dose in ihrer Kleidtasche fest. In ihren Ohren rauschte das Blut lautstark, während sie auf den richtigen Moment wartete. Sarah sagte irgendetwas, doch vor lauter Aufregung konnte A.C. keines ihrer Worte verstehen. Mit einem Ruck zog sie das schwarze Deo empor und sprühte es ihrem Widersacher direkt in die Augen.

Dieser ließ beim Versuch, sich mit den Händen die schmerzhaft brennenden Augen zu schützen, die Flasche polternd zu Boden fallen und schrie laut auf. Hummelchen nutzte diese Möglichkeit und gab der Waffe, die er ebenfalls hatte fallen lassen, einen Tritt, der sie unter den Tisch beförderte. Nach dieser heldenhaften Aktion fing sie an zu laufen, riss panisch die Tür auf und stolperte direkt in Forsters Arme.

Lukas, der vor der anderen Türe in Deckung gegangen war, sprang alarmiert auf. »Zugriff!«, schrie er mit donnernder Stimme.

Meier stieß die Türe auf und Lukas sprang mit einem gewaltigen Satz in den Raum. Sarah starrte ihn fassungslos an, als er regelrecht vor ihren Füße landete und mit seiner Waffe auf Ivan zielte.

»Geben Sie mir nur den Hauch eines Grundes«, murmelte er so leise, dass nur der Russe und Sarah es vernahmen. Dieser Typ hatte seiner Sarah Angst eingejagt und ihr Leben bedroht. Die unbändige Wut darüber schnürte Lukas regelrecht die Kehle zu.

Noch während Lukas den vor Schmerzen fluchenden Geiselnehmer in Schach hielt, eilten weitere Kollegen herein und legten dem Mörder die Handschellen an. Erleichtert schloß Lukas seine Geliebte in die Arme und drückte sie so fest an sich, dass er ihr schier den Atem raubte. Sie klammerte sich mit aller Kraft an ihn, nur noch froh, dieser Hölle entronnen zu sein und in seinen Armen zu liegen. Mit zartem Nachdruck brachte er sie aus dem Raum und emotional zutiefst aufgewühlt fiel sie dort ihrem Vater in die Arme, als sie ihn im Wellnessbereich stehen sah.

A.C. sank völlig erschüttert auf den Boden und verbarg ihre zitternden Hände in den Falten ihres Rockes.

»Geschafft, Hummelchen, du hast es geschafft!«, Meier stand vor ihr, reichte ihr eine Hand und zog sie vom Boden hoch, als sie diese umklammerte. Er griff nach einer Decke, die er auf der Massageliege entdeckte und legte sie der Autorin sachte um die Schultern. »Komm, gehen wir raus hier.«

Eine stille Runde saß an diesem Abend im Speisesaal zusammen. Sarah schmiegte sich an Lukas, der seinen Arm fest um sie gelegt hatte. Burgi schenkte Hummelchen zuvorkommend ein Glas Wein ein und Claudia hielt die Hand ihres Mannes fest in ihrer. Josef Gruber betrachtete das junge Pärchen und überlegte, was genau er an Lukas eigentlich ablehnte. Im Moment waren all diese Gründe weggewischt, denn er hatte ihm seine Tochter zurückgebracht.

»Das nenne ich mal einen verrückten Urlaub«, versuchte sich A.C. mit einem Scherz.

»Zumindest konnte keiner über Langeweile klagen.« Claudia stupste ihren Mann an. »Ich dachte eigentlich, ich könnte dich mit einer kleinen Urlaubsreise ein wenig aus dem Job herausholen.«

»Nicht so ganz gelungen, würde ich mal sagen.« Meier strich seiner Frau zärtlich über die Wange.

»Also ein Urlaub ganz nach deinem Geschmack?«, entgegnete sie frech.

»Na ja, ein bisserl ruhiger hätte er schon sein können.« Er trank einen Schluck Weizen. »Hattest du nicht irgendwelche tollen Wanderungen geplant?«

»Beim nächsten Mal, mein Schatz. Morgen geht es nach Hause und ich bin froh, wieder in den eigenen vier Wänden zu sein.«

Gruber meldete sich zu Wort. »Der Aufenthalt geht selbstverständlich auf meine Kosten. Ich bin Ihnen allen zutiefst dankbar, dass Sie meine Sarah aus den Fängen dieses Mörders befreit haben.«

Burgi hob ihr Glas. »Auf einen erfolgreich geklärten Fall und diese großzügige Ansage.« Sie schwenkte das Rotweinglas kurz, roch dran und zog das samtene Aroma des Getränks in sich auf, bevor sie sich einen großen Schluck gönnte.

»Was passiert jetzt mit Henriette Götzhofner?«, wollte Hummelchen noch wissen.

»Sie und auch die russische Geliebte wurden verhaftet. Der Zugriff erfolgte parallel zu unserem Einsatz«, erklärte Meier den Anwesenden. »Beide Damen werden derzeit noch verhört. Mir wurde zugetragen, dass Natalia Orlowa zwitschert wie ein Vögelein. Die werte Frau Götzhofner schimpft eher wie ein Rohrspatz.«

»Also Ende gut, alles gut!«, gab Hummelchen ihren Senf oben drauf.

Langsam ging das Gespräch auf andere Dinge über. Es wurde sogar gelacht, denn das Leben musste letztendlich über Angst, Mord und Totschlag siegen. Die beiden Hunde schliefen indes friedlich unter dem Tisch.

Epilog

»Endlich zu Hause!« Mit einem zufriedenen Lachen stellte Hummelchen ihren Koffer im Flur ab. Blümchen sah schwanzwedelnd zu ihr hoch. »Du hast recht. Jetzt machen wir noch einen kleinen Spaziergang und dann gibt es etwas zu essen.«

So drehten die beiden ihre übliche Runde, begrüßten ein paar Bekannte, die ihnen über den Weg liefen und kehrten schließlich gemütlich wieder zu Hause ein.

Eine halbe Stunde später lag die Doggendame vollgefressen und faul in ihrem Korb, während Hummelchen sich an ihren Laptop setzte. Sie hatte noch zu arbeiten.

Wie sollte sie nur beginnen? Mit dem Mord? Mit dem Täter? Oder mit den Liebenden?

Beim Gedanken an Sarah und Lukas lächelte A.C. glücklich. Offenbar hatte sich endlich auch Josef Gruber mit dem zuvor noch so unerwünschten Schwiegersohn arrangiert. Dieser Lukas Leitner war ja auch ein hübscher Bursche, kam der Autorin in den Sinn. Sie grinste. Auch wenn sie nicht mehr die Jüngste war, so war sie dennoch nicht tot und schon gar nicht blind.

Voller Tatendrang legte sie ihre Finger auf die Tastatur, starrte nur noch kurz angestrengt an die gegenüber liegende Wand und fing an zu tippen:

Mit einem ärgerlichen Schnaufen wischte sich Walburga Wagner den Schweiß von der Stirn. Ein Seitenblick zu ihrer besten Freundin zeigte ihr, dass diese nicht im Geringsten transpirierte. Agatha-Christine Hummel, von Freunden liebevoll einfach Hummelchen gerufen, trommelte den Takt zur Radiomusik auf dem Lenkrad mit und summte dabei fröhlich vor sich hin.

Ende

Dankeschön!

Zuerst denke ich nun an meinen Mann. Er hat meinen Wunsch zu schreiben immer unterstützt und war in den letzten Monaten wieder mein größter Rückhalt, auch wenn er mich in vielen Wochen mit A.C. Bumblebee teilen musste. Robert, danke, dass du immer für mich da bist!

Carolin Dendorfer, meine geniale Grafik-Designerin hört sich immer geduldig all meine Ideen für das Cover an, um sich dann hinzusetzen und meine Vorstellungen zu zeichnen. Ich bin jedes Mal über das Ergebnis verblüfft! 1000 Dank, liebe Caro!

Liebe Martina Suhr, liebe Andrea Kaldonek, ihr seid mit mir diese Reise durch das Buch gegangen und es war ein Erlebnis mit euch zusammen zu arbeiten. Ihr habt sie alle entdeckt: Meine Logikfehler, meine grammatikalischen Fehlgriffe, meine Rechtschreibfehler und natürlich meine entlaufenen Kommas! So manche eurer Anmerkungen sorgten für einen herzlichen Lacher meinerseits. Herzlichen Dank also an mein Lektorat und Korrektorat, Ars Litura!

Ein spezielles Dankeschön geht noch an meine lieben Testleserinnen, Vero und Nina! Ihr habt das Team um die Entstehung dieses Buches komplett gemacht. Danke, dass ihr mitgemacht habt.

Und nicht zuletzt möchte ich Euch danken, meine lieben Leserinnen und Leser! Ich danke Euch, dass Ihr meine Bücher kauft, sie lest und bewertet. Ich freue mich über jede Rückmeldung und viele persönliche Kontakte zu Euch.

Herzlichen Dank

Eure Tina Sprenzel

Über die Autorin

Die Autorin mit einem Herz für Tiere, Romantik & mehr als einer Prise Humor lebt seit einigen Jahren mit ihrem Mann in einem kleinen Ort im Süden ihrer Geburtsstadt München. Ihre drei Kinder sind bereits ausgeflogen. In ihrer Freizeit arbeitet sie mit Vorliebe im Garten. Sie liebt es, in der Erde zu wühlen und ihr persönliches Fleckchen zum Leben zu erwecken und alles ringsum blühen zu lassen.

Ihr Motto - Pack es einfach an, wer soll denn deine Träume leben, wenn nicht du selbst!? - hat sie vorangetrieben, ihren Kindheitstraum, Autorin zu werden, zu verwirklichen.

Tina Sprenzel schreibt moderne Romantikkrimis mit Humor, die direkt nebenan spielen könnten. Ihre tierischen Protagonisten erwärmen nicht nur eure Herzen, sondern auch die Lachmuskeln.

Ihre Leser/innen lieben ihre tierischen Begleiter, die in keinem ihrer Romane fehlen dürfen. In ihren Büchern bringt sie Bösewichte zur Strecke und macht sich dabei auf die Suche nach der großen Liebe. Sie führt euch durch nachdenkliche Augenblicke und entlockt euch dabei tiefe Seufzer, um dann ein Schmunzeln auf euer Gesicht zu zaubern, denn bei ihr geht es mit Herz und Humor zur Sache. Es geht um Frauen, die direkt nebenan wohnen könnten, um ihre Traummänner, beste Freundinnen, große Träume und die spannende Jagd nach dem Mörder.

Unter dem Pseudonym Elisa Shaw schreibt sie außerdem moderne Liebesromane.

Weitere Bücher der Autorin

A.C. Bumblebee-Reihe

Summ, summ, summ ...

Wer mordet hier herum?

Lediglich die Bienen sind Zeugen des heimtückischen Mordes an Stadtimker Willi Kirsch, einem liebenswerten Original. Ralf Meier und Florian Schäfer nehmen die Ermittlungen auf, doch die Spurensuche gestaltet sich schwierig, insbesondere, da ihnen die Autorin A.C. Bumblebee mit ihrer besten Freundin Burgi dabei ständig in die Quere kommt. Indes sind Teresa, die Enkelin des Mordopfers, und die Cafébetreiberin Marie ungleiche Rivalinnen um die Gunst des attraktiven Landschaftsarchitekten Johannes. Doch in dessen Vergangenheit gibt es einen dunklen Punkt. Und was hat Teresas Bruder Julian mit einem undurchsichtigen Immobilienhai zu schaffen?

3 Ziegen und ein Todesfall

Spannung, Romantik und Humor! Die kauzige Krimiautorin A.C. Bumblebee und ihre Freundinnen ermitteln wieder!

Meck, meck, meck! Ausgerechnet im Ziegengehege des Tierparks findet A.C. Bumblebee die unausstehliche Edeltraut Eberl tot auf. Der geplante Liebesroman muss wieder einmal hintenanstehen, denn die schrullige Autorin kann nicht anders und forscht gemeinsam mit ihren beiden besten Freundinnen nach – sehr zum Leidwesen von Kommissar Meier und seinem Ermittlerteam. Wer wird dem Täter wohl schneller auf die Spur kommen? Das Damentrio oder die Profis der Polizei? Die tatverdächtige Tierpflegerin Luisa verdreht inzwischen einem der Beamten gehörig den Kopf. Gibt es womöglich doch noch Inspiration für eine Lovestory?

Ein Halleluja für den Mörder

Mit Spannung, Romantik und Humor geht es weiter mit A.C. Bumblebee und ihren Freunden.

Die neue Nachbarin treibt A.C. Bumblebee mit ihrem Gesang schier in den Wahnsinn. Es dauert nicht lange und der temperamentvollen Autorin platzt der Kragen, doch als sie Hildegard Kohlmeisl die Meinung geigen will, liegt die mausetot im Keller.

Der Verdacht des Ermittlerteams um Hauptkommissar Meier fällt schnell auf die Untermieterin der Toten, Lilli Engel.

A.C. Bumblebee, die fest an die Unschuld der jungen Frau glaubt, beginnt mit ihren besten Freundinnen zu ermitteln und stößt schnell auf einige Ungereimtheiten. Als sie schließlich Walburga „Burgi" Wagner im Kirchenchor der Ermordeten einschleust, wird es brandgefährlich.

Schneeflöckchenmord

A.C. Bumblebee und ihre Freundinnen, Walburga „Burgi" Wagner und Claudia Meier ermitteln wieder. Spannung, Romantik und Humor in der Weihnachtszeit.

Eigentlich wollte Walburga „Burgi" Wagner einen Tisch in ihrem neuen Lieblingslokal reservieren, doch sie trifft nur den ehemaligen Besitzer, Heinz Übelacker, an. Sonderlich gesprächig ist er nicht mehr, denn er liegt tot unterm Tannenbaum, eine Lichterkette elegant um den Hals drapiert und eine kaputte Schneekugel neben sich liegend.

Wirt Dominic bittet das Damentrio um Hilfe, denn das Ermittlerteam um Hauptkommissar Meier richtet seine Aufmerksamkeit auf ihn und seine Exfreundin, die Tochter des Mordopfers.

A.C. Bumblebee ist indes fasziniert von der Schneekugel, die sich als Fälschung eines antiken Sammlerstücks entpuppt.